신경림

신경림 지음

청소년이
읽 ‥ 는
우리수필

돌베개

기획위원

김윤태   서울대학교 인문대학 국어국문학과 및 동 대학원 졸업(문학박사).
현재 한신대학교 학술원 연구원. 민족문학사학회 이사.
저서 : 『한국 현대시와 리얼리티』.

채호석   서울대학교 인문대학 국어국문학과 및 동 대학원 졸업(문학박사).
현재 한국외국어대학교 사범대학 한국어교육과 교수. 민족문학사학회 이사.
저서 : 『한국근대문학과 계몽의 서사』, 『문학의 위기, 위기의 문학』.

김경원   서울대학교 인문대학 국어국문학과 및 동 대학원 졸업(문학박사).
현재 서울시립대학교 · 인하대학교 강사. 민족문학사학회 연구원.
논문 : 「1945~1950년 한국소설의 담론양상 연구」 등, 역서 : 『마르크스 그 가능성의 중심』 등.

박성란   경기대학교 인문대학 국어국문학과 졸업. 인하대학교 대학원 박사과정 수료.
현재 인하대학교 강사. 민족문학사학회 연구원.
논문 : 「허준 연구」 등.

신경림 —청소년이 읽는 우리 수필 07

신경림 지음

2004년 10월 15일 초판 1쇄 발행

펴낸이 한철희 | 펴낸곳 돌베개 | 등록 1979년 8월 25일 제406-2003-018호
주소 (413-832) 경기도 파주시 교하읍 문발리 파주출판도시 532-4
전화 (031)955-5020 | 팩스 (031)955-5050
홈페이지 www.dolbegae.com | 전자우편 book@dolbegae.co.kr

편집장 김혜형
책임편집 이경아 | 편집 김희동 · 박숙희 · 윤미향 · 서민경 · 김희진
디자인 이은정 · 박정영 | 인쇄 · 제본 영신사

ISBN 89-7199-196-8 04810
      89-7199-168-2 04810(세트)

책값은 뒤표지에 있습니다.

이 도서의 국립중앙도서관 출판시도서목록(CIP)은 e-CIP 홈페이지
(http://www.nl.go.kr/cip.php)에서 이용하실 수 있습니다.(CIP제어번호: CIP2004001736)

신
경
림

청소년이
읽 .. 는
우리 수필

01

'청소년이_ 읽는_ 우리_ 수필'을_ 펴내며_

컴퓨터와 인터넷이 우리 삶 속으로 깊숙이 들어온 오늘, 책 읽기는 한 편으로 밀려난 듯합니다. TV나 영화 같은 영상 매체가 우리의 감성을 지배한 지 이미 오래입니다. 또 전자 게임이나 애니메이션, 또는 VTR이나 DVD 영상 매체 등이 특히 청소년의 정서나 감각에 지대한 영향을 미칩니다. 그래서 이른바 영상 세대로 불리는 오늘날의 청소년은 문자보다는 이미지로 자신을 표현하는 데 더 익숙합니다. 그런 만큼 청소년들은 책을 통해 지식이나 정보를 얻는 것보다 영상을 통해 얻는 것이 더 편안하고 쉽다고 생각합니다. 그렇다고 청소년의 독서 능력이나 이해력이 곧바로 떨어진다고는 할 수 없지만, 아무래도 예전보다 책을 덜 읽는다는 사실은 부정하기 어려울 것입니다. 오늘날은 지식과 정보를 받아들이는 경로가 그만큼 다양해졌기 때문입니다.

이러한 상황에서 더욱 중요한 것은 정보의 처리 방식입니다. 어떤 경로를 통해 정보를 얻든, 그 정보를 체계화하고 논리화해야 할 필요가 있습니다. 그런데 정보의 체계화는 기본적으로 다양하고 풍부한 정보의 축

적과 저장이 있어야 가능합니다. 다시 말해, 많이 보고 많이 듣고 많이 생각해야 한다는 것입니다. 이 말은 글쓰기의 3요소라 불리는 다독(多讀), 다작(多作), 다상량(多商量)과 비슷합니다. 그 중에서도 가장 기본은 많이 읽는 것입니다. 그만큼 독서가 중요합니다.

오늘날 청소년들은 입시 제도의 중압으로 고통받고 있습니다. 교과서 밖에 나오는 글이나 생각에 눈을 돌릴 겨를이 없다고 합니다. 입시에 필요한 지식과 정보만을 취할 뿐, 그외의 것에는 관심조차 두지 않는 실정입니다. 그러나 그렇게 얻은 지식은 눈앞의 목표에는 쉽게 이르게 할지 모르나, 광대하고 심오한 인류의 유산이나 새로운 미래의 세계를 이해하는 데는 별로 도움이 되지 않습니다. 그리고 궁극적으로는 자신을 좁은 세계에 가두고 맙니다. 폭넓은 독서를 통해 세상을 더 넓게, 더 깊게 이해하는 눈을 가져야 합니다. 우리는 이런 점에 주의를 기울이면서 청소년이 쉽고 재미있게 책과 친해질 수 있도록, '청소년이 읽는 우리 수필'을 기획했습니다.

많이 읽는 것도 좋지만, 좋은 글을 가려 읽는 일도 중요합니다. 세상에는 청소년들이 알아야 할 것이 너무도 많습니다. 하지만 그 가운데 어떤 것이 좋은가를 알아차리기는 쉽지 않습니다. 그만큼 독서의 방향과 내용(질) 또한 중요합니다. 개인의 취향이나 관심에 따라 읽으려는 자료와 그 내용이 저마다 다를 것입니다. 역사나 경제에 관심이 있는 사람이 있는가 하면, 과학이나 기술에 더 흥미를 느끼는 사람도 있습니다. 그러나 어떤 분야에 관심을 두든, 누구나 즐기고 또 알아 두어야 할 것이 있습니다. 그것을 일컬어 흔히 '교양'이라고 하는데, 거기에는 아름다움, 지혜 또는 진리나 선(善), 정의 등의 가치가 담겨 있습니다. '청소년이 읽는 우리 수필'을 통해 바로 이 같은 가치를 청소년들이 발견하고 느끼고 맛볼 수 있기를 기대합니다.

수필은 여러 문학 장르 가운데 누구나 쉽고 편하게 접근할 수 있는 장르입니다. 시나 소설, 드라마 같은 문학 장르들이 일정한 예술적 장치를 통해 우리 세상의 굽이굽이를 펼쳐 보여 주는 반면, 수필은 특별한 장치나 기교 없이 생활의 숨결과 느낌을 전해 주기 때문입니다.

이 기획은 우리나라 근현대의 수필 작품들 가운데 가장 빼어나고 청소년의 눈높이에 맞는 글들을 가려 뽑아 작가별 선집 형태로 묶어 낸 것입니다. 여기에는 과거 일제 식민지 시대에 아름다운 문장으로 우리말과 글을 지켜 온 지식인 문인들도 있고, 비판적 지성과 실천적 행동으로 굴곡진 우리 현대사의 전개를 바로잡기 위해 애썼던 분들도 있습니다. 이들의 삶과 생각이 진술하게 드러나 있는 아름다운 글과 문장이 오늘을 사는 청소년들의 가슴과 머릿속에 깊이 아로새겨지기를 희망합니다.

계속 좋은 수필과 좋은 문인들을 만날 수 있는 자리를 마련하도록 애쓰겠습니다.

기획위원

차례

일러두기

1. 이 책은 신경림의 수필을 중심으로 수록하였으며, 각 글의 출처와 연도는 생략하였다.
2. 띄어쓰기와 맞춤법은 현대 표기법에 따랐으며, 작가의 개성이 드러난다고 인정되는 경우에만 당대 표기 및 사투리를 그대로 옮겼다. 외래어 지명, 인명, 낱말 등은 원칙적으로 현대 외래어 맞춤법에 따랐으나, 원문에 인용된 시의 경우는 띄어쓰기와 맞춤법 모두 원문의 표기에 따랐다.
3. 원문의 한자어는 한글로 바꿨으며, 청소년들의 이해를 돕기 위해 일부 단어는 작은 글씨로 한자를 병기하여 그 뜻을 밝혔다. 병기한 한자의 음이 한글과 다른 경우엔 〔 〕를 사용하여 구분하였다. 본래 한글이었던 부분도 필요에 따라 작은 글씨로 한자를 병기하였다.
4. 의미가 달라지지 않는 범위 안에서 문장 부호(마침표, 쉼표, 물음표, 느낌표 등)를 약간 조정하였다.
5. 내용상 뜻풀이나 보충 설명이 필요한 단어의 경우는 본문에 *를 표시하고 책 뒤에 용어 사전을 달아 이해를 도왔으며, 더러 본래의 의미를 파악하기 어려운 경우에는 편자가 최소한의 해설을 덧붙였다. 설명이 짧은 경우는 본문 옆에 작은 글씨로 처리하였다.
6. 신경림의 생애와 문학적 의미에 관하여 이 책의 마지막에 약전을 붙여 독자의 이해를 도왔다.

내 기억의 영사막에 찍혀 있는 그림은 한둘이 아니지만, 뒤져 보면 으레 노을에 얽힌 것들로부터 나오니 웬일일까. 생각해 보니 이것들은 내 속에서 때에 따라, 해체되기도 하고 변형되기도 하고, 어떤 것은 확대되고 어떤 것은 축소되면서, 없어지는 것도 있고 새로 보태지는 것도 있고, 뭉글어지기도 하고 굳어지기도 하면서, 내 시의 한 부분으로 자리 잡고 있다. 아무래도 내 시는 내 경험으로부터 밖으로 멀리 나가지 못하고 있는 것인지도 모르겠다.

제1부 이웃, 고향, 뿌리

노을

까마득히 먼 고개 위 하늘에 노을이 발갛고 그 노을 속으로 새까맣게 날아 들어가는 갈가마귀° 떼들……. 내 기억의 영사막°에 찍혀 있는 가장 오랜 그림의 하나로, 나는 지금도 노을을 보면 이 그림부터 떠오른다. 다 저녁 때 당숙當叔의 등에 업혀 집으로 돌아오는 길에서 본 저녁 하늘이다. 오십 리 밖 나루터에서 뱃사공 일을 하고 있는 당숙을 잡으러 가는 할아버지와 작은할아버지를 내가 떼를 써서 따라갔다 오는 길이었다. 앞장서 걸어가는 두 할아버지의 두루마기 입은 그림자가 길게 뻗어 당숙의 발치에서 어른거렸다. 당숙은 겨울 한철 노름으로 마지막 남은 댓 마지기° 농사거리를 날리고 해동解凍이 되기 전에 집을 나가 버렸던 것이다. 이웃에 사는 새우젓장수가 그의 소식을 물어 온 것은 서너 달 뒤, 손주孫子 말이라면 하늘에서 별이라도 따다 주고 싶어 하는 할아버지 덕으로 내 첫나들이는 별난 것이 되었다. 두

13

할아버지의 등에 번갈아 업히기도 하고 걷기도 하기를 하루 종일 했으니 그 나루에 도착한 것도 저물녘이었을 텐데 노을은 본 기억이 없다. 가물거리는 등잔불과 눈물을 흘리던 당숙과 말없이 막걸리 잔을 비우고 젓가락으로 빈대떡을 뒤집던 두 할아버지의 모습만이 떠오른다. 강물 소리와 새소리가 무서웠던 일도 기억된다. 물론 이 그림 속에 가장 선명하게 양각陽刻되는 것은 할아버지다. 장손長孫子인 나에 대한 집착은 병적일 정도여서 손주와 겸상兼床 않고는 밥상을 받지 않고, 장조림이나 굴비 따위 귀한 반찬을 손주의 입에부터 넣지 않고는 수저를 들지 않는 할아버지였다. 겨우 면 서기書記로 만족하여 매일 술에 절어 사는 아들에 대한 불만이 손주에 대한 지나친 기대로 표출된 것이리라.

"네 애비를 닮지 말아라."

귀에 못이 박일 정도로 들은 말이었는데, 가끔 들어오는 인삼이나 녹용도 할아버지는 아들이 손대는 것을 허락지 않았다.

"하는 일 없이 몸만 튼튼하면 뭘 해."

그러고는 어려서 너무 보약 많이 먹는 것도 좋지 않다는 할머니의 말에도 불구하고 손주에게만 먹였다. 인근에서는 시문詩文으로 조금은 알려져 있는 한학자漢學者이면서도 문약文弱으로 흐르는 것을 경계, 집안 젊은이들을 의학이며 농학 등 새 학문을 하게 하는 데 적극적이었던 할아버지는 아이들을 위하여 집 안팎과 동네에 있는 나무에 이름패를 써 달았는데, 그 나무 이름들을 내가 익히기도 전에 이름패를 떼어 버려야 하는 세월이 왔고, 곧 할아버지도 돌아가셨다. 그날도 노을이 아름다웠던가. 기억할 수 없지만, 죽음의 의미를 알지 못하고 사람들이 북적대는 것만이 즐거워 이리 뛰고 저리 뛰다가, 할아버지를 찾는 나를 붙잡고 할머니가 하던 말만은 생각난다.

"할아버지 저 노을 속으로 들어가셔서 다시 오시지 못한다."

당숙은 평생 손에 흙을 묻히지 않는 것으로 호가 났다˚. 쟁기질, 호미질은 고사하고 당장 논에 물이 말라도 물꼬˚ 한 번 보지 않았다. 부지깽이˚도 함께 뛴다는 농사철에도 명주 바지저고리를 깨끗하게 차려 입고 장터 한번 가면 사나흘씩 집에 돌아오지 않았다. 술집에 틀어박혀 장취長醉˚하거나 노름판에서 북새는˚ 것이었다. 심한 경우 한 일 년씩 집을 나갔다가 거지가 다되어 돌아오는 일도 있었는데, 만주의 어떤 신개지신개척지˚나 평안도 무슨 광산에 가서 돈벌이를 했다고들 했다. 또 내가 따라갔을 때처럼 여러 달 집을 나가 있는 그를 할아버지들이 가서 잡아오기도 했는데, 어느 백중장터˚에서 야바위˚를 굴리더라든가 요릿집에서 이디바˚요리사˚질을 하느라 따위 소문이 뒤따랐다. 이러다 보니 손이 없는 다른 할아버지에게 양자 든 대가로 얻은 두어 섬˚지기 좋이 되는 땅은 일찌감치 남의 손에 넘어갔다. 당연히 집안의 애물단지˚였지만 우리 아이들에게는 다시 없는 영웅이었으니, 무진장한 얘기를 그가 가지고 있었기 때문이다. 우리는 그를 통해서 대처도회지를 알았고 먼 나라를 보았으며 바다와 항구를 구경했다. 소학교초등학교를 다녔다고 하나 그는 문맹文盲에 가까웠다. 그런데도 읍내에 들어온 신파신파극를 보고 오면 처음부터 끝까지 거의 한 대목 틀리지 않고 우리들 앞에서 외웠다. 그가 집에 있는 추석이면 그는 마을 젊은이들을 동원하여 「낙랑공주와 왕자 호동」이니 「안중근」 같은 신파를 각본도 없이 꾸렸다. 어른들은 아이들 데리고 쓸데없는 장난한다고 혀를 찼지만, 구경을 하고 나서는 얼마 동안 당숙을 헐뜯는 소리를 하지 않았다. 또 당숙은 마을 풍물의 상쇠여서 정월 초하루 같은 명절 때면 제법 사람대접을 받았다. 그는 꽹과리를 비롯, 못 다루는 농악기가 없었지만 특히 신퉁수라는 별명을 얻을 만큼 퉁수퉁소를 잘 불었다. 아니, 그는 음악에 천부적인 재능이 있었던 것 같다. 이런 일이 있었다. 태평양전쟁이 일어나기 전 꽤 경기가 좋았던 시절의 얘기다. 면 소방대에서 음악대를 만들어 양악기 일습一襲을 사들였다. 한데 막상 믿었던 소학교 교사가 다룰 줄 아는 악기는 아코디언뿐이었다. 그렇다고 읍내에서 지도할 선생을 초빙해 올 수도 없는 형편이었다. 고심 끝에 소방대는 밑져야 본전으로 퉁수 잘 부는 것으로 소문난 당숙을 불러 갔다. 물론 당숙으로서는 처음 대하는 양악기들이었고, 악보를 읽을 능력도 없었다. 그래도 그는 못한다고 물러서지 않고 이 악기, 저 악기 들고 다니며 혼자 연습을 하다가 마침내 몇 가지 악기를 다루게 되었다. 어쨌거나 전쟁이 막바지에 이르러 모든 쇠붙이들이 징발徵發*되기 전까지 그는 당당히 악대 대장 노릇을 했다.

그 당숙은 당숙모를 앞세우고도 홀애비로 십여 년을 더 살았는데 말년에 눈이 멀었다. 지금으로서는 병으로도 치지 않는 백내장*에 걸린 것인데, 농삿거리도 없어 하는 일도 먹을 것도 없이 늦게 얻은 아들 하나를 앞세우고 다니면서 처량하게 퉁수를 부는 그를 딱하게 여긴 유지들이 힘을 써 주어, 다행히 서울의 메디컬센터에서 무료로 수술을 받게 되었다. 드디어 수술 날짜가 잡혀 상경上京*하라는 연락이 왔다. 노자는 친지들이 십시일반十匙一飯*으로 모아 마련이 되었는데 아들이 겨우 열 살을 넘었을 뿐이니 누가 그를 모시고 가느냐가 문제였다. 조카가 하나 있었지만 멀리 이사 가 살고 있어, 결국 그 짐은 서울살이를 청산하고 시골 내려와 공부를 하는 것도 아니고 농사를 짓는 것도 아닌 채 어정쩡하니 살고 있던 내게 떨어지고 말았다. 60년대 초, 막 추석이 지난 초가을이었다. 먼지를 뽀얗게 뒤집어쓰고 달리는 버스를 여섯 시간이나 타고 상경하니 메디컬센터 마당에는 하얀 코스모스가 무더기로 피어 있었다. 한 이틀 뒤 내일이면 수술에 들어간다고 통고通告*를 빈은 날 밤이었다. 다들 잠들 시간인데 느닷없이 당숙은 퉁수를 꺼내 들었다. 간호원이 달려와 이런 데서 불면 안 된다고 주의를 주었지만 당숙은 못 들은 체 퉁수를 불어제쳤다. 환자들이 모여들고 간호원이 모여들고 의사들이 모여들었다. 몇 사람의 눈에 눈물이 어려 보였다. 병실에서 내다보이는, 잎이 누렇게 변해 가는 플라타너스 나뭇가지에 반달이 걸려 있었다.

　이 가장 오랜 그림의 한 구석에 언제나 떠오르는 또 한 사람의 모습이 있다. 창돌 애비라는, 큰 키를 구부정하니 구부리고 우리 집을 드나들며 허드렛일*을 하던 늙은이다. 일이 없어도 우리 집을 자주 찾아와, 가령 한밤중에 밖에서 "마님, 주무시유?" 하고 술 취한 목소리가 할머니를 찾으면 영락없는 창돌 애비였다. 그러면 할머니는 방문을 열면서, 이불을 한켠한편으로 제쳐 놓으면서, 그를 방으로 불러들였다.

　"어디서 한잔했구먼, 어서 들어와 손 좀 녹여."

　그는 굽신굽신 수없이 허리를 굽실거리며 들어와 앉는 것인데, 할머니와 한 방을 쓰는 내가 그를 반기는 것은 그가 둘도 없는 얘기꾼이었기 때문이다. 으레* 할머니는 "막걸리가 있는데 한 사발 할라냐" 하고 대답도 듣지 않고 밖으로 나가 큰 놋 양푼에 한 양푼과 김치보시기를 들고 들어오고, 창돌 애비는 또 한 번 굽실한 다음 "아, 제가 샘개를 갔다 오는 길 아닙니까" 하면서 얘기 보따리를 풀어놓았다. 강 건너 사는 김서방이라는 이가 죽어서 저승길을 가는데 한 노인이 나타나 아직 올 때가 안 되었다고 돌아가라면서 강아지 한 마리를 주어, 안고 돌아오다가 강물에 떨어뜨리는 바람에 사흘 만에 깨어났다라든가, 읍내의 한 처녀가 애비를 죽인 원수를 찾아 나가서는 영 돌아오지 않아 어미가 찾아가 보니 그 원수와 붙어 살고 있더라 따위 얘기가 모두 그에게서 나온 것이었다. 그가 시도 때도 없이 할머니를 찾아오는 것은 그를 사람으로 상대해 주는 것이 할머니뿐이었기 때문이었는지 모른다. 어른들은 누구라 없이 그에게 '해라'를 했는데 그가 이를 당연한 것으로 받아들이는 것은 그가 하는 일이 워낙 천한 일이었기 때문이다. 그는 동네에 혼사婚事가 있으면 가마를 메고 상사喪事가 있으면 요령搖鈴*을 잡았다. 특히 그는 달구질*하고 염*하기를 좋아해서 상사가 났다 하면 청하지 않아도 먼 동네까지 달려갔다. 어디서 누가 죽었다 하면 기운이 펄펄 나는 사람이라고 할머니는 그를 형용形容했다. 하지만 아이들은 그를 두려워했다. 그가 하는 일이 주로 죽음과 관계되는 일이어서이기도 했지만 심한 술주정뱅이에다 툭하면 머리에 철철 피를 흘리는 싸움꾼이어서 더 그랬다. 나도 그가 곤드레가 되어, 또는 이마가 깨져 골목에 쓰러져 있는 꼴을 여러 번 보았다.

그는 고개 넘어 외진 산모퉁이 오두막에서 내 또래의 아들 하나를 데리고 살고 있었다. 그는 잔치나 제사 같은 때 우리 집으로 아들을 데리고 왔는데, 먹을 것을 내주며 할미니가 어떻게 서렇게 살난 아들을 두었느냐고 칭찬하면 더 허리를 굽신거리며 좋아했다. 내가 소학교 상급반이 되어서였을 것이다. 하루는 그가 나보다 어려 보이는 예쁘장한 계집아이를 데리고 왔다. 민며느리*를 들였는데 장성할 때까지 집에 두고 부리면서 일을 가르쳐 달라는 부탁이었다. 농삿거리도 적지 않은 데다 어머니는 재봉틀을 돌려 삯바느질*을 하고 할머니는 장터에 나가 틀국숫집*을 냈기 때문에 아이들을 볼 손이 필요할 때였다. 그래서 창돌 애비의 민며느리는 우리 집에 아이보기로 들어오고 나보다 아래인 그 아이는 붙임성이 있어 "오빠 오빠" 하며 나를 친오빠처럼 따랐다. 그리고 나는 읍내로 나가 중학생이 되었고 창돌 애비를 만나는 일도 뜸하게 되었으며, 이윽고 육이오6·25가 터졌다. 아이보기는 집으로 돌려보내고 우리는 피난을 나갔다. 돌아와 보니 땅을 파고 숨겨 두었던 쌀이며 곡식은 모두 파헤쳐지고 살림살이는 엉망으로 흩어져 있었다. 내 딴에는 꾀를 낸답시고 허름한 가마니에 넣어 뒀간 천장에 숨겨 두었던 축음기*와 라디오마저 간 곳이 없어 나는 더욱 속이 상했다. 나는 짚이는 데가 있었다. 축음기와 라디오를 늘 숨기는 것을 본 사람은 아이보기 하나뿐이었던 것이다. 나는 당장에 고개 너머 그의 외딴집을 찾아갔다. 마침 그 아이는 마당에서 감자 싹을 고르다가 "오빠" 하고 달려 나오며 나를 반겼다. 나는 대뜸 소리부터 질렀다.

"야, 너, 라디오 어떻게 했어?"

"라디오?"

그 아이는 내 서슬*에 무춤해서* 되물었다. 영문을 모르겠다는 얼굴을 하고 있다가 내가 다시 "시치미 떼지 마, 네가 가져왔지?" 하고 다그치자 그제서야 얼굴이 핼쑥하게 변했다.

"오빠, 내가?"

그 아이는 더 말을 잇지 못하고 부엌으로 들어가 버렸다. 마침 밖에 나갔던 창돌 애비가 들어와 나는 그냥 돌아오고 말았는데, 사나흘 뒤에 문제는 터졌다. 아이보기를 다시 보내 달라기 위해서 등 너머를 갔다 온 할머니로 해서 내 경솔한 행동이 드러난 것이다. 할머니는 사내가 그렇게 성질이 급하고 옹졸해서° 무엇에 쓰겠느냐고 나를 나무랐고, 아버지는 철저하게 방관주의°로 나오던 여태까지의 태도를 바꾸어 싸가지° 없는 놈이라고 나를 비난했다. 우습게 되느라고 축음기와 라디오의 행방도 이내 밝혀졌다. 며칠 동안 주둔屯駐했던° 미군들이 집집을 뒤져 값진 물건이고 싸구려 물건이고 가리지 않고 꺼내다가 개울가에서 때려 부수고 불을 지르고 하는 것을 보았다는 목격자가 나왔다. 도리 없이 할머니가 시키는 대로 그 아이를 집으로 다시 데려오기 위해서 찾아갔다. 그러나 그 아이는 끝내 우리 집으로 돌아오지 않았고, 그 뒤 나는 그 아이를 보지 못했다.

　이 노을의 그림 위에 겹쳐지는 그림들은 많다. 가령 홍천 강가의 미군부대에서 하우스보이° 노릇을 할 때 바라보던 얼음에 비친 노을도 내가 노을을 볼 때마다 떠올리는 그림이다. 멀리 눈 덮인 능선에서는 날이 다 어둡지 않았다는데도 중공군°이 부는 호적° 소리가 들리는 때가 많았고 얼이 빠진 미국 지아이GI°들은 애인이나 아내의 사진을 꺼내 보며 울었다. 전선이 잠잠해지면 나의 백인 장교는 곧잘 나를 지프차에 태워 원주 시내까지 동행하고는 했는데 색시보다도 사진 찍기를 더 좋아해 시장이고 골목이고 닥치는 대로 카메라에 담는 그를 종일 쫓아다니다가 돌아오면서 보면, 하늘에 늘 빨갛게 노을이 져 있었다.

절망과 실의의 터널에서 빠져나오지 못하고 있던 이십 대 후반, 느닷없이 버스를 타고 새재˚를 넘어가 하룻밤을 묵던 점촌역 부근의 한 하숙집도 이 그림에 겹쳐진다. 특별히 볼일이 없던 나는 그날 대낮에 술집엘 들어갔었다. 소녀티를 못 벗은 볼에 솜털이 부수수한 아이가 술심부름을 하다가 넙죽넙죽 술을 받아 마셨지만, 가을이 깊었는데도 얇은 여름옷을 입고 발발 떨고 있었다. 나는 제대로 팁을 주지 못하는 쑥스러움을 책임도 질 수 없는 거짓말로 넘겼던 것 같다. 또 퀴논˚의 바닷가에서 미국이라는 세계 최강의 나라를 물리치고도 용병의 나라 관광객들에게 손을 벌리는 소녀들과 바라보던 안타까움의 노을이 있고, 오사카의 전자상가에 몰려 물건을 사느라 아우성치고는 쪽바리˚ 운운으로 자신을 합리화하는 아주머니들과 같은 차를 타고 가며 바라보던 부끄러움의 노을이 있다. 그리고 흑룡강성 한 조선족 마을에 가서 조선족 늙은이와 바라보던 노을이 있다. 온통 옥수수밭뿐 언덕 하나 보이지 않는 대평원, 구름 한 점 없는 서쪽 하늘을 가볍게 물들인 노을은 아득하고 막막하기만 했다. 늙은이는 열다섯에 독립군 심부름하던 얘기를 했다. 낮에는 농사를 짓고 밤에는 군사 훈련을 받으며 부르던 노래도 불렀다. 불과 나보다 일곱 살이 위인 그가 어린 손으로 총 쏘는 법을 배울 때 나는 소리 높이 일본군가를 부르며, 일본군의 총알받이로 나가는 젊은이들에게 천황폐하를 위해 죽어서 돌아오라고 외쳤다. 그는 그들이 항미전쟁抗美戰爭이라고 부르는 육이오 전쟁에 두 살 위인 형과 함께 의용군*으로 지원, 참전해서 금화까지 내려왔다. 바로 내가 미군장교의 내의와 양말을 빨고 있던 같은 무렵이었다. 휴전 후 그는 귀국했지만 그의 형은 전후戰後 건설을 위해 조국에 남아 조선의 국적을 되찾았다. 한때 그는 중국으로 되돌아온 것을 후회했다. 먼저는 먹을 것이 없어 두만강을 건너가 형에게 좁쌀 따위를 얻어다 먹으면서였고, 다음에는 문화대혁명* 기간 중 감옥에서 이년, 다시 강제 노동으로 삼 년, 이렇게 오 년을 고생하면서였다. 이제는 입장이 바뀌어 그는 형과 조카들 걱정으로 잠을 설친다. 몇 해 전만 해도 김정일 동지의 생일 덕으로 두부를 먹었다며 감사의 편지를 보내오더니 이제는 인편人便에 하루 한 끼 먹기가 어려우니 무슨 도리를 취해 달라는 전갈이 온다는 것이다. 남조선에도 무고한 젊은이들이 정보부에 잡혀가 맞아서 죽고 병신이 되고 하던 시절이 있었다는 사실을 그는 믿으려 하지 않았다. 그러고 보니 겹쳐지는 그림에는 충무로 4가 이층 다다미*방에서 가와카미 하지메河上肇*의 『가난이야기』*를 읽으며 바라보던 노을도 있다. 청계천과 동대문의 헌책방을 뒤져서 구해 읽은 『세계사교정』世界史敎程이며 전석담全錫淡*을 큰일이나 하는 것처럼 몰래 친구들과 돌려 보며 흥분하던 때이다.

그러나 겹쳐지는 그림 가운데 가장 굵은 선과 선명한 빛깔을 가진 것은 아무래도 60년대 후반 어느 겨울 홍은동 산비알_{산비탈}에서 바라보던 노을인 것 같다. 지금은 그린벨트로 묶여 꽤 나무가 우거진 이 일대에 그때는 시골서 농토를 잃고 쫓겨 올라온 이농민들이 몰려 살고 있었다. 이삼천 호나 되는 집들이 거의 루핑˚으로 지붕을 덮은 단칸의 흙벽돌집들이었다. 기저귀와 브라자_{브래지어}가 설려 너풀거리고 똥오줌과 음식 찌꺼기로 질척거리는 비탈진 골목이 그대로 지저분하게 신짝들이 널린 봉당˚들이었고, 맞바로_{마주 정면으로} 난 문을 밀면 바로 안방들이었다. 밤늦게 귀가하다가 방문을 열고 배앝는_{뱉는} 가래침에 얼굴을 맞기가 예사였으며, 새벽에 집을 나가다가 무심코 방 밖으로 쏟아 붓는 요강에 오줌 벼락을 맞는 일도 드물지 않았다. 구석구석에 대폿집은 있어 밤마다 전라도·충청도·경상도 사투리가 한 덩어리가 되어 뒤떠드는 소리, 싸우는 소리로 시끄러웠고, 아침이면 돌밥, 생일밥 먹으러 오라고 부르는 소리들로 떠들썩했다. 나는 아내와 함께 상경하여 고_故 김관식_{金冠植}˚ 시인의 호의˚로 이 빈민촌 제일 위에 자리 잡은 어울리지 않게 널찍한 정원을 가진 그의 집 문간방을 공짜로 얻어 들었다. 전기도 없어 50년대로 되돌아가 촛불을 켜야 하는 집이었다. 주인은 산 넘어 세검정에 또 하나 무허가 집을 지어 이사해 살고, 역시 무허가인 이 큰 집은 겨우내 나와 아내 둘이서 지켰다. 그해 겨울에는 유난히 바람이 많기도 했지만 이곳이 바로 바람맞이여서 소삿벌을 거쳐 온 바람은 모두 여기 와서 마지막 숨을 거두었다. 나는 이 집을 지금도 밤새도록 덜컹거리던 문짝의 이미지로 더 많이 기억하고 있다.

집이 정서향으로 앉은 탓에 해질 무렵 유리창에 붙어 앉으면 저편 언덕 아래로 다닥다닥 붙어 너풀거리는 루핑 지붕들이 보이고, 듬성 듬성 집들이 들어서고 있는 메마른 들판이 보이고, 깎여서 누런 아랫 도리를 드러낸 언덕이 보이고, 그리고 그 언덕에 기대어 싸늘한 겨울 해가 걸려 있었다. 구지레한 사람살이와는 달리 노을은 빈민촌에서 보아도 아름다워, 나와 아내는 노을을 보며 잠시 살아갈 걱정에서 헤어나곤 했다. 종일 햇볕도 제대로 들지 않고, 전기며 수도도 없고, 찻길에서는 멀고, 이 집에서 취할 것은 노을뿐이라고 아내는 말했다. 하지만 아내가 노을을 좋아한 것은 노을이 진 뒤 갑자기 닥치는 어둠이 싫었기 때문이었는지도 모른다. 한밤중보다 황혼녘이 더 을씨년스러운, 전기도 없는 집의 어둠을 아내는 두려워했다. 유령은 한밤중이 아니라 어둡기 시작할 때 나오는 법이라며 아내는 내 이른 귀가를 재촉했다. 실제로 노을을 좋아한 것은 우리보다도 주인인 김관식 시인이었다. 해넘이와 노을이 좋아서 굳이 집을 정서향으로 지었다는 김관식 시인은 가끔 노을을 보기 위해 산을 넘어오기도 했는데, 이때 역시 고인이 된 천상병千祥炳 시인이 동행하는 경우가 많았다. 동병상련同病相憐으로 기행奇이한 행동으로 소문난 두 시인은 특별히 가까워 천상병 시인이 김관식 시인을 찾아오는 일이 잦았던 것이다. 이들은 내가 사 온 소주를 김치 안주 해 마시면서 번갈아 일어나 유리창에 붙어 서서 노을을 구경하며 감탄을 과장하다가 하늘이 아주 새까맣게 바뀌어서야 아내까지 끌고 언덕 아래 술집으로 자리를 옮겼다. 이때 일이 선명하게 떠오르는 것은 어쩌면 이 세 사람이 모두 이 세상에 없는 사람이 되어서인지도 모르겠다. 그때 김관식 시인이 즐겨 외우던 시는 이백李白의 「산중문답」山中問答이었다.

問余何事栖碧山 문여하사서벽산 푸른 산에 왜 사느냐 물으니

笑而不答心自閑 소이부답 심자한 대답 없이 빙긋 웃을 수밖에

桃花流水杳然去 도화유수묘연거 복사꽃 흐르는 물은 아득한데

別有天地非人間 별유천지비인간 이곳은 사람 사는 곳 아닌 딴 세상

내 기억의 영사막에 찍혀 있는 그림은 한둘이 아니지만, 뒤져 보면 으레 노을에 얽힌 것들로부터 나오니 웬일일까. 생각해 보니 이것들은 내 속에서 때에 따라, 해체되기도 하고 변형되기도 하고, 어떤 것은 확대되고 어떤 것은 축소되면서, 없어지는 것도 있고 새로 보태지는 것도 있고, 뭉글어지기도 하고 굳어지기도 하면서, 내 시의 한 부분으로 자리 잡고 있다. 아무래도 내 시는 내 경험으로부터 밖으로 멀리 나가지 못하고 있는 것인지도 모르겠다.

노을

길 이야기

아무래도 나는 할머니의 틀국숫집˚으로부터 길 이야기를 시작해야
할 것 같다. 길에 대한 나의 이미지는 거기서 틀지어졌기 때문이다.
할아버지가 돌아가신 지 얼마 아니해서 할머니는 삼촌을 데리고 장
터 한옆에 가게를 얻어 틀국숫집을 내었다. 일꾼들한테 새참으로 내
가는 국수는 말할 것도 없고 잔칫날 같은 때 수십 그릇 되는 국수도
아낙네들이 일일이 손으로 반죽을 하고 밀고 썰어서 말던 시절이다.
할머니는 읍내에 사는 고모네 집에 샀나가 밀가루 한 포대를 순식간
에 국수로 만들어 내는 기계를 구경하고 크게 감명을 받아 서둘러 가
게를 낸 것인데, 밑천으로 밭 한 뙈기 들어가지 않은 것을 보면 따로
꽤 큰돈을 지니고 있었던 모양이다. 그 무렵 당숙모며 고모들은 삼촌
이 길에서 큰 금 덩어리를 주웠다고들 수군거렸지만, 삼촌은 요절天折˚
하고 할머니는 입을 열지 않는 바람에 틀국숫집의 비밀은 끝내 어둠

속에 묻히고 말았다. 어쨌든 할머니의 아이디어는 적중하여 기계는 쉴 짬이 없이 일거리가 밀려들면서, 장날만 국수를 누르던 애초의 방침은 무싯날˚도 기계를 돌리게끔 바뀌었다. 처음에는 주문을 받아 국수를 눌러 주고 삯만 받다가 마침내 스스로 국수를 만들어 말려서 파는 장사까지 겸하게 되었다. 자연 할머니와 삼촌은 줄창줄곧 가게에서 살다시피 했고, 삼촌을 따르던 나도 덩달아 뻔질나게˚ 가게를 드나들었다. 국수 꼬랑지꽁지를 구워 먹는 재미, 삼촌을 졸라 동전을 얻어 가지고 바로 옆에 붙은 과자 가게에서 눈깔사탕˚이나 그때 이웃 아이들로서는 구경도 못하던 귤을 사 먹는 재미도 여간만 쏠쏠하지˚ 않았다.

　우리 마을과는 아래 윗말윗마을로 구분되는 할머니의 틀국숫집이 있는 장터는 한산한 산골 장터였지만, 일제가 들어와 경충가도京忠街道˚를 새로 뚫기까지는 영남에서 새재˚를 넘어와 서울로 가는 옛 국도변에 자리 잡고 있었다. 그래서 그때까지도 도보로 서울을 가는 사람들은 이 길을 많이 이용했는데, 특히 영남에서 서울까지 소를 몰고 가는 소장수들은 이 길의 단골이었다. 그들은 흔히 열 마리씩 다섯 마리씩 무리를 지어 몰고 갔는데, 소들이 머리를 들고 움매움매 울어대고 소장수들은 고삐를 당기며 이랴이랴를 연발하는 모습은 정말 볼 만했다. 사람들이 보면 소들은 더 극성스럽게 울어쌓고 소장수들은 더 기가 나서˚ 이랴이랴를 찾아댔다. 사나흘에 한 번꼴로 대개 저녁 무렵 이 장관을 볼 수 있었는데 그때마다 나는 삼촌에게 물었다.

"저 소장수들 어데서 오는 거야?"

"새재 넘어 경상도에서."

"어데로 가는 거야?"

"서울로 가지."

"강을 어떻게 건넜어?"

"배 타고 건넜지."

한 번도 질리지 않고 대답하는 삼촌의 말을 들으며 나는 소들이 떠나 온 경상도라는 낯선 고장을 생각했고 그들이 건넜을 시퍼런 강물을 생각했고 그들이 찾아가는 서울이라는 큰 도시를 생각했다.

"나도 크면 소장수가 될 거야."

한번 이런 소리를 했다가 "이놈 자식, 겨우 소장수야!" 하고 삼촌한테 영문 모를 호된 야단을 맞고 이 소리는 다시 하지 않았지만, 길과 소장수와 바깥 세상에 대한 그리움은 어느새 내 속에서 하나가 되어 갔다.

7자불 7자불 뱀처럼 언덕을 기어가 까맣게 높은 팥알만 한 고개도 사라지던 신작로, 이것도 내 머리에 깊이 각인刻印되어 있는 길이다. 그리고 그 신작로의 한옆에는 소녀의 주검이 있다. 남쪽에서 고개를 넘어 들어와 +자로 옛 서울 길을 가로질러 장터를 관통貫通하여 북쪽 고개로 빠지는 신작로가 만들어진 것도 할머니가 틀국숫집을 낸 것과 같은 무렵으로, 그 신작로가 바로 우리 마을 앞을 지나갔다. 덕택에 마을 앞 개울에는 반듯한 방죽*이 쌓이고 산뜻한 나무다리도 놓였다. 방부용*으로 나무다리에 칠해진 콜타르* 냄새가 나는 너무 좋았다. 이 다리가 아이들한테는 놀이터가 되고 어른들한테는 여름 한철 쉼터가 되었던 것을 보면 이 냄새를 좋아한 것은 나만이 아니었던 것 같다. 이 콜타르에서는 도시 냄새가 나고 문명의 냄새가 났다. 언덕을 기어가 고개로 사라지는 길은 바로 여기서 바라다 보였는데, 그 신작로를 끝까지 가면 콜타르 냄새가 더 짙은 마을이 있을 것 같았다. 어느 날 나는 저 신작로 끝에 있는 고개까지 가 보자고 동무들을 꾀었다. 우리들은 노래까지 부르며 호기豪氣* 있게 출발했다. 느티나무를 지나고 솔숲도 지나, 마침내 신작로는 언덕으로 올라섰다. 뒤를 돌아다보니 다리가 아주 조그맣고 멀리 보였다. 나는 너무 놀랐다. 어쩌면 영 돌아가지 못할 것 같은 느낌이었다. 나는 냅다* 내달렸다. 다른 아이들은 영문도 모르고 내 뒤를 따라 달렸다. 솔숲까지 되돌아와서야 나는 헐떡거리며 멈춰 섰고, 아이들도 따라 서면서 물었다.

"왜 그러니?"

"귀신."

나는 멋쩍게* 대답했지만, 그 몇 해 뒤에는 실제로 신작로 끝에 있는 고개까지 갔다. 아니 거기서 십 리나 더 가서 있는 용당장터까지 갔던 것이다. 앞집에 사는 새우젓장수를 따라서였다. 읽을거리라면 질색을 하는 아버지와는 달리 책에 환장*을 한 내가 새 책을 못 구해

안달을 하자 할머니가 우리게* 장보다 배는 더 큰 용당장에 가서 책을 구하라고 새우젓장수한테 딸려 보낸 것이다. 새벽에 떠났기 때문에 고개에서 해돋이를 보았다. 이십 리 길이 하루 종일이다시피 멀었지만 용당장에 도착하니 겨우 늦은 새참이어서 두 군데뿐인 책전冊廛*이 막 보따리를 푸는 참이었다. 그러나 그곳에서도 별 책이 없어 겨우 『김유신전』과 무슨 소년 월간지 한 권을 사고는 불안하게 새우젓장수 옆에 붙어 앉아 있었다. 우리게와는 달리 제법 북적대는 장거리를 구경하고 싶었으나 새우젓장수를 놓치면 큰일이었다. 내 속을 눈치 챘던지 새우젓장수는 점심때가 겨우 지나자 좌판坐板*을 거두고 나를 데리고 국밥집으로 들어갔다. 말수가 적은 그는 국밥 두 그릇을 시키고는 혼자서 소주 한 병을 마시더니 내가 미처 그릇을 비우기도 전에 국밥집을 앞장서서 나와 장짐*을 둘러메었다. 갔던 길을 되짚어 집에 돌아왔을 때는 해가 한 발*도 넘게 남아 있었다.

"귀한 집 아들 잃어버릴까 봐 장도 못 봤지 뭐유."

그가 할머니한테 하던 불평이다. 그러나 나는 오히려 그가 서두르는 바람에 구경할 것을 제대로 구경하지 못하고 온 것 같아, 나 혼자서 반드시 다시 가리라 다짐했었지만 그럴 기회는 쉽게 오지 않았다. 게다가 그해에 큰물*이 들어 다리가 떠내려가고 방죽이 무너졌다. 언덕을 기어가 고개로 사라지는 신작로를 바라볼 기회도 없어진 것이다. 하지만 육이오 때다. 이웃 마을에 사는, 읍내에서는 한 집에 기거

寄居^{寄居}하던 족형族兄이 외가엘 가는데 함께 가자고 유혹했다. 바로 그 고개 너머에 그의 외가가 있고, 또 그 마을엔 마침 육촌누이가 시집가 살고 있었다. 석 달 동안 점유占有해 있던 인민군은 도망가고 국군은 아직 들어오지 않았을 때다. 이렇게 공백 상태가 되어 있을 때가 가장 위험하다고 해서 이미 아버지는 피신避身하고 나와 동생도 당숙을 따라 이웃 마을로 옮겨 가려던 참이었다. 나는 피신을 겸해서 족형을 따라나섰다. 그 고개를 다 올라섰을 때이다.

"저게 뭘까?"

천오백 년 전 고구려와 백제가 또는 백제와 신라가 어떻게 이 고장에서 싸웠는가를 실감나게 얘기하던 족형이 걸음을 멈추고 허연 수염을 너풀거리며 바람에 춤을 추고 있는 억새 속을 가리켰다. 무슨 허연 것이 보였기 때문에 우리는 무심코 가까이 가서 들여다보았다.

"사람이다."

나는 너무 놀라 뒤로 물러섰다. 얼굴은 이미 썩어 형체를 알아볼 수 없었지만 인민군 군관복장교복에 단발머리를 하고 있었다. 우리는 뒤에서 누가 잡는 듯싶어 고갯길을 내려 달렸다. 한참을 내려온 뒤에야 족형은 말했다.

"고등학생일 거야. 옆에 있던 공책 보았지? 연장만 있었어도 묻어 주었을 텐데."

그 뒤 길은 내게 두려움의 이미지로도 남아 있다.

그러나 길은 역시 아름다움으로 더 많이 새겨져 있다. 소학교 오학년 때였던 것 같다. 벼 베기 철이 되면 시골 학교는 아이들에게 부모의 일손을 도와주라는 뜻으로 일주일쯤 실습 휴가를 준다. 그 휴가를 이용하여 나는 이웃에 사는 동무와 읍내에 가기로 했다. 시골서는 구하기 힘든 참고서를 구하려었다. 탈것이라고는 아무것도 없던 시절이어서 오십 리를 내처 걸어야 했다. 우리는 도시락을 하나씩 싸 들고 아침 일찍 출발했다. 초행이었기 때문에 묻고 또 묻느라 우리 발걸음은 여간만 더디지 않았지만, 누렇게 곡식이 익어 가는 들판은 아름다웠다. 두어 시간쯤 걸으니 새파란 강물이 나왔다. 언덕에는 노란 들국화와 보랏빛 쑥부쟁이가 잔뜩 깔려 있었다. 마침 서너 척 뗏목이 지나가고 있었다. 한 배에서 "어어어" 하고 뜻 모를 노래를 부르면 다른 배에서 "흐으흐으흐으" 하고 받았다. 우리는 언덕의 탑 그늘에 앉아 넋을 잃고 강물을 바라보았다.

'저 떼를 타면 서울에 닿을 텐데.'

도시락을 먹고 나시 깅을 따라 난 길을 두어 시간 더 걸은 끝에 나루에 닿았다. 나룻배 사공은 체머리였는데, 강을 건네다 주고는 막주막에서 나오는 중늙은이를 붙잡고 부탁했다.

"읍내 들어가는 길이지? 이 애들 좀 태워다 주라구, 촌에서 오는 애들인데 초행이야."

중늙은이는 말없이 배추를 키보다 높이 쌓은 마차 뒤에 우리를 타게 했다. 강 건너는 온통 수수밭과 배추밭이었다. 가을바람에 몸을 흔드는 수숫대며 배추밭에 개미처럼 달라붙어 일을 하고 있는 아낙네들이 설핏한* 가을 햇살 때문에 조금 슬퍼 보였다. 난생처음 보는 널따란 밭가에 군데군데 마차가 서서 배추를 싣고 있는 것도 진풍경珍風景*이었다. 간간이 트럭이 뽀얗게 먼지를 일으키며 우리가 탄 마차를 앞질러 달려가고, 맞은쪽에서 자전거가 달려오고, 길가로 여학생들이 떼를 지어 재재발거리며* 몰려가고, 멀리서 나팔소리가 울려 퍼졌다. 이 길을 나는 지금도 내게 길의 아름다움에 눈을 뜨게 해 준 가장 아름다웠던 길이라고 기억하고 있지만, 이 길은 또한 내가 그 뒤 가장 많이 다닌 길이기도 하다.

중학교에 진학, 읍내로 나온 지 얼마 되지 않아 종중宗中*에서는 읍내에 오백여 평의 대지에 방을 열댓 개나 가진 큰 집을 장만했다. 집안 아이들을 빠짐없이 고등학교까지는 졸업시킨다는 어른들의 의지가 작용한 것이다. 그래서 읍내에 나와 학교에 다니고 있는 아이면 이집을 사용할 권리를 갖게 되었는데, 나도 고모 집에 기식寄食*하던 것을 치우고 방 한 칸을 얻어 들었다. 처음에는 대부*뻘*이 되는 양주분부부*이 외아들을 공부시킬 겸 나와서 방 한 칸을 쓰면서 학교의 기숙사처럼 실비實際 費用로 모두에게 식사를 제공했으나, 그 아들이 인민의용군*으로 나가 행방이 없어지자 실망하여 시골로 돌아가 버렸기 때문에, 이십여 명에 이르는 집안 아이들이 각자 자취를 하게 되었다.

이것은 매주 시골집까지의 오십 리 길을 왕복하는 것을 뜻했다. 가서 등에 직접 지고 오는 외에는 양식을 조달할 방법이 따로 없었기 때문이다. 후생 사업*을 하는 군 트럭을 이용하는 길이 더러 있기는 했지만 아주 드문 일일 뿐이었다. 그래도 이 일이 별로 고달프지 않았던 것은 그 길이 싫지 않았기 때문이다. 토요일만 되면 우리는 형편이 맞는 아이들끼리 미리 약속을 했다가 함께 가는 것이었는데, 나는 두 학년이 위인, 다른 학교에 다니는(그의 외가를 함께 다녀온 일이 있는) 족형과 동행이 되는 일이 많았다. 이십여 명 가운데 시집을 읽고 소설책을 읽는 것이 우리뿐이었다는 사실이 가장 큰 이유였다. 우리는 방과 후 농업학교 앞 다리께*에서 만나서 가고는 했는데, 해가 짧은 가을 같은 때는 탄금대* 나루를 건너면 이미 서쪽 하늘이 빨갛게 물들어 있었다. 족형은 얘기하기를 몹시 좋아해서 그 노을도 그냥 보고 넘어가지 않았다.

"생각해 보라구, 영남에서 괴나리봇짐*을 해 짊어지고 타박타박 보름이고 한 달이고 이 실을 걸어 서울까지 가는 거야. 과거 보러 가는 거지. 그래가지고는 또 떨어져서 타박타박 걸어서 내려오는 거야. 저 노을을 보면서 기분이 어떠했을까."

강물에 뗏목이 떠 있으면 또 말했다.

"저 떼가 어데서 오는 건지 아니? 강원도 정선이야. 정선서 서울까지는 일주일이 걸리는데, 마포 가서는 돈을 받아 진탕_{왕창} 먹고 마시는 거야."

다음날 쌀 한 말에 찬거리^{반찬거리}를 지고 되짚어 올 때는 선돌백이°에서 쉬는 경우가 많았다. 70년대에 발견되어 학계의 주목을 받은 중원고구려비°가 도랑에 처박혀 빨랫돌로 쓰이고 있던 마을이다. 아무도 알아보지 못했던 그 돌을 그는 예사롭게 보지 않았다.

"어이, 저 글씨 같은 거 보이지? 저기 무슨 내력_{來歷}이 있을 거란 말야."

또 "저쪽에 보이는 저 여울° 있지? 거기가 의병_{義兵}°들이 일본 헌병 삼백 명을 몰살시킨 데거든. 그런데 말이다, 그 의병장은 상놈이었는데, 말 안 듣는다고 양반 의병장한테 목을 잘렸단 말야" 하고 이곳이 의병 전쟁의 격전지_{激戰地}였음을 상기시켜 준 것도 그로서, 말하자면 내 장시_{長詩} 「남한강」의 모티프°의 상당 부분은 이 길에서 그로부터 제공받았다고 해도 지나친 말이 아닐 것이다.

술도 이 길에서 배웠다. 역시 그 족형과, 또 그의 다른 친구들과 함께 읍내로 돌아오는 길에서였다. 나설 때부터 눈발이 날리더니 중앙탑께 이르니까 눈을 바로 뜰 수 없을 지경으로 퍼부었다. 마침 주막집이 보여 들어갔다. 몸을 녹이고 점심때여서 동태찌개를 시켰는데 그 과정에서 자연스럽게 막걸리가 나왔다. 내 차례가 되자 나는 마치 익숙한 듯 예사롭게 마셨고 "쪼그만 놈이 술깨나 잘하네"라는 칭찬을 받으며 서너 잔을 거푸_{거듭} 들이켰다. 이후 늦어 밤길이라도 가게 되면 주막에 들어가 막걸리 한두 잔 하는 것이 상례常例가 되었는데, 눈이 수북하게 쌓여 있던 주막집 마당이나 코스모스와 맨드라미가 뒤덮고 있던 장독대, 또는 살구꽃이 하얗게 깔려 있던 사립께 등은 지금까지도 이 길의 여러 이미지와 함께 내 속에 깊이 침전沈澱되어 있다.

길은 고통의 이미지로도 남아 있다. 육이오 때다. 나는 피난 가면서 아버지한테 돈을 식구 수대로 칠 등분해 가지자고 제안했다. 어떤 일이 생길지 아느냐는 것이 내 제의의 근거였지만 술자리나 노름자리를 보고는 그냥 지나가지 못하는 아버지를 나는 철저하게 불신했던 터이다. 처음 아버지는 어린놈이 되바라지다고 노발대발했지만 내 말에도 일리가 있다고 생각했던지 내 제의를 수락했다. 하지만 돈을 간수看守할 수 있는 나와 동생에게만 한 몫씩을 나누어 주고 나머지 다섯 몫은 여전히 아버지가 보관한다는 수준이었다. 이래서 나는 보름쯤 걸린 피난길에서 내내 느긋할 수가 있었는데, 우리가 가서 멈춘 곳은 기껏 충북의 끝인 영동이었다. 나는 내 몫의 돈으로 친구들과 함께 양담배 장사를 시작했다. 한데 하루 종일 장사를 해도 담배 한 보루가 떨어지지 않았다. 당시 영동에는 미군부대가 없어 다른 데서 떼어 오는 중간상의 손을 거쳤기 때문에 이문利文이 박했던 것이다. 어느 날 우리는 미군부대가 있는 대전에 가서 직접 담배를 떼어 오기로 하고 친구들 셋이 함께 떠났다. 국도는 통제가 심해 철로를 택했는데 걷기가 너무 불편했다. 특히 발 아래로 까마득히 강물이 내려

다 보이는 철교鐵橋를 지날 때는 금방 죽을 것 같았다. 본디 고소공포
증이 심하던 터였다. 하루를 묵고 담배를 사 가지고 돌아올 때는 나
는 며칠을 기다렸다가라도 군용 트럭을 타고 가겠다고 버티기까지 하
였다. 한데 이렇게 힘들게 담배를 사 가지고 돌아와 보니 하룻밤 사
이에 영동에 미군부대가 들어와 양담배 값은 반으로 떨어져 있었다.
우리는 제값을 받고 팔 곳을 찾아 아픈 다리를 끌고 황간으로 내려갔
다. 하지만 영동의 반만도 못한 황간에 양담배의 수요가 있을 턱이 없
었다. 결국 사흘쯤 묵는 사이 나는 본전을 거의 까먹었다. 빈털터리
가 되어 돌아오는 길은 배도 고프고 다리도 아프고, 정말로 고통스러
웠다. 그러나 아버지는 "대가리에 피도 안 마른 놈이 똑똑한 체는 독
판하더니" 하고 끙끙 앓고 누워 있는 나를 냉소冷笑했다. 나는 바로
그 다음 날 미군부대에 하우스보이로 들어가기 위해 집을 나섰는데,
불과 500미터밖에 안 떨어진 미군부대까지의 그 길이 왜 그렇게 멀
고 지루하게 생각되었던지 알 수 없다.

한때 나는 막걸리에 취해 김일성을 찬양하고 북한의 노래를 불러
말썽을 일으킨 일이 있다. 친구들한테 공짜로 술 얻어먹기가 계면쩍
어 값을 한다는 것이 이 꼴이 된 것이다. 그 덕에 도망 다니는 신세가
되었는데, 용기가 없고 소심한 터라 겨우 제천, 영월, 원주, 횡성, 홍
천 등 평소에 설지 않던 곳을 맴돌았을 뿐이다. 나는 걷고 또 걸었다.
아는 사람을 찾아 돈을 구걸할 비위도, 일을 찾아 돈을 벌 능력도 없

으니까, 가장 싸게 먹을 수 있는 곳과 돈 안 들이고 잘 수 있는 곳을 찾아다녔다. 어릴 때의 적극적인 성격이 몇 번의 실패 끝에 이렇게 소극적으로 바뀌어 있었던 것이다. 늦은 봄에서 초가을까지의 기간이었는데 길이 결코 아름답지만은 않다는 것을 깨달은 것도 이때이다. 특히 나는 원주의 홍업이라는 데서 자고 목계까지 걷던 길을 가장 고통스럽던 길로 기억하고 있다. 아침도 못 먹고 먼지가 뽀얗게 나는 길을 전속력으로 달리는 트럭이며 버스에 섞여 걸어서 목계에 도착했을 때는 점심때가 한참 지나 있었다. 왜 하필 그때 목계로 갔을까? 나는 지금도 그 이유를 명확히 모른다. 더는 걸을 수 없다는 절망감과 마지막으로 목계를 보아 두자는 체념 같은 것이 복합되어 있지 않았을까, 막연히 짐작할 뿐이다. 발에 익은 뒷골목을 찾아 들어가니 막국숫집이 있었다. 냉수 한 대접을 들이켜고, 막국수 한 사발을 먹으니 무일푼이 되었다. 나는 나루터로 나갔다. 나루를 건너 왼쪽으로 강을 따라 걷다가 고개 하나를 넘으면 고향이었다. 어떻게 나루를 건널까 궁리하며 강을 보고 서 있다가 불심검문(不審檢問)*에 걸렸고, 그것이 내 고통스러운 길의 종말이 되었다. 나는 지금도 끝도 시작도 없는 길을 걷고 또 걷는 꿈을 꾸다가 땀에 흠뻑 젖어 깨는 일이 잦다.

아버지가 하는 일은 결코 하지 않겠노라고 다짐하면서 자랐다는 뜻의 시를 쓴 일이 있지만, 내가 길에 대해서 특별한 정서를 가지게 된 데는 아버지의 몫도 적지 않았을 것이다. 아버지는 좀 더 큰 공부를 하기를 바라는 할아버지의 뜻을 거역, 간이 농업학교를 나와 금융조합 서기˚(처음에는 면 서기)에 머물렀으나, 할아버지가 돌아가시자 광산에 손을 대기 시작했다. 삼촌을 덕대˚라는 대리인으로 내세워 분광分鑛˚을 얻어 하는 것이었다. 그래서 집안은 늘 광부와 그 아내들로 들끓었는데, 대개가 외지 사람들로 억센 사투리를 쓰고 행동거조行動擧措도 거칠어 싸움이 잘 날이 없었다. 특히 놀기들을 좋아해서 파수派收˚로 돌아오는 간조날˚이면 돼지를 잡고 신바람 나게 한판 놀았는데 남정네고 아낙네고 노래들을 썩 잘들 불렀다. "부령 청진……" 운운하는 노래며 "오막살이 초가집에 돈돌 날이" 운운하는 노래들이 다이때 듣던 노래들이다. 아버지는 분광을 하는 데 머무르지 않고 금 분석이라는 것도 했다. 불순물이 섞여 있는 금을 가열시킨 다음 수은으로 불순물을 제거하여 순금으로 만드는 일인데, 이 일을 위해서 아버지는 광에 분석 시설을 하고 건넌방 하나를 비워 기술자한테 살림방을 내주었다. 집안은 종일 독한 수은 냄새로 자욱했고 마당가의 향나무며 개나리는 시커멓게 죽었지만, 할머니는 마당을 쓸어 금 부스러기를 줍는 재미로 늘 신이 나 있었다. 추씨 성을 가진 초로初老˚의 그 기술자는 스무 살쯤 아래인 젊은 아내를 데리고 살고 있었는데, 만주˚로 돈벌이 갔던 추씨가 그곳 술집에서 만나 살림을 차리게 되었다는 것이 그들에 대해서 떠도는 소문이었다. 그 젊은 새댁은 밥을 하면서도 빨래를 하면서도 "한 번 읽고 맹세했소 두 번 읽고 단념했소 목단강[*] 건너 갈 때 보내주신 그 편지" 하고 노래를 불렀다. 결국 그녀는 자기가 만주의 신도시 목단강에서 살았었다는 사실을 털어놓았는데, 가도 가도 끝이 없는 고량밭[수수밭]과 꾸리[쿨리][*]들이 몰려서 떠드는 뒷골목이 있는 목단강행은 한때 내 인생의 목표가 되기도 했다. 지난해 만주 민요 기행을 하면서 굳이 내가 목단강을 행선지에 넣을 것을 고집한 데는 그만한 이유가 있다.

아버지는 화약장사도 했다. 도광[盜鑛]을 하는 사람들을 상대로 하는 불법적인 상행위로서 이 무렵 우리 집은 광이고 방이고 화약으로 가득 차 있었다. 서울서 판사로 있던 외숙이 다니러 왔다가 집안이 하루아침에 날아가겠다고 기겁을 해서 말리는 바람에 이 장사를 오래 하지는 않았지만, 이때 드나들던 사람 중에 딱부리라는 별명을 가진 젊은이가 있었다. 나와는 일고여덟 살밖에 층이 지지 않는 그는 우리 집에 오면 나와 더 많이 어울려 일본군에서 화약을 다루는 병정으로 있으면서 겪은 모험담을 들려주었다. 그가 맹활약했다는 양곤[랑군][*]도 내가 꼭 가고 말겠다고 다짐했던 곳이다. 또 아버지는 당숙과 동업으로 금빙아[노] 했다. 수력으로 공이[*]를 돌려 광석을 빻아 순금을 뽑아내는 작업이었는데, 이 장사가 잘되었던 것은 오직 그 금방아 하나만을 보고 그 앞에 주막집이 생긴 것만 보아도 알 일이다. 그 주막집에서는 객지[客地][*]에서 들어온, 동네 사람들의 표현 그대로 배추 줄기처럼 시원하게 생긴 과부가 과년[瓜年][*]한 딸과 내 또래의 아들 그리고 아직

성가成家를 하지 않은 데릴사위를 데리고 밥과 술을 팔고 있었다. 내가 그 집을 좋아했던 것은 그 집은 동네의 다른 사람들과는 사는 게 달랐기 때문이다. 과부는 이 집 저 집 드나들지도 않았고 아들도 아이들을 따라 나무를 가거나 하지 않았다. 나는 그들을 통하여, 사는 것이 이곳과는 다른 바깥의 세상을 어렴풋이 내다볼 수 있었다.

생각해 보면 내게는 길만이 길이 아니고 내가 만난 모든 사람이 길이었다. 나는 그 길을 통해 바깥세상을 내다볼 수 있었고 또 바깥세상으로도 나왔다. 그 길은 때로 아름답기도 하고 즐겁기도 하고 고통스럽기도 했다. 하지만 나는 지금 그 길을 타고, 사람을 타고 왔던 길을 되돌아가고 싶은 생각이 문득 들기도 하니 웬일일까.

바람의 풍경

서울을 생각할 적마다 나는 먼저 임화林和*의 시 「삼월 일일이 온다」의 첫 구절 "언 살결에 한층 바람이 차고 눈을 떠도 눈을 떠도 티끌이 날려오는 날 봄보다 일찍 삼월 일일이 온다"를 떠올린다.

서울서 뿌리박고 산 지 어언 서른 해, 그 사이 즐거운 일, 기쁜 일도 적지 않지만, 아직도 서울은 춥고 황량한* 느낌으로만 남아 있으니 이상한 일이다. 내가 서울 구경을 처음 한 것이 "눈을 떠도 눈을 떠도 티끌이 날려오는" 이른 봄이어서였을까. 쌀가마를 겹으로 쌓은 트럭 짐칸에 실려 종일 먼지를 뿌옇게 뒤집어쓰면서 흔들린 끝에 어느 골목에 내려졌을 때, 길에는 신문지며 전단* 조각이 어지럽게 날리고 있었다. 해방된 다음다음 해, 삼촌을 앞세우고 어머니와 함께 외갓집을 찾아가는 길이었다. 충북 괴산의 꽤 이름 있는 토호土豪*이던 외조부가 재종再從*을 통해 상해임시정부*에 자금을 댔다 해서 징역을 사는 등 시달리다가 천석지기˚ 전답田畓(논과 밭)을 다 없애고 서울로 이사해 산 지 십여 년, 어머니로서는 첫 서울 친정 나들이였다. 고생이라고는 모르고 자란 동생들이 목욕탕에서 손님의 옷이나 간수하고 여동생이 영등포의 실공장에서 누에고치 다듬느라 손이 무를˚ 지경이라는 소식에 눈물을 찔끔거리던 어머니였다. 외조부가 작고作故한 뒤 큰 외숙이 장사에 성공하여 제법 큰 집을 마련하여 산다는 친정을 어머니는 목마르게 가 보고 싶어 했고, 금 장사를 하느라 서울 나들이가 잦던 삼촌이 광주鑛主(광산 주인) 집에 쌀을 배달하는 광산 트럭의 짐칸에 어렵게 자리를 얻어 어머니의 친정행을 가능하게 했던 것이다. 내가 처음 발을 딛은 서울에는 사람도 많고 차도 집도 많았을 것이다. 한데도 이상하게 내 기억에는 품으로 파고들던 바람이 별나게 찼던 일, 그리고 종이 조각과 쓰레기들이 어지럽게 골목을 쓸고 다니던 일밖에 없다.

외갓집은 충무로 4가 큰길가에 있었다. 똑같은 모양의 이층 상가 셋을 가지고 있었는데 하나는 세를 주고, 하나는 건축을 하는 큰 외숙이 전기 가게를 내어 외숙모에게 맡기고, 하나는 가게는 비운 채 외조모와 작은 외숙이 각각 아래층과 이층을 쓰고 있었다. 머무는 동안 어머니와 나는 외조모와 작은 외숙이 쓰는 집에서 침식寢食을 했는데 이층 창이 북쪽으로 난 작은 방에는 미리 선객先客(먼저 온 손님) 둘이 와 죽치고˚ 있었다.

어머니의 외숙과 외사촌 부자父子°로서, 그들이 고향에서 있은 무슨 폭동暴動°에 연루連累°되어 피해 와 있다는 사실은 그 뒤에 들었다. 고시 준비를 하던 작은 외숙은 매일처럼 새벽밥을 먹고는 도시락을 싸 들고 도서관으로 공부를 하러 가기 때문에 나를 서울 구경시킨 것은 어머니의 외사촌, 내게도 외가로 당숙뻘이 되는 그 젊은이였다. 스물을 갓 넘은 얼굴이 희고 키가 큰 그는 『지하로 뚫린 길』 같은 우리말 책과 『가난이야기』° 같은 일어 책을 읽고 있었는데, 도서관에서 돌아온 작은 외숙은 쓸데없는 책들만 읽는다고 저녁상에서 으레° 한두 마디씩 핀잔을 했다. 그러면 그는 "고등고시° 같은 거 돼도 아무 소용 없는 세상이 온다니까요" 하고 지지 않고 응수應酬°했고, 학교라고는 겨우 소학교만 나오고도 소학교와 중학교의 정교사° 자격증을 딴 아들의 재능을 믿는 외조모는 "잰 형 말을 안 들어 탈"이라고 조카를 나무랐지만, 나는 어쩐지 그의 말이 맞는 것 같기만 했다. 그는 나를 데리고 서점으로 빵집으로 돌아다녔는데 '좋은 세상이 오면'이라는 것이 그의 입에 붙은 말이었다. 좋은 세상이 오면 더 많은 책을 사 주겠다고도 했고 털모자를 사 주겠다고도 했다. 내가 달달 떨며 다니는 꼴이 딱해 보였던 모양이다. 이층 큰방에서는 작은 외숙이 밤늦도록 불을 켜 놓고 공부를 하는 까닭에 나는 잠도 그들 부자가 쓰는 방에서 함께 잤다. 밤이 되면 유난히 창문이 바람에 덜컹거리는, 다다미°가 넉 장 깔린 방이었다. 외조모가 뚱뚱한 몸을 뒤뚱거리며 뜨거운 물을 넣어 들고 올라오는 유단뽀물주머니는 둘뿐이었으므로 작은 외숙과 나한테만 차지가 왔고, 그들 부자는 찬 이불 속에서 웅크리고 잤다. 한밤중에 이불 속에서 기어 나와 덜덜 떨면서 옷을 껴입던 그의 모습을 나는 지금도 서울과 연관해 생각한다.

육이오 때 행방이 없어졌다는 그는 내게 『별나라』*라는 월간지를 사 주었다. 작은 외숙이 "그따위 책은 봐서 뭐하냐, 내가 오늘 도서관에 갔다 오다가 다른 책 사 오마" 하고는 톨스토이*의 『바보 이반』을 사다 주었지만, 나는 어머니 몰래 그 책을 가방 속에 넣어 가지고 내려왔다. 표지에는 할아버지 할머니와 어린이들이 함께 달려들어 벚꽃을 뽑아내는 그림이 그려져 있었고, 첫 장에 가난한 노동자 농민이 잘살고 그 아들딸들이 마음 놓고 공부할 수 있는 나라 운운의 글이 있었다. 그러나 가끔 그가 생각나는 더 큰 이유는 내가 젊어서 가장 감동 받은 책의 하나인 가와카미 하지메*의 『가난이야기』를 어쩌면 그가 아니었으면 안 읽고 지나갔을지도 모르기 때문이다.

칠팔 년이 지나 대학으로 진학하여 내가 있는 집도 여전히 외조모와 작은 외숙의 그 충무로 4가 이층집이었다. 아침이면 외숙이 도시락을 싸 들고 집을 나가는 것도 여전했고 밤이 되면 해소기침 병으로 숨쉴 적마다 가래 끓는 소리를 내는 외조모가 끓인 물을 담은 유단뽀를 들고 층계를 올라오는 것도 변함이 없었다. 불기 없는 다다미방에서는 여전히 냉기가 돌았고 길을 향해 난 창문들은 조금만 바람이 불어도 큰 소리를 내며 흔들렸다. 다만 외숙은 그 사이 고시에 합격해서 지방법원의 판사가 되어 있었지만, 단 하루도 빼지 않고 도시락 가방을 옆구리에 끼고 을지로 4가까지 걸어가서 전차를 타고 출근했다. 외숙은 저녁에도 일정한 시간에 빈 도시락을 들고 돌아와 책상 앞에 앉아 있고는 했다. 취미라고는 법률 책 읽는 것 이외에는 없는 양반이어서, 나와는 아침저녁으로 겸상°을 해서 밥을 먹고 밤에는 장지문°을 사이에 두고 이웃한 방에서 잠을 자면서도 나누는 말은 한두 마디가 고작이었다. 내가 서울 생활을 한없이 지루해 했던 것은 기숙하고 있던 외갓집의 따분한 분위기와도 무관하지 않을 터이다.

외조모가 새벽에 일어나 도시락 두 개를 나란히 싸서 하나를 내게 안겨 주는 까닭에 나는 외숙과 같은 시간에 집을 나오기는 했지만 걸어서 15분이 채 안 걸리는 학교는 너무 일러 언제나 텅 비어 있었다. 강의실 앞에 쭈그리고 앉았기도 하고 도서관 앞을 한참을 서성거리다 보면 그제서야 학생들이 몰려들었는데, 나는 학교에도 재미를 붙이지 못했다. 유명한 시인이라 해서 잔뜩 기대를 가지고 강의를 들으러 들어갔다가 횡설수설에 실망해서 나온 경우가 한두 번이 아니었다. 내가 공부하는 영문학 쪽의 강의가 미흡未洽°하기는 더했다. 공부라고 하는 것이 문학 전집을 통해 친숙해 있던 근현대 시인 작가는 뒷전으로 하고 케케묵은° 구닥다리°만을 다루는 것 같았기 때문이다. 첫 학기가 다 가기 전에 나는 강의에서 내 지적 욕구를 충족시킬 것을 단념했다. 이근삼李根三이라는 젊은 교수의 시간 외의 강의는 거의 빼먹으며 대개 도서관에 틀어박혀 시간을 보냈다. 학교 도서관은 규모가 작았지만 이용하는 학생이 적고 조용해서 시간을 보내기에 더없이 좋은 곳이었다. 스탕달이나 발자크의 소설이며 고바야시 히데오小林秀雄와 미키 기요시三木清 등의 산문을 처음 찾아 읽기도 했지만 대부분의 시간을 멍하니 앉아서 보냈던 것 같다. 그러다가 시간이 되면 도시락을 먹고, 해가 뉘엿뉘엿 넘어갈 무렵이 되면 언덕을 내려왔다. 집에 와 층계를 올라가 보면 외숙은 이미 법원에서 돌아와 책상 앞에 한쪽 어깨가 올라간 언제나와 똑같은 자세로 단정히 앉아 있었다.

하지만 내게도 서울 와서 붙인 한 가지 취미는 있었다. 복개覆蓋하기 이전에는 청계천을 따라서 고서점古書店이 줄지어 서 있었는데, 주머니에 여윗돈이 생기면 그 고서점들을 도는 일이었다. 외조모에게 찬값을 드리라고 어머니가 돈을 보내오면 몇 푼 떼는 부정을 서슴지 않던 터라 주머니에는 제법 여윗돈이 있었다. 전쟁이 끝난 지 얼마 안 되었을 때여서 서점에는 막 서재를 빠져나온 책들이 붉은 장서藏書 도장이 찍힌 채 산더미처럼 쌓여 있었다. 그 책 더미를 뒤지다 보면 말로만 듣던 말똥종이의 귀중한 책들이 드물지 않게 얼굴을 내밀었다. 백석白石이며 정지용鄭芝溶의 값진 시집들을 헐값으로 고른 것도 이 책 더미 속에서였다. 가와카미 하지메의 『가난이야기』를 발견한 것도 고서점의 그 책 더미 속에서였는데, 실은 나는 그에 대해서는 아는 것이 없었다. 하지만 그 책을 보는 순간 행방불명이 되었다는 어머니의 외사촌이 생각났다. "난세亂世에는 그냥 죽은 척 가만히 있어야 하는 건데 공연히 설쳐 제 부모 가슴에 못을 박았지" 하고 외조모는 종종 탄식을 했었다.

나는 그 책의 가치를 모르는 채 자장면 한 그릇 값을 주고 샀다. 그때 옆에서 나를 지켜보는 젊은이가 있었다. 내가 돈을 치르고 책을 가방에 넣으려 하자 그가 책 구경 좀 하자며 말을 붙였다. 책을 건네주자 그는 펼쳐 보고 닫아 보고 하면서 쉽게 책을 돌려주려 하지 않았다. 내가 가야 한다니까 그제서야 그는 아쉬운 듯 책을 내주었고, 그 뒤 우리는 두세 번 고서점에서 마주치다가 함께 차를 마시러 가게끔 되었다. 같은 대학의 대학원 학생인 그는 다방에 들어서자마자 가와카미 하지메를 화제에 올렸고 나는 그 무렵 미키 기요시의『철학 노트』를 읽고 있었으므로 그에 대해서 아는 척을 했다. 내가『가난이야기』를 큰 충격 속에서 밤을 새워가며 정독한 것도 실은 그로 해서였다. 이 책을 알고 나서 나는 눈앞에 새로운 세계가 펼쳐지는 것을 느꼈고, 이후 나는 그 책을 읽었는가의 여부를 친구를 사귀는 잣대로 삼았다.

나는 자연스럽게 그의 친구들과도 어울렸다. 대학 일 학년에서 대학원 학생까지 층이 다양했는데 모두들 내가 공부하는 문학과는 거리가 멀었다.『세계사교정』이니『조선사교정』같은 책을 즐겨 들고 다녔으며 나로서는 이름밖에 모르는 백남운白南雲°이니 전석담° 같은 사회과학자들의 책이 늘 화제가 되었다. 우리는 일주일에 한 번 금요일에 모였다. 장소는 역시 충무로 4가에 있던 모니카라는 다방으로, 많으면 일고여덟 명, 적으면 네다섯 명이 모여 지난 일주일 동안 읽은 책 이야기를 하다가 다 모였다 싶으면 인현시장 안에 들어가 비지° 안주를 해서 막걸리를 마셨다. 나는 그들이 읽었다는 책은 고서점을 돌아 기를 쓰고 구해다가 읽었고, 그들이 아직 읽지 못했을 책을 찾느라 늘 분주했다. 꼭 읽어야 할 책이면서 아직 아무도 읽지 못한 책을 읽은 사람에게는 그날의 술값을 분담하지 않아도 좋도록 되어 있는 특전이, 영웅이 되고 싶은 내 객기客氣°를 부추겼던 것이다. 내가 『공산당선언』을 처음 읽은 것도 이때로서, 제대로 뜻도 모르면서 영문으로 그것을 외운다고 설치던 것도 이들 앞에서였다.

　나가다 안 나가다 한 이 모임은 내가 문단文壇°에 나오고 또 외갓집에서 나오고도 꽤 오랫동안 이어지다가 이 모임의 지도자격인 젊은이가 진보당사건°에 연루되어 구속되면서 깨어졌다. 우선 겁이 많던 내가 학비 조달도 어렵다는 핑계로 시골로 내려가면서 연락이 끊어졌던 것이다. 지도자격인 젊은이는 그 뒤로 통혁당사건°이다 뭐다 해서 툭하면 감옥엘 드나들었는데 소식이 두절된 지도 어언 이십 년이 넘었다. 내가 그때 어머니의 외사촌을 만나지 않았더라면, 그가 『가난이야기』를 읽는 것을 눈여겨보지 않았더라면, 고서점에서 그 책을 사지 않았더라면, 그 젊은이와 만나지 않았더라면…… 나는 지금도 가끔 그런 가정을 해 본다. 과연 평범한 시골 학교 교사로서 행복하고 편안한 삶을 살 수 있었을까?

　서울이 내게 '언 살결에 한층 바람이 차고'의 이미지로 남아 있는데는 청량리 역전의 한 밥집과 전농동의 셋방 탓도 없지 않을 것이다. 내가 이 년여 동안의 외갓집 기식[*]을 마감한 것은 작은 외숙이 갑자기 별세했기 때문이었다. 온 가족이 슬픔에 젖어 있는 집을 학교를 다닌답시고 들락거리기가 여간만 민망하지 않았던 것이다. 그 전후해서 가까워지기 시작한 유종호柳宗鎬[*]도 외갓집 신세를 지고 있다가 뛰쳐나온 참이었다. 우리가 『문학예술』이라는 문예지를 통해 문단이라는 데를 나온 직후로서, 맨 처음 함께 을지로 4가에 하숙집을 구했다. 하숙생이 오십 명이 넘는 전문 하숙집으로 가수 지망생, 권투 선수, 발레리나가 한데 뒤섞여 살고 있었다. 하숙생이 모두 출타出他[*]하는 낮은 그래도 나았으나 밤이면 그대로 아수라장[*]이어서, 한 방에서 노래 연습하는 소리가 들리면 다른 방에서는 바이올린 소리기 들리고 또 다른 방에서는 춤추는 소리기 들렸다. 우리가 하숙한 방은 다다미 석 장이 깔린 좁은 방으로 우리 둘 외에 태권도 선수인 동숙생同宿生[*]이 하나 더 있어 우리가 책을 읽고 있을라치면 뒤에서 야잇 야잇 기합을 넣으며 공격 자세를 취했다. 이 무렵 나는 거의 학교엘 가지 않았고, 유종호 역시 학교에는 취미를 붙이지 못했던 듯 우리는 새벽까지 책을 읽고 늦잠을 자는 것이었는데, 그러면 주인 영감은 열두시가 넘으면 아침밥이 없다고 소리치면서 복도를 돌았다. 우리는 이 하숙집에서 채 두 달을 버티지 못하고 종로 3가 뒤의 권농동으로 새 하숙을 구해 갔다. 그곳에서의 약 일 년을 나는 내 생애 중 가장 열심히 책을 읽었던 시절로 기억하고 있다. 밤새워 책을 읽고 점심 겸 아침을 먹고는 학교 대신 르네상스라는 음악 다방으로 출근을 했다. 여기서 만난 친구들이 천상병*, 황명걸黃明杰*, 박성룡朴成龍* 등 젊은 시인과 임재경언론인* 등이다. 종일 앉아 있다가 저녁이 되면 운이 좋은 경우 좁쌀술을 몇 잔 얻어 걸치고 하숙집으로 돌아와 저녁밥을 먹고는 또 책에 달라붙었다. 이때 읽은 책 가운데 금요일의 만남에 나가 얘기할 책이 포함되어 있었음은 말할 것도 없다. 그러나 이 무렵 우리 집은 내 하숙비를 댈 만큼 여유가 있지 못했다. 이미 아버지가 남의 명의名義*로 약방을 하다가 몇 뙈기 남지 않은 전답마저 다 날린 뒤였다. 그래도 처음에는 용돈을 빼고 하숙비만은 보냈으나 몇 달 뒤부터는 그나마 두 달에 한 번꼴로밖에 보내지 않았다. 나는 처음에는 용돈을 벌기 위해서, 다음에는 하숙비를 벌기 위해서 출판사와 연이 닿는 친구를 찾아다니고 학교 신문사를 기웃거렸다. 저명한 사람의 이름으로 나가는 번역물을 하청下請* 받거나 틀어진 필자들의 원고를 대신 써주기 위해서였다. 그러나 이러한 아르바이트로서는 담뱃값 뜯어 쓰기도 힘들었다. 가정교사 자리도 찾아다녔지만 그것은 하늘의 별 따기였다. 견디다 못해 나는 하숙집을 나왔다. 유종호가 먼저 그룹 지도 자리를 얻어 나가고 나서 얼마 뒤였다. 그렇다고 학년말 시험도 있고 한데 당장 시골로 내려갈 수도 없는 일이었다. 나는 하루는 이 집에서 먹고 다음날은 저 집에서 자는 떠돌이 신세가 되었다. 오늘은 누구에게 밥을 얻어먹고 누구를 따라가 잘까, 남의 집에서 눈을 뜨고도 제일 먼저 생각하는 것이 이것이었다.

내가 뒤에 『친일문학론』을 쓴 임종국林鍾國을 만난 것은 이 떠돌이 과정에서였다. 무슨 까닭에서인지 그도 그 무렵 나처럼 동가식서가숙하면서 떠돌고 있었던 것이다. 그러나 나보다 일곱 살이나 위인 그는 나처럼 무능한 시골뜨기는 아니어서 아는 출판사도 꽤 많았다. 몇 친구를 찾아다니며 며칠을 함께 자고 먹던 끝에 그는 제안했다.

"내가 글 써 주기로 한 데서 미리 돈을 좀 준다니까 싸구려 전세방이라도 얻어 같이 들어가지."

이렇게 해서 얻어 들어간 곳이 청량리역에서 걸어서 이십 분 걸리는, 시립대학에서 논길을 가다가 개울 하나를 더 건너가야 있는 농가의 행랑방이었다. 나는 기거할 방이 생긴 것이 너무 기뻐 당장 외가에 맡겨 두었던 이불과 책 보따리를 찾아 가지고 들어갔지만, 어떻게 된 일인지 임종국은 짐이라고는 청량리 역전에서 산 비누와 치약, 칫솔이 전부였다. 연탄도 아직 보편화되어 있지 않았던 때였던 것 같다. 아궁이는 장작을 때게 되어 있었는데 장작을 살 돈도 없고 때기도 귀찮아 우리는 냉방에서 둘이서 함께 작은 이불 하나를 덮고 잤다. 눈보라 속을 가는 꿈을 꾸다가 깨어 보면 늘 나는 이불 밖으로 밀려나 있고 그가 이불을 똘똘 말아 덮고 구석에 처박혀 있었다. 2월 중순께였다.

우리는 도서관에 간다는 구실로 새벽에 집을 나오고는 했는데, 추워서 방에 늦도록 앉아 있을 수 없기도 해서였을 것이다. 우리의 일과는 청량리 역전의 상밥집*에서부터 시작되었다. 자장면 한 그릇 값이면 둘이서 멀건 콩나물국이 딸려 나오는 아침밥을 먹을 수 있는 싸구려 집으로서 열 개쯤 되는 식탁이 늘 털모자를 쓰거나 귀집﹡을 한 지게꾼, 리어커꾼으로 메워져 있었다. 싼 대신 난로 따위는 물론 바람막이도 제대로 없는 천막 속이어서 우리는 밥사발로 손이나 볼을 녹였는데, 단골을 바꾸지 못한 것은 이보다 더 싼 집이 청량리 일대에는 없었기 때문이다. 나와 임종국이 하루걸이로 밥값을 치르면서 밥과 뜨거운 물을 먹고 나오는 역전은 언제나 티끌이 날려, '언 살결에 한 층 바람이 차고'의 임화의 시구가 어느새 내 입에 붙고 말았다.

다음으로 우리가 가는 곳은 국립 도서관이었다. 갔다고 하나 실은 나는 갈 데가 없으니까 임종국을 따라간 데 지나지 않았다. 그는 메모를 해 가며 계획된 프로그램에 따라 자료와 책을 뒤지는 것 같았지만 나는 시집이나 잡지 따위를 이것저것 닥치는 대로 보고 읽고 하다가 점심때가 되기가 무섭게 르네상스나 돌체로 친구들을 찾아갔다.

몇 군데 시를 발표하면서 친구들이 여럿 생겼기 때문에 밥과 술은 언제나 어렵지 않게 얻어먹을 수 있었던 것이다. 그러나 우리의 동거 생활은 한 달을 겨우 넘겼을 뿐이다. 임종국은 산에라도 들어가 문학 공부를 다시 할 계획을 짰고, 나는 사는 것과는 아무 상관도 없는 시를 타성적惰性的*으로 쓰고 발표하는 일에 진력이 나기 시작한 것이다. 진보당사건이 일어난 것도 이 무렵으로, 시골로 내려갈 생각을 하면서 내가 먼저 그의 방에서 빠져나왔다.

우리가 다시 만난 것은 내가 칠팔 년의 시골 생활을 청산하고 다시 서울로 올라와서다. 12월 중순, 겨울치고는 온화한 날씨였다. 시골서 나를 끌고 올라온 김관식*이 취직을 시켜 주겠다며 나를 어느 출판사로 데려가길래 갔지만, 그의 장담과는 달리 출판사에는 자리도 없거니와 그를 신용하고 있는 것 같지도 않았다. 맥이 빠져 종로 5가를 걸어 내려오고 있는데 빈 공터에 어른과 아이들이 옹기종기 모여서 있고 그 한가운데서 바바리코트를 입은 사람이 기타를 치며 "이 강산 낙화유수落花流水* 흐르는 봄에" 하고 노래를 부르고 있었다. 어디서나 흔히 볼 수 있는 싸구려 화장품장수였다. 한데 무심코 그 쪽을 바라보던 김관식이 소리쳤다.

"저기, 임종국 아녀?"

나는 설마 하면서 다시 보았지만 영락없는 임종국이었다. 우리는 주저할 것 없이 사람들 등뒤에 가 섰다.

"어이 임종국!"

제 이름을 부르는 느닷없는 소리에 그는 잠시 어리둥절했으나 우리를 알아보고는 이내 유난히 붉은 속입술을 내보이며 웃었다. 술에 취해 머리로 다방 문을 들이받는 바람에 이마에 생긴 긴 흉터가 파랗게 솟아 있고 바바리 깃에는 까맣게 때가 묻어 있었다. 어떻게 된 일이냐는 우리의 물음에는 웃음으로만 대답하면서 그는 앞에 보이는 만두집을 가리켰다. 가서 잠시 기다리면 곧 가겠다는 것이었다. 이윽고 기타만을 들고 들어온 그는 만두 세 접시를 시켜 놓고는 이 생활이 원고 써 주고 원고료 받으러 다니는 일보다 훨씬 수월하다면서 웃었다. 오 년 전에 결혼한 아내와는 이혼을 했는데, 집도 딸 하나도 아내를 주고 나니 그렇게 홀가분할 수가 없다는 말도 덧붙였다. 헤어지면서 보니, 그가 화장품을 팔기 위해 다시 들어서는 공터에는 스산한 바람이 불면서 먼지를 하늘로 말아 올리고 있었다.

서울의 춥고 스산한 이미지는 아내와도, 또 할머니와 아버지와도 관계가 있을 것이다. 홍은동 산동네 생활을 청산하고 안양 비산동의 산비알에 작은 집을 지었을 때 아내는 여간만 좋아하지 않았다. 집이라고는 하나, 수도가 나오지 않고 우물도 없어 뒷산의 공동 우물에서 물을 길어다 먹어야 하는 비 문화주택 이었다. 그 무렵 우리 집은 뇌졸중으로 쓰러져 거의 몸을 쓰지 못하는 아버지를 모심으로써 세 칸뿐인 방이 모자라 목욕탕을 없애고 방을 들여야 할 지경으로 갑자기

대가족이 되었다. 그러나 아내는 이 집에서 겨우 일 년을 살았을 뿐이다. 시름시름 앓았으나 위궤양이라 해서 별것 아니려니 했던 것이 막판에 위암으로 판정을 받고 한 달 만에 세상을 떴다. 아내의 장례가 치러지던 날까지도 집에서는 아내가 벽과 마루에 칠한 페인트와 니스˚ 냄새가 가시지 않고 있었다. 그 다음 해 겨울에는 할머니가 세상을 떴다. 아흔이 가까운 호상好喪˚ 이라고는 하나 젊어서 과부가 되고 아들 하나를 청춘에 앞세웠으니 좋은 팔자였다고는 말하기 어렵다. 더욱이 국수장사도 하고 돼지도 키우고 하며 극성스럽게 돈을 모아 땅마지기도 장만했지만 아들이 다 날려 말년을 서러운 셋방살이로 살았다. 그래도 늦도록 건강해서 잔병치레˚ 같은 것은 없었는데, 손주며느리손자며느리를 앞세우고부터는 노망기가 나타나기 시작하여 중풍으로 누워 있는 아들을 괴롭히는 짓을 일부러 하고 다녔다. 그리고 이 년이 되기 전에 아버지가 돌아가셨다. 병들어 누운 지 칠 년, 내게 와 의탁依託˚한 것만도 육 년, 아마 아버지한테도 오래 사는 것이 꼭 복된 일만은 아니었을 터이다. 그리고 내게는 그 육 년이 견딜 수 없이 불안하고 초조하기만 한 시절이었다. 집에 무슨 일이 생겼을 것만 같아 단 하루도 마음 놓고 밖에 나다니지를 못했다. 여행을 하다가도 불안해져 도중에 돌아오기가 일쑤였고, 일을 할 때도 술을 마실 때도 늘 안절부절, 집에 돌아와 부기浮氣˚가 있는 아버지의 얼굴을 마주하고서야 마음을 놓았다. 물론 집에 전화가 있을 턱이 없었다. 나는 때로 아직 일할 나이에 병들어 누워 있는 아버지가 가엾어 좋아하는 먹을 것을 사 들고 들어가지만, 아버지의 얼굴을 보면 공연히 심술이 나서 불쑥 봉투를 내밀어 놓고는 말없이 문을 닫고 내 방으로 돌아오고는 했다. 아버지가 돌아가셨을 때도 나는 눈물이 나지 않았다. 어쩌면 내가 이 날이 오기를 은근히 기다렸는지도 모른다는 생각은 나를 부끄럽게 만들었다.

안양 집에서 산 것이 그때까지 만 육 년, 오 년도 안 되는 사이에 가장 가까운 사람 셋을 잃은 그 집이 나는 싫어졌다. 이듬해 이른 봄 서울 삼양동에 집을 구해 이사를 했다. 한데 이상하게도 나는 그 셋을 안양 집에 버리고 오는 것 같아 견딜 수 없었다. 그들은 모두 고향의 선영先塋*에 묻혀 있는데 말이다. 그리고 그들을 두고 나만 오는 서울은 옛날보다 더 스산했다. 몹시 바람이 부는 날이었다. 짐을 대충 정리하고 방에 누우니 창문으로 환한 달빛이 새어 들어왔다. 마루의 유리문을 사납게 흔들고 지붕을 지나는, 전선을 잉잉 울리는 바람 소리를 들으면서 나는 역시 임화의 시 구절을 생각했을까, 지금 기억에 없다.

나의 첫 바둑 동무

우리 동네에는 바둑판이 딱 한 조組° 있었다. 바둑판은 오래 묵은 것이면서도 번들번들 윤기가 흐르는 좋은 것이었지만, 돌은 사금파리°와 레코드판 깨어진 것이 반 이상 섞인 볼썽사나운° 것이었다. 그래도 마을에 있는 몇 안 되는 오락 기구의 하나였기 때문에, 아이들 사이에 인기가 대단했다. 주인은 건조실 집이었지만 이 집 저 집으로 돌아다녔기 때문에 좀체로좀처럼° 차례가 오지 않았다.

그런데 여름방학 동안만은 이 바둑판이 자리를 지켜서, 건조실 앞에 깔린 거적때기°에서 떠나는 일이 없었다. 어름방학이 바로 건조실에서 담배를 말리는 때인데, 아궁이에 불을 때느라 종일 건조실을 떠나지 못하는 그 집 아들이 동무들을 불러 모으기 위해 바둑판을 붙잡고 있는 것이었다.

내가 처음 바둑을 배운 곳도 바로 이 건조실 앞이다. 상대는 역시 그 집 아들이었던 것 같다. 그는 바둑을 두다 말고 자주 일어나 아궁이의 불을 살피곤 했다. 한번 붙으면 그는 여간해서는 놓아주지를 않아 꼬박 밤을 새워 바둑을 둔 일도 여러 번이다. 동생과 번갈아 주로 밤 대거리*를 맡는 그는 이렇게 해서 지루하지 않게 밤샘으로 불을 땔 수 있었다.

말하자면 내 첫 바둑 동무라 할 그는 나보다 두 살이 위로 농업학교엘 다녔다. 그때부터 그는 좋은 농사꾼, 훌륭한 농촌 지도자가 되는 것이 꿈이어서 학교에서 배운 개량농사법을 직접 실험하기도 하고 동네 사람들에게 가르쳐 주기도 했다. 우리 마을에 처음으로 육쪽마늘과 다수확多收穫 신품종新品種 벼를 보급한 것도 바로 그였다. 뿐만 아니라 그는 이미 그때 동네 소년들을 모아 4H클럽*을 조직하여 농촌 잘살기 운동에 앞장을 섰으며, 앙고라토끼의 사육을 집집에 권장하고 송이버섯을 들여다가 마을 공동으로 재배하는 사업을 펼쳤다. 농사로써도 얼마든지 성공할 수 있다는 것이 그의 주장이었고, 이것을 직접 증명해 보여 주겠다고 늘 장담했다.

농고를 졸업하자 그는 진학을 하지 않고 본격적인 농사꾼이 되었다. 그때만 해도 시골 사람들이 어둡던 경제 작물經濟作物에 손을 대어 목돈을 쥐기도 하고, 돼지며 닭도 대규모로 사육했다. 또 이동 농협을 만들어 조합장이 되어 일용품을 공동 구매하는 일도 했으며, 음주와 도박과 지나친 낭비를 축출逐出하는* 운동을 벌였다. 농사 기술을 익히는 일에도 게을리 하지 않아 그의 방에는 농사에 관한 책이 즐비했으며, 내가 방학을 마치고 서울로 올라올 때면 무슨 무슨 책을 사 보내 달라고 쪽지에 적어 부탁하곤 했다. 그는 늘 활기에 차 있었고, 그를 보고 있을라치면 우리 농촌도 절망적인 것만은 아니지 않은가, 문득 생각되곤 했다.

새마을운동이 본격적으로 벌어지자 그는 그 지도자가 되었다. 대회다 연수다 해서 그는 곧잘 밖으로 나다니기도 했으며, 농촌 지도자로 표창 받는 기사가 신문에 실리기도 했다. 이 무렵 이미 나는 고향을 떠나 있었는데, 어쩌다 시골에 들른 길에 그를 찾아가면, 그는 내 농촌을 보는 눈이 너무 어둡다고 나무랐다. 아직도 농촌엔 문제가 산적散積해 있고 관 주도의 새마을운동엔 비판받을 대목이 많지만 하기에 따라 농촌엔 희망이 있고 새마을운동도 긍정적인 부분을 더 많이 가지고 있다는 것이 그의 주장이었다. 서로의 시각이 너무 벌어졌기 때문에 나도 차츰 그를 찾지 않게 되었다.

그가 고향을 떠났다는 소식을 들은 것은 80년대 초다. 고향 근처엘 갔다가 같은 동네에 살던 사람을 만나, 얘기 끝에 그에 대한 소식을 물었더니 대답이 뜻밖이었다.

"고향을 뜬 지 벌써 여러 해짼데."

그처럼 억척스럽게 농사일을 한 사람도 없을 것이라는 게 동네 사람의 말이었다. 말하자면 그는 그가 뜻하던 대로 좋은 농사꾼, 훌륭한 농촌 지도자로 산 것이었다. 이렇게 십 년을 살았으나, 살기는 조금도 나아지지 않고 마침내 남은 것은 빚뿐이었다. 게다가 정부의 권장에 따라 빚을 얻어 개량주택*을 지은 것이 결정적인 타격이 되었다. 빚의 압력은 더 이상 농촌 생활을 지탱하지 못하게 만들었다. 지은 지 얼마 안 되는 집과 땅을 몽땅 팔았지만 빚의 반도 갚지 못한 채, 그는 빈털터리가 되어 객지*로 떠났다는 것이었다.

최근 나는 산동네*를 자주 다닌다. 옛날의 농촌의 삶이 그대로 옮겨 와 있는 곳이 서울의 변두리 산동네여서, 실로 볼 만한 것이 많기 때문이다. 그날은 정릉 4동의 산동네엘 갔었다. 연탄 트럭이 다닐 만한 골목이 거기서 길음동을 거쳐 삼양동까지 뻗어 있었다.

두리번거리면서 삼양동까지 왔을 때다. 소줏집 앞 걸상에 걸터앉아 바둑을 두고 있는 사람의 모습이 몹시 낯익다. 바로 나의 첫 바둑 동무였던 것이다.

그도 이내 나를 알아보았다. 해가 아직 한 뼘이 넘게 걸렸는데도 우리는 소줏집으로 들어갔다. 그의 추레한* 몰골*은 그가 지금 어떻게 살고 있는가를 물을 수 없게 만들었다.

"요새 바둑 많이 늘었수?"

이것이 소주잔을 들면서 겨우 내가 물은 소리였다.

나의 첫 바둑 동무

할아버지의 추억

내가 어렸을 때 돌아가신 할아버지는 내 머릿속에 나무와 풀 이름을 아주 잘 아시는 분으로 남아 있다. 스스로 잘 아실 뿐 아니라 그것들을 내게 가르쳐 주려고 애를 쓰시기도 했다.

할아버지는 들에 나갈 때면 으레* 나를 앞장세웠다. 살포*를 짚고 걷다 말고 논둑에서 풀 한 잎을 뜯어 내 눈앞에 내밀었다.

"잘 보아라, 이게 비름*이란 풀이다. 나물을 해 먹기도 하고, 배가 아플 때 먹으면 약이 된다."

혹은 논바닥에 일부러 내려가 아예 풀 한 포기를 뽑아 보여 주기도 했다.

"이게 독새풀*이다. 논바닥에 많이 있지? 갈아엎으면 그대로 거름이 되고. 밀려서 소먹이로도 쓴다."

커서 클로버라고 배운 풀을 할아버지는 토끼풀이라고 불렀다.

"서양에서 들어온 풀이다. 토끼가 잘 먹어 토끼풀이라고 하는데, 학교며 조합 마당에 깔더라만, 어디 잔디만이야 하냐!"

산에 갈 때도 할아버지는 꼭 나를 데리고 갔다. 이때도 나무 하나 하나를 짚으며 이름을 대고 성질을 얘기해 주었다. 뒷산 초입에는 유난히 옻나무*가 많았는데, 가까이만 가도 옻이 오른다*고 해서 아이들이 무서워하는 그 옻나무들을 베어 버리지 않는 까닭도 나는 할아버지한테서 배웠다.

"저 옻나무에서는 진진액*을 빼서 상이나 옷장에 칠을 하는 거다. 그래서 아주 귀중한 나무지."

곳집*을 돌아가면 산비탈에 닥나무*가 많았다. 할아버지는 그 닥나무가 종이 만드는 데 쓰이는 나무라고 설명하고, 그 아랫마을이 닥밭골이 된 유래도 말해 주었다. 지금은 서양 종이에 밀려 닥으로 만드는 조선 종이가 한물갔지만* 서양 종이가 들어오기 전에는 그 마을이 온통 닥나무 밭으로, 한때는 이 마을이 종이 만드는 고장으로도 이름이 있었다는 것이다.

할아버지한테서 배운 나무들 가운데 가장 잊혀지지 않는 나무는 뒷산 등성이에 줄지어 선 굴참나무*들이다.

새파랗고 아름다운 이 나무들은 초여름 바람이 불 때면 문득문득 허옇게 빛이 바뀌곤 했는데, 신기해 하는 내게 할아버지는 설명했다.

"굴참나무 이파리 뒤쪽으로 허연 털이 나 있단다. 그래서 바람이 불면 이파리가 뒤집히니까 나무가 온통 허옇게 보이는 거지."

들이나 산에서뿐 아니었다. 할아버지는 뒤울˚ 안에 아무렇게나 자라는 풀에 대해서도 얘기해 주었고, 나무에는 그 하나 하나마다 막대기에 이름을 써서 달기까지 했다. 가죽나무˚, 노간주나무˚, 탱자나무, 살구나무, 앵두나무, 대추나무, 감나무, 팽나무˚, 사철나무˚, 수유나무˚, 배나무, 아그배나무˚, 이런 것들이 그 무렵 우리 집 울안에 있던 나무들이다.

나는 어렸을 때 할아버지로부터 듣고 배운 나무들에 대해서는 아직까지도 이상하리만큼 정확히 기억하고 있다. 이래서 유아교육이라는 게 중요하다고 하는지 모르겠으나, 내가 비교적 나무와 풀의 이름과 성격을 아는 편이라면, 그것이 모두 할아버지 덕임은 말할 것도 없다. 그런데 최근 내가 시골을 다니면서 보면 어린이들은 말할 것도 없고, 시골 젊은이들이 터무니없이 나무와 풀에 대해서 모른다. 도시에서 나무와 풀을 접하지 못하고 자란 어린이나 젊은이들에게도 이것은 부끄러운 일일 텐데 하물며 나무와 풀 속에서 살며 자라는 시골의 어린이와 젊은이까지 그것을 모른다니 한심한 일이 아닐 수 없다.

얼마 전에 고향엘 들렀다가, 이제 손주를 볼 나이에 이른 친구들과 얘기 끝에 이런 얘기가 나왔다. 나는 할아버지 얘기를 하고, 우리도 어린 손주들에게 나무와 풀의 이름과 성질을 알려 줄 필요가 있지 않겠느냐고 말했다. 어려서 할아버지에게서 배운 지식이 책이나 학교에서 얻은 지식보다 더 정확하고 오랜 지식이 될 수 있음을 경험을 통해서 알고 있는 까닭이다.

그러나 모두 내 의견을 웃었다.

"그게 다 먹을 게 없었던 때 얘기지. 먹을 게 없어 나무뿌리도 캐어 먹고 잎도 따 먹고 할 때나 무슨 풀은 어떻고 무슨 나무는 어떻고 하고 알 필요가 있었지. 지금이야 먹을 게 흔해빠진데 나무나 풀 모르면 어떤가!"

이렇게 말하는 친구가 가장 많았다.

"이 사람아, 지금 시절이 할아버지가 손주 교육시키는 시절인 줄 아는가! 자식 교육은 엄마 차지란 것도 모르니, 자넨 구닥다리*야, 구닥다리!"

또 몇은 이렇게 말했다.

물론 이 말들에는 자조적*인 대목이 없지 않다. 그러면서도 오늘의 어린이 교육의 문제점을 아프게 찌르고 있다. 돈벌기 위한 지식, 출세하기 위한 지식, 진학을 위한 지식 이외에는 지식으로 치지 않는 것이 오늘의 현실이며, 할아버지로부터 얻은 지식은 아무 쓸모 없는 지식으로 여기는 것이 오늘의 자녀 교육이기 때문이다. 그러나 내게 있어서는 어려서 할아버지로부터 배운 지식이 그 뒤 책이나 학교에서 배운 어떠한 지식보다도 소중하니 어쩌랴. 역시 나는 구닥다리인가.

우리는 어려서부터 같은 노래를 불렀고, 같은 말을 통해서 같은 생각에 이르곤 했다. 네가, 내가 지금 어떤 형태의 사람이 되어 있는지를 알지 못하는 것처럼 나도 네가 공산주의자가 되어 있는지 어쩐지 알지 못한다. 그러나 나는 그것에는 관심이 없다. 우리가 어릴 때 함께 말을 배우고 같은 노래들을 불렀던 일은 언젠가는 우리가 같은 하늘 아래 함께 숨 쉬며 살아야 한다는 당위성을 다시금 일깨우는 일로 여겨질 뿐이다. 나는 네 어머니나 마찬가지로 네가 북쪽 어느 하늘 아래 살아 있으리라 믿으며, 다시 만나 같은 노래를 부르면서 서로 마음속 얘기를 주고받을 날이 오리라 믿고 있다.

제2부 그리운 사람들

그늘과 아쉬움

나를 데리고 가는 것은 군복을 입은 젊은이이다. 짙은 초록빛 색안경을 썼고 옆구리에는 권총을 찼다. 우리가 가고 있는 곳은 강가 같기도 하고 산언덕 같기도 하다. 내가 조금도 불안하지 않은 것은 얼굴이 너무 눈에 익었기 때문이다……. 지금도 어쩌다 꾸는 꿈인데, 나는 이것이 7, 80년대의 불안이 아직도 내게 남아 있는 데서 오는 것이려니 여겼다. 한데 최근 나는 이상하게도 그 색안경을 쓴 옆얼굴을 생생하게 떠올리면서 조금 놀랐다. 그는 무슨 기관원*이 아니라 내가 중학교 때 잠시 하숙했던 주인집 아들이었기 때문이다. 집안 아이들과 함께 종중* 집으로 모이기 전에 기숙하고 있던 고모 집에서 나와 쌀엿(어섯) 말*에 반찬값이 더 붙는 그 하숙이란 것을 한 것도 역설적*으로 아버지 덕이었다. 그 무렵 아버지는 집에서 장터 쪽으로 마주 보이는 텃밭을 까뭉개고* 앙증맞을* 만큼 깨끗하고 날씬한 집을 지어, 금광

경기를 타고 들어온 술집 색시를 들여앉혔다. 그 텃밭은 할아버지가 돌아가신 후 할머니가 국수틀을 돌리고 금 분석 부스러기를 쓸어 모아 근근덕신으로근근이 모은 돈으로 산 밭이었기 때문에 할머니는 더욱 화가 났다.

"애비가 정신 못 차리고 흥청망청 저 꼴인데 우리만 고생하면 뭐 하냐."

그래서 나는 바라는 대로 하숙이란 것을 하게 되었는데, 하숙을 들어간 집에는 미리 동급반의 다른 아이가 들어와 있었다. 사십여 리 밖의 강가에 집을 가진, 당시 충주에서는 우리 아이들조차 선생님이라는 존칭 없이는 부르지 못하던 김삼룡金三龍 집안의 종손 되는 아이였다. 그가 말하는 그 하숙집의 환경은 더욱 매력적이었으니, 그 큰아들은 내가 중학교에 들어가기 직전에 있었던 미수未遂로 끝난 폭동의 학생 책임자로서 감옥을 살고 나온 후 퇴학을 당해서 청주로 전학 가 있는 중이었다. 방 셋 중에서 나는 건넌방을 그 아이와 함께 쓰게 되고, 과부인 주인은 나보다 두어 살 아래인 아들과 함께 안방을 쓰면서, 청주에서 간호학교를 다니면서 토요일마다 오는 딸을 위해 윗방을 비워 두었다. 재미있게도 그 집의 삼남매 중 위는 박씨이고 아래 둘은 김씨였다. 큰아들은 전남편과의 소생所生으로 데리고 들어왔고, 딸은 남편의 전실前室 자식이요 막내만이 남편과의 사이에 낳은 자기 자식이지만 그 남편마저 세상을 떠난 것이다. 사 개월여 하숙을 하는 동안 나는 딸을 두어 번밖에 본 기억이 없다. 교복이 아닌 사복을 입은 그녀는 머리를 길게 따 내리고 있었고, 운동화를 찌그려 신고 함께 온 각성各姓*의 이복異腹* 오빠를 "오빠 오빠" 하며 따라다녔다. 그 오빠란 사람은 그녀보다는 더 여러 번 보았지만 얘기를 해 본 기억은 역시 없다. 나는 그가 돌아오는 토요일이면 대개 시골집엘 다니러 갔고, 어쩌다 하숙집에 있을 때라도 집에 붙어 있기보다 밖으로 나다니기를 더 많이 하는 그와 마주칠 기회가 그다지 없었다. 임화*의 「오빠와 화로」가 실려 있는, 개정되기 이전의 국어 교과서를 내게 보여 준 것은 분명 그였는데 어떤 계기로 해서였는지는 생각나지 않는다. 하긴 박아지朴芽枝*의 『심화』心火란 시집도 그로부터 빌려 읽었던 것으로 보아 무슨 얘긴가 우리 사이에 있기는 있었을 것이다.

그들과의 인연은 내가 종중 집으로 들어와 집안 학생들과 합류함으로써 끝났다. 그리고 육이오가 났다. 인민군*이 쫓겨 가고 국군이 수복收復*해 들어온 뒤 나는 내가 학교를 다니던 읍내가 어떻게 되었는가 보고 싶어 좀이 쑤셨다*. 10월 중순께였다. 잘 곳도 없는데 이찌려느냐고 할미니와 어머니는 말리는데도 막무가내*로 찾아간 읍내는 반 이상 잿더미가 되어 있었다. 이곳저곳 폐허 속을 발길 닿는 대로 쏘다니다가 다 저녁때 내가 들른 곳은 그 하숙집이었다. 변두리라서인지 그 동네는 거의 피해가 없었고, 하숙집도 그대로였다. 주인 아주머니와 두 남매와 겸상*을 해서 저녁밥을 먹으면서도 나는 큰아들의 소식을 묻지 못했다. 으레* 변고變故*가 있었으려니 지레* 짐작하고 있었기 때문이다. 그러나 저녁이 다 끝날 무렵 들어선 그 아들을 보고 나는 너무 놀랐다. 전투복 차림에 계급장 없는 전투모를 쓰고 색안경으로 얼굴을 가렸는데 엉덩이에는 개다리 같은 권총이 매달려 있었다. 나를 보고는 "응, 무사했구나" 한마디만 하고는 새로 상을 차려 가지고 들어온 누이를 마주해 앉았다. 이내 남매는 무슨 얘긴가를 심각하게 주고받는데 간호장교로 가겠다커니 더 기다리라커니 하는 내용 같았다. 밥을 반쯤 비웠을 때 밖에서 찾는 소리가 났다. 그는 숟가락을 놓고 나갔고 주인 아주머니는 "꼭 밥 먹을 때 와서 찾는담" 하고 불평을 했다. 형 자랑할 새가 없어서 안달이 났던 막내는 이때다 싶어, 형이 특무대원이라는 것, 인천상륙작전* 때 미군들과 함께 최선두에 섰다는 것, 충주에서도 부역자附逆者*를 여럿 잡아 족쳤다*는 따위를 장황하게* 주워섬겼다*. 그날 밤 그는 돌아오지 않았다. 그리고 나는 아침밥까지 얻어먹고 그 집을 나왔다. 그가 그날 밤 개울가에서 총에 맞아 죽었다는 소식을 들은 것은 그 몇 달 뒤 함께 하숙을 했던 친구로부터다. 나는 온몸에 소름이 끼쳤지만 그뿐이었다. 다시 그 집에 찾아갈 일도 없었고 그 집 식구와 만날 기회도 없었다. 그와의 인연은 그뿐이다. 그런데도 내 꿈에 비록 어쩌다가라도 그가 나타나는 것은 무엇을 암시하기 위해서일까.

특별히 깊은 인연이 있는 것도 아니면서 꿈에 나타나는 얼굴은 또

있다. 환한 달밤이다. 사과꽃이 하얗게 핀 과수원 사잇길을 나는 그
녀와 앞서거니 뒤서거니 올라가고 있다. 그녀의 머리는 길고 옷은 하
얗다. 알 듯도 하고 모를 듯도 한 얼굴이지만, 사실 이 그림은 실제로
있었던 일의 재현이다. 고교 이 학년 때다. 우리들이 자취를 하던 종
중 집 이웃에 한약방이 있었는데, 내 또래의 딸이 있었다. 소학교를
나와 집안일을 하는 그 애는 아침저녁으로 더 가까운 우물을 두고 우
리 집으로 물을 길러 다녔다. 그 집에는 이십여 명에 가까운 집안 학
생들이 있었지만, 얼굴이 하얗고 갸름한 그 애가 나를 좋아한다고 생
각한 데는 내 나름의 확신이 있었다. 그 애는 종종 먼 친척 고모가 되
는 동갑내기를 시켜 내게서 소설 따위를 빌려가고는 했던 것이다. 돌
아오는 책에는 언제나 아무 글도 적히지 않은 예쁜 그림엽서가 들어
있고는 했다. 역시 달이 대낮처럼 밝은 봄밤이었다. 공부는 안 되고
마음이 산란散亂해서 밖으로 나온 것이, 나도 모르는 새 사과꽃, 아카
시아꽃이 흐드러지게 피어 있는 과수원 사잇길을 걷고 있었다. 얼마
나 걸었을까, 나는 내 눈을 의심했다. 바로 몇 발짝 앞을 그녀가 걸어
가고 있었기 때문이다. 목구멍을 타고 뜨거운 것이 올라오면서 나는
현기증 같은 것을 느꼈다. 나는 무엇이라 말을 붙이고 싶었지만 입술
이 떨어지지 않았고, 이윽고 1킬로미터쯤 같은 거리를 유지한 채 과
수원 길을 걸어 호수에 닿았다. 호수에는 밤안개가 뿌옇게 끼어 있었
다. 우리는 호수를 바라보며 앉아 있었던가 서 있었던가. 기억에 없

지만 꽤 한참을 호수를 보며 있었던 것만은 분명하다. 집을 나온 것은 초저녁이었는데 저 아래 들판으로 길게 꼬리를 끌며 들어오는 막차의 불빛이 보였으니 말이다. 말 한 마디 주고받지 못한 채 우리는 같은 거리를 유지하며 돌아왔고, 한 이틀 나는 학교도 빼먹을 만큼 심한 몸살을 앓았다. 정신을 차린 며칠 뒤 나는 단단히 결심을 하고 먼 친척 고모에게 그녀를 만나게 해달라고 은밀히 부탁을 했다.

"어머, 걔가 안 돌려준 책 있니? 걔네 원주로 이사 갔는데."

그리고 고3이 되어 분주해지고, 진학을 해 상경하고, 문단˚에 나오고, 낙향落鄕˚해서 한동안을 떠돌고, 결혼을 하고 하는 사이 십수 년이 흘렀다. 다시 상경해서도 한동안이 지나 신세지고 있던 김관식˚ 시인의 집에서 나와, 같은 홍은동 산동네 시장과 가까운 데에 전세를 들었을 때다. 세검정에서 홍은동 본집으로 되돌아와 살고 있던 김관식 시인은 더러 술이 취해 아랫동네 장바닥까지 진출하고는 했는데, 단칸방인 우리 집보다 더 자주 들르는 곳이 있었다. 시장 한복판에 자리 잡은 한약방으로, 그 자신 한약방 집 아들인 데다 형이 충주에서 한약방을 하고 있었기 때문에 특별한 친근감을 가지고 있는 것 같았다. 그 주인이 충주 사람이라고 김관식 시인은 몇 번 귀띔했지만, 나는 그가 그 집에 앉아 사람을 시켜 부를 때까지는 약방의 위치도 알지 못했다. 심부름 온 아이를 따라 약방에 들어선 나는 놀랐다. 금단추가 달린 마고자˚를 입고 아랫목에 앉아 있는 주인은 원주로 이사 갔다던 그 약방

집 큰아들이었기 때문이다. 학생 시절 서부영화를 보다가 변사°가 일방적으로 양키°를 두둔한다고 항의한 일로 유명해졌던 사람이다. 우리는 학년도 학교도 달랐지만 서로 얼굴은 익어 있었기에 이내 알아보고 반가워들 했다. 나는 무엇보다 그의 누이 소식이 궁금했지만 물어볼 용기는 나지 않았다. 하지만 김관식 시인을 인연으로 몇 차례 그 집을 더 드나들었을 때다. 술집에서 술을 마시고 2차를 위해 주인을 앞세우고 막 약방으로 들어가는데, 허름한 스웨터를 걸친 아낙네가 문 앞에서 우는 아기를 얼르고어르고° 있었다.

"들어가 술상 좀 차려 내와라."

무심코 우리 쪽을 바라보던 그녀와 나의 눈길이 마주쳤고, 나는 당황했다. 당황하기는 그녀도 한가지인 듯, 잠시 어쩔 줄 몰라 하다가 새까맣게 기미가 낀 얼굴을 돌리고는 콧물로 얼굴이 뒤범벅이 되어 있는 아기를 들쳐 안고 안으로 들어갔다. 주인은 내게 말했다.

"신 형은 내 누이 못 보았던가. 시집이라고 간 것이 신랑 녀석이 신통치 않아서."

그 뒤 내가 안양으로 이사, 상처喪妻°를 한 뒤이다. 나는 조금은 엉뚱한 기대를 가지고 홍은동으로 그 약방을 찾아갔지만 그 약방은 간데 없고 그 자리에는 큰 빌딩이 서 있었다. 김관식 시인도 작고°한 뒤여서 그 약방이나 그녀의 소식을 알 길은 끊어지고 말았다.

수염이 텁수룩한 중년의 겁먹은 눈, 꿈에 나타나는 이 눈은 특히 내 가슴을 아프게 한다. 이 눈과 함께 나타나는, 또는 이 눈에 이어 나타나는 소녀의 모습은 더 그렇다. 육이오 때다. 인민군은 철수하고 국군은 아직 들어오지 않고 있던 시기로서, 도망가던 인민군이 되돌아와 치안대*를 습격하여 대학살을 벌였다는, 혹은 숨어 있던 인민군과 선발대*로 들어온 국군이 격돌하여 온 마을이 불바다가 되었다는 따위의 소문이 나돌면서 마을은 뒤숭숭했다. 좋건 그르건 어서 국군이 들어와 치안治安*을 안정시켜 주기만을 사람들은 바랐다. 그날 나는 산에서 친구들과 도토리를 줍고 있었다. 내려다보니 지프(정확히는 스리쿼터) 한 대가 꼬불 꼬불 산허리를 돌아 장터로 들어오고 있었다. 우리는 도토리 줍던 일을 그치고 달려 내려갔는데, 이미 네거리에는 지프를 둘러싸고 사람들이 백차일* 치듯 모여 있고, 차 위에 서서 한 헌병 장교가 연설을 하고 있었다. 이제 국군이 들어왔으니 모두들 안심하라, 아마 그런 내용이었던 것 같다. 사람들은 감격해서 만세를 부르고 애국가를 불렀고, 유지有志*들은 환영 잔치를 준비하기 시작했다. 하지만 헌병 장교는 지금은 빨갱이*를 잡는 일이 급선무急先務*라면서 유지들이 갱지리坑地理*를 잘 안다고 추천해 준 광부를 차에 태우고 자리를 떴다. 한 시간여 만에 돌아온 차에는 세 사람의 포로가 잡혀 있었다. 모두들 한결같이 수염이 텁수룩하고 초췌한* 얼굴들이었다. 그들을 차에서 내리게 해서 군중 앞에 세운 다음, 장교는 그 자리에서 급조된 치안대의 대장이 된 아버지한테 물었다.

"대장, 똑바로 얘기하시오. 이자들 굴속에 숨어 있는 것을 잡아 왔는데 빨갱이요, 아니요?"

아버지가 대답할 사이 없이 등 뒤에서 누군가 소리를 질렀다.

"저 사람, 민청*에서 왔다 갔다 하던 사람 아냐?"

"아니오, 난⋯⋯."

지목指目 받은 사람이 말을 꺼내자마자 총소리가 났고, 그는 어이없다는 눈으로 나를 쳐다보다가 주저앉듯 무릎을 꿇고 그 자리에 고꾸라졌다. 사람들은 우우 흩어져 도망질을 치다가 헌병들의 공포空砲*와 호통에 되모였다*.

"빨갱이는 변명을 들어 볼 필요도 없어."

장교는 흥건히 길에 피를 흘리며 쓰러져 있는 사람의 어깻죽지를 두어 번 군홧발로 건드린 다음 죄인처럼 그 옆에서 덜덜 떨고 있는 아버지에게 또 물었다.

"대장, 이 두 사람도 처형할까요?"

두 사람은 각각 아버지 바짓가랑이를 잡고 매달려, 너무 크고 높아 알아들을 수 없는 소리로 빨갱이가 아님을 호소했다. 아버지도 그 비슷한 변명을 장교에게 하고 있는 것 같았지만, 너무 무서워 제대로 말이 되어 나오지 않았다. 하지만 장교는 "좋소, 대장 말을 믿고 당신들을 방면放免*하겠소" 하고 흔쾌히 아버지의 변호를 수용했고, 죽음을 면한 두 사람은 고맙다는 인사도 없이 달음박질로 그 자리를 빠져나갔다.

　다음날 아침 그중의 하나가 아내를 대동하고* 아버지를 찾아왔다. 절을 열 번도 더 하면서, 빨갱이 세상이 싫어 도망 왔다가 빨갱이로 몰려 죽을 뻔했다고 푸념을 했다. 강원도에서 피난 와 읍내에서 음식 장사를 하다가 전쟁을 만나 망하고, 돈 벌 일이라도 없을까 광산으로 들어왔다는 그들에게 아버지는 문간방을 내주어 살게 했다. 딸이 둘 있었는데 하나는 다 장성한 처녀였고, 하나는 나보다 하나 아래인 중학 일 학년이었다. 짧은 단발머리를 하고 우물가 같은 데서 멍하니 하늘을 쳐다보고 있는 작은딸이 나는 좋았다. 그들은 석 달쯤 우리 집에서 살다가 읍내로 나갔는데, 복교復學하여 나도 읍내로 나가보니 학교 근처의 다리께에서 잔소주*에 연필이며 공책 따위도 파는 구멍가게를 하고 있었다. 작은딸이 늘 가게를 지키는 것으로 보아 그녀는 형편이 펴지 않아 복교를 못한 것 같았다. 찾아가면 웃는 얼굴로 말없이 요구하는 물건을 내주는 것을 보면서 나는 그 아이가 나를 은근히 좋아한다고 생각했다. 아니, 제가 나를 좋아하지 않고 어쩌겠나 하는 교만驕慢*이 적잖이 바탕에 깔려 있었다. 조금은 좋아하면서 조금은 얕잡아 보면서 이렇게 한 삼 년을 왔다 갔다 하다가, 대학에 진학하여 육 개월여 만에 만난 그 아이는 훌쩍 성숙해 있었다. 나는 곧장 편지를 써서 몰래 그녀에게 전했다. 뒤에 생각하니 간절하게 사랑을 호소한 글이 아니라 내가 얼마나 잘났는가를 뽐내는 오만傲慢* 방자放恣한*

글이었다. 나는 그녀가 시녀처럼 와서 내 앞에 부복情狀할 것을 믿어 의심치 않았다. 과연 그녀는 바로 다음날 나를 찾아왔다. 그러나 감격과 환희로 빛나는 얼굴로가 아니라 경멸과 분노로 가득 찬 얼굴을 하고서였다. 그녀는 내 편지를 봉투째 돌려준 다음 말없이 돌아서서 가 버렸다. 그러고는 나를 만나 주지 않았다. 가게에 앉았다가도 내가 보이면 안으로 들어가 버렸다. 그 뒤 내가 모르는 사이 그녀는 청주로 이사를 했고, 고입 검정 시험에 합격하여 상업학교를 다닌다는 소문이 들렸고, 졸업을 하고는 무슨 은행인가에 들어갔다는 소문이 들렸다. 결혼을 했다는 소문도 들리고 진주인가 마산인가에 가서 산다는 소문도 들렸다. 몇 해 전 진주의 경상대학에 초청 강연을 갔을 때다. 배웅을 나온 학생들이 어떤 아주머니가 며칠 전부터 선생님을 찾더니 오늘도 몇 시간 전부터 와서 기다린다고 전했다. 그러나 막상 강연이 끝나고 돌아갈 시간이 다 되어도 그 아주머니라는 사람은 나타나지 않았다. 누굴까?

요즘 내 꿈에는 그 수염이 텁수룩한 중년의 겁먹은 눈과 함께 나타나는 소녀의 그림에 늙수그레한° 아주머니가 겹쳐지기도 한다. 깨어나서 그 아주머니의 덧칠을 벗겨내면 이번에는 소녀의 그림 대신 억센 평안도 사투리의 여선생이 나타난다. 미군부대에서 하우스보이°를 할 때 그 근처에서 빈대떡집을 하던 당찬 피난민 처녀이다. 내가 미군부대에서 나오는 치즈 따위를 구해다 주면 볼에다 뽀뽀를 하고 맛있게 담북장청국장을 끓여 주었지만 다섯 살 아래인 나를 아이 취급하는 것이 늘 불만이었다. 한번은 어느 일요일 날 함께 이불 속에서 낮잠을 자다가 그녀의 맨살에 손을 댔다가 얼얼하도록 등때기를 얻어맞은 일이 있다. 이상하게도 그녀는 한 번도 내 꿈에 나타나지 않았다.

내 꿈에 가장 자주 나타나는 것은, 지금은 저 세상 사람이 된 어릴 적 동무 하나이다. 그 동무는 바로 아랫동네인 장터에 살고 있었는데, 아버지는 북해도北海道(홋카이도)* 탄광으로 돈 벌러 가고 어머니가 시부모를 모시고 술과 빈대떡을 팔았다. 소학교에 들어가기 전에는 가장 가까이 사는 동갑내기여서 동무가 되었지만, 학교에 들어가자 집에서 그 아이와 노는 것을 꺼렸다. 술집 아들이라는 이유도 있었지만 유난히 개궂해서깃궂어서 하루도 동무들과 싸움질 않고 넘어가는 일이 없었기 때문이다. 내가 어른들 눈을 피해 가면서까지 그 애와 놀았던 데는, 그 애 집에 가면 그 애 어머니가 뒷방으로 데리고 들어가 먹이는 따끈한 빈대떡과도 아주 상관없지는 않았을 것이다. 보다도 나는 그 애네 집에서 종일 윙윙거리는 귀에 선 노랫소리와 사투리 등 이상한 말투가 좋았다. 농사꾼들과는 딴판으로 거칠고 투박하면서도* 활기찬 장꾼장사꾼이며 광부들도 마음에 들었다. 하지만 우리가 정말 친해진 것은 그 뒤로서 거기에는 특별한 계기가 있다. 태평양전쟁*이 막바지에 치달아 궁핍이 극에 달하면서 술집도 가게도 모두 문을 닫고 있던 시절이다. 어느 날 방과 후 나는 그 애를 따라 조그만 언덕을 하나 넘어갔다. 매운바람이 옷 속으로 스며드는 이른 봄이었다. 그 애는 나를 가마니짝으로 바람을 막은 연자방앗간˚ 북대기_{북데기}˚에 앉아 기다리게 해 놓고는 바로 앞집 사립문을 밀고 들어갔다. 이내 돌아서서 나오는 그 애의 해진 바지와 왜나막신˚이 가마니짝 아래로 보이고 그 애 어머니의 누덕누덕 기운 몸뻬˚가 보였다.

"왜 오지 말라니까 자꾸 오니?"

그 애의 대꾸는 들리지 않고 어머니의 넋두리만이 들렸다.

"너 이러니까 내가 속상해서 못 살겠다니까."

어머니는 이내 들어가고 이윽고 동무가 불러 나가니까 그 애 손에 작은 보자기가 들려 있었다. 우리는 바위가 바람을 막아 주는 길가에서 보자기를 풀었는데, 새까만 밀기울개떡˚이 나왔다. 그 애는 그것을 큰 조각으로 떼어 내게 주고 저도 입에 넣고 우물거리면서 말했다.

"우리 엄마가 이리 시집왔어."

그러고는 손등으로 눈물을 훔치면서 다짐했다.

"너, 아무한테두 말해선 안 돼."

나는 물론 아무한테도 말하지 않았고, 우리만이 아는 비밀을 우리는 공유하게 되었던 것이다. 해방이 되자 그 애 아버지는 북해도에서, 어머니는 새 시집에서 돌아오고, 그 애네 집은 다시 장꾼, 술꾼들의 주정과 노랫소리로 떠들썩하고, 그 애 어머니는 뜨끈뜨끈한 빈대떡을 먹여 주었다.

이윽고 나는 중학교로 진학을 하고 그 애는 지게목발_{지겟다리}을 졌지만 우리는 여전히 둘도 없는 친구로 지냈다. 일요일 같은 때 내가 집으로 돌아오면 들어서기가 무섭게 찾아와서는 나를 끌고 나갔고, 방학 같은 때는 아예 일을 않고 우리 곁에서 맴돌았다. 술, 여자, 도박, 이런 데는 일찌감치 도가 튼 그였기 때문에 어른들은 물들겠다며 그와 어울리는 것을 걱정했지만, 내가 그런 데 빠져드는 것을 "너는 그러면 안 돼, 임마" 하며 오히려 그가 철저하게 막았다. 내게 무언가를 기대하고 있는 눈치였다. 우리가 가장 친했던 것은 역시 내가 십여 년을 시골서 방황하고 있을 때였을 것이다. 서른이 다 되어도 아무것도 이루지 못한 나를 모두들 모멸侮蔑의 시선으로 바라볼 뿐더러 나 자신 내가 이 세상에서 할 수 있는 일이라고는 무엇 하나 있을 것 같지 않다는 절망감에서 빠져나오지 못하고 있을 때였다. 오로지 그만이 나를 찾아와 세상 돌아가는 얘기도 하고 술을 사기도 했다. 제 친구들에게는 나를 소개하면서 내게 함부로 구는 자는 가만두지 않겠다는 투의 엄포를 놓기도 했는데, 이미 서너 차례 폭력범으로 감옥에 들락거린 그를 모두들 두려워했다. 내가 수리조합 공사 현장에서 잠시 일한 것도 그로 해서였다. 술이라도 얻어먹을까 해서 일터로 찾아간 나를 "이것도 좋은 경험이 될 거야"라는 말로 붙잡아 앉힌 것이다. 그러나 다이너마이트로 산 둔덕을 폭파하여 파낸 흙을 구루마_{수레}에 실어다 개울을 메우는 작업은 내 힘에 너무 부쳤다. 마침내 그가 능력을 발휘하여 관리자를 협박하고 회유懷柔*했다. 지금은 여기서 고생을 하고 있지만 언젠가는 빛을 볼 사람이라고 나를 과장하는 한편 며칠 밤 계속 데리고 다니며 술을 퍼먹인 것이다. 그 덕으로 나는 중노동을 면하고 체커checker(검사원)가 되어, 그가 땀을 뻘뻘 흘리며 흙을 구루마에 실어다 버릴 때마다 편안히 앉아 공책에 작대기 하나씩을 그을 수 있었다. 철광에 잠시 가 있었던 것도 그가 소개해서였고, 장사 삽시고 돌아다닌 것도 그가 아는 사람 덕택이었다. 따지고 보면 내 시의 여러 편이 그에게 신세지고 있다고 해도 과언이 아니다.

내가 상경한 뒤 얼마 지나지 않아 그도 상경했다. 무작정 상경이었지만 벽돌공장이며 기와공장 등을 돌며 그런 대로 먹고사는 것 같았다. 돈이 생기면 내가 근무하는 출판사로 찾아와서, 바쁘다고 하면 몇 시간이고 다방에서 죽치고* 앉아 기다렸다가 술을 샀다. 이때도 나는 부양할 가족이 있다는 구실로 함부로 술값을 내지 않았다. 네가 목말라 찾아왔으니 네가 술값을 내라는 식이었다. 그는 그때 아내가 하나뿐인 아들을 데리고 줄행랑을 놓아 홀아비 신세가 되어 있었다. 그가 죽던 날의 일을 나는 생생하게 기억하고 있다. 내가 직장에서 떨려난 1975년 5월이었다. 시골서 올라온 친구들 모두가 제대로 자리를 잡지 못해 연락처가 없어 부득이 내가 포스트post(연락 책) 노릇을 하고 있었는데 직장을 잃었으니 야단이었다. 어떻게든 연락을 해서 쉬 한번 만나자는 쪽으로 의론들이 돌아가고 있었고, 그 의론을 위해 한 친구와 만날 약속이 잡혀 있었다. 한데 그 한 친구가 한 시간을 기다리고 두 시간을 기다려도 나오지 않았다. 단념하고 다른 일을 보다가 오후 늦게 혹시나 해서 약속 장소엘 다시 가 보니, 그때서야 그 친구가 나와 앉아 있었다. 아침 일찍 대학병원 앞을 지나다가 우연히 그의 동생을 만났다고 했다. 동생은 형이 어젯밤 술을 마시고 잤는데 아침에 깨어 보니 죽어 있더라며 어쩔 줄을 몰라 하더란다. 그래 함께 다니며 일을 보고 지금 막 화장까지 끝내고 돌아오는 길이라는 것이었다.

"너한테 떨어질 일이 나한테 떨어졌으니, 원."

그는 혀를 찼다. 그날 밤 나는 그 친구의 꿈을 꾸었다. 그는 죽어 있는 주제에 내 일자리를 찾아 주겠다고 정신없이 쏘다니고 있었다.

아버지

나의 아버지는 아주 평범한 시골 사람이었다. 할아버지로부터 땅 오천 평을 형제가 나누어 물려받은 아버지는, 그것만으로는 살 수 없으니까 삼 년제 농업학교를 나온 학력을 밑천 삼아 면사무소와 금융조합^{지금의 농협}에서 일하기도 했다. 할아버지로부터 물려받은 그 땅은 그래도 밭은 쓸 만했지만 논은 한 마지기[*]에 한 섬도 나기 어려운 하늘바라기[*] 논들이 거개였던^{거의 모두였던} 것이다.

아버지는 투기성^{投機性}도 좀 가지고 계시지 않나 싶다. 우리 고장에는 일찍 개발된 금광이 있었는데, 아버지는 끊임없이 거기에 관심을 기울였다. 누가 노다지[*]를 캤다느니 어쨌다느니 하고 동네가 들뜨면 아버지는 광산에서 일하는 삼촌이나 당숙[*]들을 불러 세세한 내용을 묻고는 했다. 처음으로 아버지가 광산에 손을 댄 것은 해방 직후인 삼십 대 초반이었던 듯하다. 그때 광산에서는 가장 중요한 몇몇

광구광구(鑛口)만을 직접 경영하고 나머지는 분광이라 해서 하청업자에게 주었는데, 아버지는 이웃에 사는 한 광산쟁이와 동업해서 구덩이 하나를 맡아 돈을 대는 연상鉛商이 되었다. 그 동업자는 날마다 아침에 광석을 들고 와서 밥상머리에 앉아 "여기 이렇게 금줄이 박히고 이쪽으로도 또 금줄이 나올 가능성이 있다"고 열심히 설명했다. 그렇더라도 삼촌이라는 든든한 빽백이 없었으면 심약한 아버지는 광산에 대들지 못했을 것이다. 아버지가 늘 덕대로 앞장을 세우는 삼촌은 아버지와는 달리 덩치도 크고 뱃장배쩡도 세웠던 것이다. 이후 장날마다 우리 집에서는 돼지를 잡았고 광부 열댓 명이 모여 술을 마셨다. 술에 취하면 광부들은 남도와 북도 사투리가 뒤섞인 악을 쓰는 듯한 소리로, 금방 노다지가 쏟아질 것이라고 큰소리들을 쳤고, 그러다가는 서로 술 사발을 엎으며 싸움질을 했다. 그러나 아버지의 투자는 계속 실패로 끝나고 말았다. 그때도 아버지는 농협에 근무하고 있었는데 몇 달치 월급을 미리 앞당겨 쓰는 일은 둘째로 치고 공금公金까지 끌어다 처박은 터라, 그것을 판상판상하려고 앞동산 언덕배기의 가장 기름진 밭을 날리지 않으면 안 되었다. 할머니는 그것이 하도 원통해서 날마다 아침이면 그 밭이 바라보이는 개울가까지 나가 큰 소리로, 아버지를 광산에 꾀어냈다면서 동업자를 욕하고는 했다.

아버지는 착하고 인정이 많았다. 그 무렵에는 북에서, 만주에서, 일본에서 귀환귀환하는 동포들이 몰려오고 있었는데, 우리 고장에 유

난히 이들이 들끓었던 것은 광산이 있어서 목구멍에 풀칠[*]을 할 방도
_{방법}가 있었기 때문이었다. 우리 집은 방이 꽤 많이 있었는데 사랑채
와 건넌방은 으레[*] 그 귀환 동포로 차 있었다. 아버지가 끌고 들어오
기 때문이었다. 그들 중에는 한두 달씩 있다가 방을 얻어 나가는 이
들도 있었지만, 한두 해를 눌러 지내는 이들도 적지 않았다. 한 패가
나가면 아버지는 또 다른 패를 끌고 들어와 방이 비어 있을 틈이 없
었다. 이들은 아버지의 소개로 광산에서 일하고는 했는데, 몇 달 만에
장거리에 떡 벌어지게 요릿집이나 가게를 차려 우리를 놀라게 하는
사람도 있었다. 그 가운데는 아버지한테서 살림 밑천을 꾸어 가지고
줄행랑을 쳐, 몇 달씩 월급을 못 타 오게 만드는 사람도 없지 않았다.
그 일을 가지고 할머니가 야단을 치면 아버지는 말했다.

“무슨 사정이 있겠지요. 설마 떼어먹기야 할라고!”

아버지는 인정만 많은 것이 아니라 남을 철저하게 믿기도 했다.

몇 번 실패로 아버지는 광산에서 손을 떼지는 않았다. 아버지는 건
넌방에 묵었던 북한에서 평생을 광산에서만 살았다는, 월남越南[*]힌 피
난민외 권유로 다시 연상이 되었다. 또 장날마다 돼지를 잡기를 서너
달 하다가, 마침내 또다시 밭 한 뙈기 파는 것으로 손을 들고 만 뒤에
는 그 사람의 충동질[*]로 금 분석에 손을 댔다. 사랑채에 딸린 헛간에
다 원시적인 연금 시설을 해 놓고 수은을 이용해서 금에서 불순물을
제거하는 일이었는데, 금의 암거래[*]가 극도로 심하던 시대이므로 쏠

쏠히˚ 재미를 보는 듯했다. 그러나 수은은 독성이 말이 아니게 심했다. 헛간 옆의 오얏나무가 죽고 개나리가 죽었다. 집 안에는 줄곧 코를 찌르는 독한 냄새가 배어 머리가 띵했다. 이러다간 돈 벌기 전에 집안 식구 모두 병들어 죽겠다고 어머니가 걱정했지만, 이 일을 아버지는 한 해 더 계속했다. 그동안 흔전만전˚ 했었지만 전에 금광을 하다가 팔아먹은 땅은 끝내 찾지 못했다. 하지만 아버지 덕으로 몇몇 피난민이 광산 가는 길목에 술집도 내고 또 장터에 빵집도 냈다. 할머니의 성화˚에도 불구하고 아버지는 팔아먹은 땅을 다시 찾겠다고 어머니한테 맡겨 늘린 돈을 이들에게 내준 것이다.

금 분석을, 시설을 갖춘 회사가 독점하고 집 안에서 원시적으로 하는 사람들에게는 못하게 하자 아버지는 이번에는 화약 장사를 시작했다. 그것 또한 건넌방의 월남한 피난민과 함께였다. 그때는 구경하기도 힘들었던 트럭에 실려 온 화약은 쌓을 데가 마땅찮아서 윗방이고 광이고 빈 공간이면 어디든지 쌓였다. 심지어 안방 윗목을 육중한˚ 화약 상자가 차지하고 있는 때도 더러 있었다. 광산 경험이 있는 고모부가 이것을 보고 기겁을 하던 일이 생각난다. 잘못하다간 집이고 식구고 콩가루가 되어 날아간다는 것이었다. 잠시 다니러 왔던 외숙도 비슷한 말을 하자, 아버지는 심지˚만 집에 두고 화약 상자들을 동네 바깥에 있는 빈집으로 옮겼다. 갑자기 단속이 들이닥친다는 연통連通˚이 와 심지를 아궁이마다 넣고 때는 바람에 한겨울에 문을 열어

놓고 잔 일도 있다. 그 일도 한두 해 했던 것으로 기억되는데, 아마 아버지는 그것으로 돈을 꽤 모았던 모양이다. 이어서 손을 댄 것이 광석을 찧어 금을 가려내는 수력을 이용한 금방아였다. 금방아는 동네 앞 길가에 세워졌는데, 하루 종일 쿵덕거리는 금방아는 그날이 그날인 우리 고장으로서는 큰 구경거리여서, 사람들이 하얗게 모여 서서 물이 떨어지면서 빙아를 돌리고 공이가 광석을 바수는 모양을 신기한 듯 구경하고는 했다. 그러나 당숙을 비롯 셋이 동업했던 그 금방아에서 아버지는 그다지 재미를 보지 못했다. 일도 일이었지만 동업자끼리 뜻이 맞지 않은 것이 더 큰 원인이었다. 한 해를 못 견디고 권리를 다른 동업자에게 헐값으로 넘기는 일을 마지막으로 해, 아버지는 '광산 미련'을 버리지 않았나 싶다. 그 뒤로 나는 우리 집에서 광부들이 들끓는 일을 보지 못하게 되었다.

아버지는 술도 몹시 좋아했다. 광산이 가까이 있는 장터에는 색시를 둔 술집이 여러 군데 있었는데, 저녁이면 그중 한 집에서 아버지의 목소리가 들리고는 했다. 아버지의 노랫소리가 들리는 때도 있었다. 그러면 아이들은 "야, 너희 아버지 노래 되게 잘한다!" 하고 나를 놀려 댔다. 이럴 때면 나는 쥐구멍에라도 들어가고 싶을 만큼 부끄러웠다.

술집 앞에서 술을 함께 마시다가 볼일 보러 나온 아버지의 친구와 마주치는 때도 있었다. 그러면 그들은 으레 "야, 이거 아무개 맏상주 아닌가!" 하고 반가워했지만, 나는 아버지와 함께 술을 마시는 아버지의 친구들까지도 미워했기 때문에 인사도 않고 도망을 치는 것이 보통이었다. 술을 좋아하니 당연히 아버지는 날마다 집에 늦어서야 들어왔지만, 본디 자존심이 강하고 말이 없는 어머니는 한 번도 잔소리를 하지 않았다. 한번은 아버지가 함께 나들이를 갔다 오다가 술에 곯아떨어진 술집 색시를 업고 들어왔지만, 어머니는 말없이 아버지를 위해 술국을 끓이고, 할머니만이 "집안이 망할라니까 별꼴을 다 본다"고 하면서 고래고래 소리를 질렀다. 이날 나는 커서 절대로 술을 입에 안 대리라 마음먹었지만, 나는 이 맹세를 어기고 고등학교를 졸업하기도 전에 술을 배우고 말았다. 아마 우리 집엔 술 잘 먹는 내력이 있는가 보았다.

술을 좋아하니까 친구들도 많았다. 아버지는 늘 친구들과 어울려 다녔다. 밖에서 술을 마시지 않는 날엔 친구들을 집으로 끌어들였다. 집에 고기라도 있는 날이면 혼자서 들어오는 일이 없었다. 어머니는 한 번도 귀찮은 내색을 하지 않았지만, 나는 노골적으로 심통을 부렸다. 장터의 양조장까지 주전자를 들고 뻔질나게 드나드는 일이 싫었던 것이다. 게다가 아버지는 맞돈(현찰)으로 술을 사 오라고 시키는 일이 없었다. 늘 외상이었다. 양조장 주인은 아버지 친구여서 주인이 있을 때는 두말이 없었으나 일꾼만이 자리를 지킬 때에는 여간만 괴로운 일이 아니었다. 뻔히 알면서도 누구 집 아들이냐고 꼬치꼬치 캐물었고, 언제 갚을 것이냐고 따졌다. 담배 외상이 되면 더 괴로웠다. 담배 가게 주인은 번번이 내일 담배 받으러 갈 텐데 큰일 났다고 엄살을 부리면서 뜸을 들인 끝에 담배 한 갑을 내주고는 했다.

아버지는 퇴근 뒤에 곧바로 맨송맨송*하게 집에 들어오는 날은 길에서 만난 동네 사람이라도 끌고 들어왔는데, 이런 날이 내게는 가장 고통스러운 날이었다. 안줏감이 아무것도 없으니까 고기나 자반* 따위까지 내가 외상으로 얻어 오지 않으면 안 되었기 때문이다. 그러고 보니 아버지는 외상을 몹시 좋아했는데, 이는 광산에 관계하며 '간조날'* 몰아서 셈하는 버릇이 붙은 탓인 듯하다. 하지만 외상을 지고도 제날짜에 잘 갚지 않아 집으로 외상값을 받으러 빚쟁이들이 뻔질나게 드나들었다. 나를 시켜서 하는 자잘한 외상은 외상 축에도 들지 못하는 것들이었다. 색싯집에서 먹는 큰 술도 외상으로 먹기가 일쑤였던 것이다. 어머니가 바느질해서 벌어 농 속에 꼬깃꼬깃하게 숨겨 두었던 돈을 꺼내 외상값을 갚는 것을 보고서 나는 앞으로 절대로 외상을 지며 살지 않겠다고 다짐을 했었다. 이 다짐은 지금까지도 지켜지고 있다.

술도 그렇지만 아버지가 마작*을 좋아하는 것은 정도가 지나쳤다. 마작 때문에 빚도 졌으며 몇 푼 안 되는 우리들의 중학교, 고등학교 등록금을 제때에 못 낸 것도 한두 번이 아니었다. 아버지를 보면서 나는 커서 절대로 노름에 손을 안 대겠다고 맹세했는데, 그 덕으로 요즈음 그 흔한 고스톱도 할 줄을 모른다.

술도 좋아하고 노름도 좋아했지만 아버지가 가장 좋아한 것은 사람이었다. 늙고 젊고 귀하고 천하고 남자고 여자고 가리지 않고 좋아했다. 이렇게 사람을 좋아하다가 덕을 본 일도 한두 번이 아니다. 예컨대 장터에는 아버지보다 열 살쯤이 아래인 한 망나니*가 있었다. 아무도 그를 사람으로 상종해 주지를 않았지만, 아버지는 더러 길에서 만나면 집으로 끌고 들어와 얘기도 하고 술도 먹었다. 그러면 할머니는 그것도 사람이라고 데리고 횡설수설한다고 나무랐지만, 아버지는 알고 보면 그 아이가 바탕이 얼마나 착한지 모른다며 감쌌다. 그 뒤에 그는 얼마 안 가서 국방경비대*에 입대했다. 그리고 한국전쟁6·25전쟁 뒤에 금의환향錦衣還鄕*을 했는데 어깨에 총을 메고 있었다. 그는 술을 마시자 지난날 괄시받던 일에 대해 보복이라도 하려는 듯이 행패를 시작했다. 장거리의 가게를 두드려 부수고 함부로 공포*를 쏘아댔다. 경찰관들이 군인에게 쥐여 지내던 전쟁 때의 일이어서 아무도 감히 말릴 엄두를 못 내는데 어떻게 알고 달려간 아버지가 그에게 귀싸대기를 올려붙였다때렸다. 그러고는, 나는 너를 그렇게 보지 않았는데 알고 보니 매우 몹쓸 놈이라고 호령을 했다. 그랬더니 그는 잠잠해지고, 이윽고 아버지에게 이끌려 술집으로 들어가는 것으로 소동은 가라앉았다. 하기야 현장을 목격하지는 못했고 뒤에 들었을 뿐이었지만, 아버지를 자랑스럽게 생각한 것은 이때가 태어나서 처음이다.
　우리 동네에는 엿 장사를 업으로 하는 한 늙은이도 있었는데 술주

정도 심하고 막되어서* 사람 취급을 못 받는 사람이었다. 그런데 아버지만은 이 사람을 데리고 술도 먹고 얘기도 하곤 했다. 그때 아버지한테 하던 그의 얘기들이 지금도 내 귀에 생생하다. 또 윗마을에 사는 박수무당남자 무당도 우리 집엘 자주 드나들었는데 굿이나 푸닥거리를 하려고가 아니라 아버지하고 술 먹고 얘기하며 놀기 위해서였다. 이들뿐 아니라 아버지는 마을 사람들을 누구나 좋아했고 누구와도 친했다. 그래서 줏대 없이 사람을 사귄다는 빈정거림을 받기도 했지만 아버지는 본질적으로 사람을 좋아했던 것이다.

자식들이 상급 학교로 진학하자 아버지는 쪼들리기 시작했다. 한둘까지는 견뎌 낼 만했으나 자식들이 자그마치 여섯이었다. 고등학교까지는 그래도 봉급 타서 아이들을 가르치고 농사지어 밥 먹는 일이 가능했으나 내가 대학에 들어가자 등록금을 마련하느라 땅을 팔아야 했다. 내 동생까지 대학에 들어가자 아버지는 땅을 팔아 가지고도 학비를 댈 수 없음을 깨달았다. 아버지는 직장을 내놓았다. 퇴직금으로 장사를 한다는 것이었는데, 면허를 가진 사람과 동업으로 약방을 하다가 퇴직금은 말할 것도 없고 남은 땅 몇 마지기마저 날려 버렸다.

그래서 육 남매 중의 아래 셋은 중학교도 못 다닐 형편이 되었고 그 통에 아버지는 중병이 들어 예닐곱 달쯤 꼬박 앓았다. 병이 나아 다시 직장도 얻고 일도 했으나 고작 몇 년이었고 아버지는 다시 병이

들었다. 중풍이었다. 병이 들어서도 아버지는 사람을 좋아해서 누가 찾아오기라도 하면 불편한 몸을 일으켜 세우고는 안 돌아가는 입으로 세상의 온갖 얘기를 하고 싶어 했다.

나는 요즈음, 그때 아버지의 얘기 상대가 되어 주지 못한 일이 후회되지만, 다시 닥치면 여전히 못할 것 같다.

아버지

어머니

돌돌돌돌 램프 불 밑에서 재봉틀을 돌리는 어머니, 이것이 내 기억에 가장 오래된 어머니의 초상이다. 내가 한밤중에 잠이 깨어 어머니를 찾으면 재봉틀을 돌리던 손을 멈추고 말했다.

"에잇, 저놈의 부엉이! 부엉이가 우리 애기 잠을 깨웠구나. 휘이, 우리 애기 잠 잘 자게 그만 울거라!"

어머니는 매일처럼 늦도록 면面 내의 행세깨나 하는 사람들이나 광산 술집 작부*들의 옷을 짓는 것이었다. 처음 취미로 집안 한이버지며 당숙*, 당숙모들의 옷을 지어 주던 것이 솜씨 좋다고 소문이 나면서 삯바느질*이 일이 된 터였다. 면장이나 교장이 새로 부임해 오면 으레* 그 부인들이 와서 옷 한 벌씩을 해 입었다는 일화逸話가 어머니의 솜씨가 어느 수준이었는가를 말해 준다. 당연히 어머니의 장기는 조선옷에 있었을 터이지만, 뒤에는 간단한 양장이며 양복도 만들 만큼 되었다. 덕택으로 나와 동생들은 한 번도 양복을 사 입은 일이 없다. 옷감을 떠서 짓거나 아버지의 헌 양복을 고쳐 만든 옷을 입고 다녔는데, 나는 이것이 싫어 죽을 지경이었지만, 학교에서 마주치는 여선생들은 그냥 지나는 법 없이 옷을 젖혀 보고 떠들어 보고 하면서 어머니의 솜씨에 감탄을 했다. 중학교 고등학교로 진학하고도 나는 한 번도 교복을 사 입어 본 기억이 없다. 교복은 말할 것도 없고 심지어 외투까지도 어머니는 손수 지어 입혔다.

삯바느질 외에 밥 짓고 빨래하는 것도 물론 어머니의 일이었다. 하지만 아무리 바쁜 농사철이라도 어머니는 들일은 하지 않았다. 며느리를 귀히 여기는 할아버지가 뙤약볕 아래서 험한 일을 하게 내버려두지 않았던 것이다. 한때 할아버지는 새색시가 사람이 다 보는 개울에서 빨래하는 것이 볼썽사납다고˚ 담 한 귀퉁이를 헐어 개울물을 울 안으로 끌어들이기도 했다. 할아버지의 며느리 사랑은 호가 나서˚, 가령 장에라도 갔다가 돌아올 때는 어머니를 위한 선물을 빼놓은 일이 없었다 한다. 어머니가 똑똑하고 단정하다 해서였는데, 어머니는 신학문新學問˚을 공부하지는 않았지만 『소학』小學˚은 읽었을 정도의 교양은 갖추고 있었으며, 책을 좋아해서 혼수婚需 속에 십수 권의 책을 넣고 시집와서, 혼수 구경 온 사람들을 어리둥절하게 만들었다는 얘기는 지금까지 전설이 되어 내려온다. 두어 섬지기 논농사에 지나지 않는 형편이었지만 할아버지는 교육열이 대단해서 자식들을 모두 고등

교육*까지 시킬 욕심이었다. 집안에 서울은 둘째고 일본까지 가서 공부하고 돌아온 젊은이들이 여럿인 분위기가 자극이 되었을 터이지만, 할아버지 스스로 누구나 배워야 한다는 소신所信을 가지고 있었다. 한데 아버지와 삼촌은 공부에는 별 취미가 없어 읍내의 삼 년제 농업학교를 마치고 면 서기*며 금융조합 서기로 지내는 것으로 만족하고, 딸이라도 공부시키려 했으나 진학할 나이에 병이 들어 그 꿈마저 깨어졌으니, 책 좋아하는 며느리가 더 사랑스러웠을 것이다. 여러 날 출타*했다가 돌아온 할아버지가 어머니를 불러 "애, 아가, 이 책 재미있다 길래 사 왔다" 하고 책을 내미는 모습을 여러 번 본 일이 있는데, 그 책이 심훈沈熏*의 『직녀성』이며 이광수李光洙*의 『흙』 등이었다는 것은 뒤에 알았다. 인근에서는 이름 있는 학자요 틈틈이 한시를 짓기도 한 할아버지는 한자 망국론*에 미신 타파打破*를 부르짖는 개화주의자로서 당시 유행하던 소설 따위에도 관심이 컸다. 할아버지가 며느리를 특별히 위하는 데는 또 다른 이유도 있었다. 그 무렵 외가는 외할아버지가 상해의 임시정부에 자금을 댔다 해서 몰락해 있었지만 한때는 삼천 석을 넘긴 토호였다. 정원에 볼거리로 사슴을 키우고 독선생 개인 교사*을 앉히고 공부했을 정도로 귀하게 큰 며느리를 데려다 때거리*에도 쩔쩔맬 만큼 고생을 시키는 것이 못내 미안했을는지도 모른다. 어머니가 시집올 때 데리고 온 몸종*을 석 달을 넘기지 못하고 돌려보내던 날, 할아버지는 며느리 볼 낯이 없다며 종일 문밖을 나오지 않았다고 한다.

할아버지만 어머니를 귀히 여기는 것은 아니었다. 할머니도 어머니를 위하기는 마찬가지여서, 어머니가 돼지 밥이라도 갖다 주려 하면 "얘야, 놔둬라, 내가 하마" 하고 가로막았다. 나는 할아버지와, 아버지는 삼촌과 겸상*을 하고, 다른 식구들은 큰상을 놓고 둘러앉아 식사를 했는데, 할머니는 번번이 자신의 국그릇에 든 고기를 막무가내*로 며느리 국그릇에 옮겨 놓고는 했다. 삼촌이 어머니를 따르는 것은 병적이라 할 정도여서, 결혼해서 아이들을 셋 낳을 때까지도 어머니가 차려 주는 밥상이 아니면 먹지를 않았다. 아침마다 큰아들을 안고 아침밥을 먹으러 오는 것은 물론, 밤늦게 술이 취해 들어와서는 "형수님, 밥 차려 줘요" 하기가 예사였다. "저녁 한 끼는 느이 댁한테 가서 먹으렴. 형수 귀찮게 하지 말고" 하고 할머니가 나무라면 삼촌은 "형수가 주는 밥, 형수하구 얘기하면서 먹지 않으면 밥 먹은 것 같지가 않아서" 하고 변명했다. 삼촌이 요절*했을 때 숙모는 "내 손으로 밥 한 끼 못해 드린 것이 한이 돼" 하고 탄식했을 정도다. 고모들 역시 어머니를 좋아해서, 작은 고모가 시집가던 날 "언니 떨어져서 어떻게 살아" 하고 눈물을 찔끔거리던 일이 지금도 생각난다.

아버지는 좀 달랐다. 술을 좋아해서 놀기를 좋아하고 친구를 좋아하는 아버지는 할아버지가 돌아가신 뒤로는 집에 들어오지 않는 날이 많았다. 여자도 좋아해서 하루는 술에 취해 널브러진* 술집 색시를 업고 들어와 집안을 발칵 뒤집어 놓기도 했다. 할머니가 집안이 망했다며 발을 동동 구르고 종주먹질*을 했지만 어머니는 적어도 우리 보는 앞에서는 일절 잔소리를 하지 않았다. 다음날 아침 밥상을 앞에 놓고 삼촌이 아버지를 몰아세운 다음 "형수님이 너무 착하니까 형님이 저 꼴이지유, 야단 좀 치세유" 했을 때도 "천성인 걸 어떻게 해유" 하고 한마디 했을 따름이다. 하지만 아버지가 어머니를 얕잡아 보거나 무시하는 것은 결코 아니었다. 오히려 조금은 외경심畏敬心*을 가지고 있지 않았나 싶다. 아버지는 친구들한테 "제 어미를 닮아 공부는 곧잘 하거든" 하고 자식 자랑을 했으며, "집사람이 책을 좋아해서" 하고 아내가 상당한 학식을 가지고 있음을 은근히 내비치기도 했다. 또 우리가 진학할 때는 꼭 어머니와 상의할 것을 명령, 내가 사범학교로 가겠다고 했을 때도 "엄마한테 얘기했니?" 하고 묻고는 "엄마가 좋다면 그렇게 하려무나" 했다. 그러나 집안일에 관한 한 어머니와 상의하는 것 같지는 않았다. 건넌방에 든 피난민과 동업으로 금 분석광을 치렀을 때도, 역시 그의 제의로 화약 장사를 시작해 집 안을 온통 화약으로 채웠을 때도, 몇 뙈기 남은 땅을 팔아 읍내에 남의 이름으로 약방을 내었을 때도 어머니와는 일언반구一言半句* 상의가 없었다. 그래도 한마디 잔소리를 않았으니 어머니는 살림에 억척같은 우리나라 일반적인 어머니 상과는 거리가 있었던 셈이다.

　한때 아버지는 사랑방을 비워 술집 색시를 아예 집에 들여앉힌 일이 있다. 중학교 때다. 어느 날 집에 가 보니 못 보던 여자가 부엌을 드나들며 밥을 하고 있고 어머니는 내 인사도 받는 둥 마는 둥 재봉틀만 돌려댔다. 고모한테 들은 얘기가 있어 나는 집안이 떠나가라 큰 소리로 "왜 내쫓지 못하고 저런 여자를 집안에 들여놔" 하고 어머니한테 대들었다. 할아버지는 훨씬 전에 돌아가시고 삼촌도 요절한 터라 아버지의 방종放縱을 말릴 사람이 없던 때다. 돈벌이에는 억척스럽고 극성맞은 할머니가 계시기는 했지만, 할머니 말을 귀담아들을 아버지가 아니었다. 내 소란에 어머니는 비로소 원군支援軍을 만난 듯했을 것이다. 눈물을 흘리며 입술을 앙다물고는 한마디 했다.

"너는 절대로 아버지 닮지 마라."

한데도 이때조차 아버지와 어머니가 큰 소리로 다투는 것을 본 기억이 없다. 아버지와 아버지의 여자를 염치없는 사람들이라고 소리쳐 나무라는 것은 늘 할머니였고, 어머니는 그들 둘이 안방에 접근하지 못하게 하는 것으로 보복을 했다. 내가 온 것을 알고 아버지가 "너 왔냐" 하며 마루로 오르려다가도 어머니가 "어딜 올라와요" 하면 찔끔해서 돌아서 사랑방으로 나갔다. 아마 그 일 년이 어머니에게는 가장 괴로운 세월이었을 것이다. 아버지는 그 여자를 위해 앞 텃밭에 장난감처럼 깜찍한 집까지 새로 지어 주었는데 할머니는 그 꼴을 볼 수 없다며 밭에 나가기를 꺼렸고, 소학교에 다니던 동생은 그 집이 보이는 지름길을 피해 멀리 돌아 학교를 갔으며, 나는 읍내에 머물러 여간

해서는 집에 오지 않았다. 이런 시위示威*에 못 견뎌 낸 것이리라. 아버지의 여자는 잠시 친정에 다녀오겠다며 집을 나간 채 끝내 돌아오지 않았다. 아버지는 기다리다 못해 찾아갔지만 그 여자가 말한 친정은 가짜였다.

하지만 어머니의 더 불행한 시절은 내가 아내와 사별한 70년대 초가 될 것이다. 그 조금 전 나는 안양에 작은 집을 지어, 치매 증상이 확연하게 드러나기 시작한 할머니와 중풍의 아버지와 갓 회갑을 넘긴 어머니를 모셨는데, 이내 아내가 병이 들어, 마치 어머니는 아내 병 수발*을 하기 위해 온 꼴이 되고 말았다. 아내는 서울과 수원의 병원을 오가며 입원과 퇴원을 되풀이하고, 아버지는 절뚝절뚝 겨우 문밖출입을 하며 젊은 며느리 걱정을 하고. 할머니는 횡설수설 알 수 없는 말로 식구들을 괴롭히는 속에서, 어머니는 밥도 짓고 아이 우유도 데워 먹이고 빨래도 하고 했다. 그래도 아내가 작고* 하기까지는 언젠가 이 가사 노동에서 벗어나리라는 희망은 있었을 것이다. 아내가 타계他界*하고 나니 어머니의 중노동은 운명적인 것이 되고 말았다. 삼십 년 전에 끝낸 어머니 노릇을 다시 하지 않으면 안 되게 된 것이다. 그것도 젖먹이를 포함한 세 아이의 어머니 노릇을 말이다. 팔십여 호 되는 마을에 우물이라고는 하나밖에 없는 산동네였다. 그 우물물을 길어다 밥도 하고 세수도 해야 하는 형편이었다. 술을 마시지 않은 날은 새벽에 내가 일어나 몇 바께쓰양동이 길어다 놓았지만 그것으로는 늘 태부족°인 데다 대개는 술을 마시고 못 일어나는 날이 많았다. 늦게 일어나 보면 어머니는 이미 밥을 다 해 놓고 물을 길어 이고 들어오고 있었다. 이어 갓 학교에 입학한 큰아이를 깨워 옷을 입히고 밥을 먹이고 가방을 챙겨야 했다. 매일처럼 전쟁을 치르는 것 같은 생활이었지만 그런 생활 속에서도 어머니는 손에서 책을 놓지 않았다. 천자 책인가 『소학』 책을 꺼내 놓고 한자의 획을 잊어버리지 않기 위해서라며 글씨를 쓰고 있는 어머니를 보며 새삼스럽게 감동한 일도 있다. 거동도 불편하고 말을 제대로 못하면서도 심심해 못 견뎌 하는 아버지를 향해 어머니는 가끔 "젊었을 때 책 보는 취미라도 붙였더라면 지금 심심하지는 않지" 하고 핀잔을 주기도 했다.

　아버지가 타계한 지도 이십 년이 넘었고, 여든도 중반을 넘은 어머니는 지금 내가 모시고 산다. 아니 내가 어머니한테 붙어산다는 표현이 옳다. 지금도 어머니는 하루도 거르지 않고 밥을 짓고 빨래를 하고 청소를 하니까 말이다. 어머니는 아무래도 다른 예사 노인네와는 다르다. 얼마 전까지만 해도 아침에 일어나면 신문부터 보았다. 연예란이나 사회면만 보는 것이 아니라 정치면도 보고 사설도 꼼꼼히 읽는다. 텔레비전도 연속극이나 가요무대 따위를 보는 것이 아니라 교양 프로그램이나 시사 프로그램을 즐겨 본다. 작은 고모가 놀러 왔다가 어머니가 무슨 교양 프로그램에 열중해 있는 것을 보고 "형님은 무슨 재미로 저런 것만 보우. 나는 도대체 볼 수가 없더라" 하자 "난

연속극은 영 못 보겠어" 하고 대답하는 것을 본 일이 있다. 기억력도 여전해서 내가 관계하는 단체 예컨대 민예총*의 전화번호가 생각나지 않아 허둥대면 "거기 XXX 번 아니니" 하고 일러 준다. 미국 사는 동생이나 여수 사는 동생, 그리고 외가의 전화번호를 정확히 외고 있는 것도 우리 집에서는 어머니뿐이다. 내 친구들의 이름도 모두 기억해서, 저녁 늦게 집에 들어가면 메모를 해 두지 않고서도 "낮에 XXX 교수한테서 전화 왔더라. 전화해 달라던데" 이렇게 전한다. 요즘은 성경을 읽는다. 새벽에 어머니 방에 불이 켜져 있어 들여다보면 안경을 쓴 채 두꺼운 성경을 앞에 놓고 있다. "재미있어요?" 물으면 "글쎄, 재미는 있는데 완전히 믿기지는 않아" 하고 대답한다.

나는 아버지가 평생 어머니를 고생만 시켰다고 생각해 왔는데, 어머니는 그렇게만 생각하는 것도 아닌 것 같다.

"아버지처럼 착한 사람도 없었지. 세상에 악독한 사람이 얼마나 많은데."

아버지를 별로 좋은 이미지로 그리지 않은 시 「아비지의 그늘」이 『현대문학』에 실렸을 때 그것을 읽고서 어머니는 이렇게 말했다.

두 스승

내게 깊은 영향을 준 선생님이 두 분 계시다. 그 한 분은 유촌 선생님으로 문학 평론을 하는 유종호의 부친이시다. 내가 유 선생님을 처음 만난 것은 사범학교에서 고등학교로 옮겨 가서다. 키가 크고 곱슬머리가 허옇게 센 국어 선생님은 교과 이외의 얘기는 거의 않는 덤덤하고* 재미없는 선생님이셨다. 아이들은 그 선생님을 젊어서 신춘문예*에 당선한 일도 있는 시인이라고 해서 존경하고들 있었지만 나는 국어 시간이 늘 지루하기만 했다. 교과서에 실린 시를 가르치는 시간이 되었을 때 이런 시도 있다면서 「향수」라는 제목의 시를 외워 적게 한 일이 있었다. 한 아이가 작자를 물었지만 선생님은 웃기만 하고 대답하지 않으셨다. 또 다른 아이가 물었을 때 내가 참지 못하고 "정지용"* 하고 이름을 대고 말았다. 선생님은 처음 보는 얼굴인 내 이름을 물었고, 이것이 실질적인 선생님과 나의 첫 만남이 되었다. 그러나 그 뒤로도 선생님은 특별히 잘하는 것이 없는 나를 사범학교에서 온, 책을 조금은 읽는 학생 정도 외에 더 큰 관심을 가지는 것 같지는 않았다.

그 뒤, 이 학년에 올라와서다. 학교에서 『예성』이라는 교지校誌를 내게 되었다. 지도 교사는 유 선생님이 되었고, 모든 학생들에게 시나 산문을 써 내도록 강요되었다. 나는 「달밤」이라는 시와 「들에서」라는 산문을 써서 내었다. 거의 책이 나올 때가 되어서다. 어느 날 시간에 들어오신 선생님은 느닷없이 내 이름을 부르더니 한참 동안 내 얼굴을 내려다보다가, 아무 설명 없이 「달밤」을 소리 내어 읽으셨다. 그러고는 아이들 앞에서 고등학생으로서 이런 시를 썼다는 것은 놀라운 일이라고 격찬하셨다. 또 산문 「들에서」도 치켜세우면서, 이런 수준 높은 글이 고등학교 교지에 실리는 일은 여간해 없을 것이라고 단언했다. 방과 후 선생님은 다시 나를 교무실로 불러 시와 문학에 대해서 이것저것 몇 마디 말씀을 해 주셨고, 그날부터 나는 교지의 편집원으로 차출되었다. 그러나 우쭐했던 것도 며칠뿐이었다. 투고投稿돼 온 원고를 검토하다가 일 년 위인 유종호의 「숙명 기다」라는 글을 보고 기가 꺾인 것이다.

책이 나온 뒤 선생님과 나는 더욱 가까워졌다. 내가 주번에라도 걸려 늦게 남아 있다가 교무실이나 복도에서 마주치면 선생님은 말씀하셨다.

"애, 오늘 같이 가자."

우리는 함께 걸어서 시내로 들어왔지만 선생님은 별로 말씀이 없으셨다. "요샌 무슨 책 읽니?" 하고 묻거나 "○○의 시도 읽어 봤니?" 하고 묻는 것이 고작이셨다. 이따금 선생님은 나를 다방으로 데리고 가시기도 했다. 지방의 문학 지망생들과 만나는 자리였다. 대개 다른 학교의 교사들이었는데 선생님은 그들에게 나를 뛰어난 문학 소년으로 소개해서 나를 당황하게 하시곤 했다. 교지에 실렸던 「들에서」라는 산문을 교련현 한국교원단체총연합회이 주최하는 현상 모집*에 응모應募*하여 당선된 뒤였다.

선생님은 무엇을 읽어라, 어떻게 써라 하고 가르치는 법이 없으셨다. "○○의 시는 어떻게 생각하니"가 아니면 "○○의 시가 화제가 되고 있는 것 같은데 내가 보기엔 별것 아니더라"라고 말하거나 시집이나 평론집 같은 것 두어 권 가져다주시면서 "틈 있으면 한번 읽어 보려무나" 하는 것이 그가 시를 가르치는 방법이었다. 또 교과서에 실린 시를 배우는 시간이 되면 선생님은 나를 지목해 묻기도 했다. 재미없는 시가 교과서에서 판을 치고 있기는 이때나 그때나 마찬가지여서 내가 "재미없어요" 하고 대답하면 선생님은 고개를 끄덕거리셨다.

"언제부터 교과서의 시가 이렇게 됐는지 모르겠다. 옛날엔 이렇지만도 않았는데."

그러면서 선생님은 교과서 밖의 시도 많이 가르쳐 주셨는데, 그 시들 가운데는 천상병*, 이형기李烔基*, 송영탁 같은, 그 무렵 막 등단登壇

*한 젊은 시인들의 시도 포함되어 있었다.

삼 학년이 갓 되었을 때 선생님은 시 열 편쯤을 정리해서 가져오도록 말씀하셨다. 그렇게 했더니 며칠 뒤에 선생님은 나를 교무실로 불렀다. 선생님은 내 시고詩의 초고를 책상 앞에 내놓고 말씀하셨다.

"이 정도면 요즘 문예지에 나오는 추천 작품에 조금도 뒤지지 않는다. 넌 틀림없이 문학으로 대성大成할 거야."

내가 문학을 하겠다고 결심한 순간이 있다면 아마 이때였을 것이다. 그러나 진학을 앞두고 내가 갈등과 고민에 사로잡히는 것은 당연한 일이었다. 소설이며 시를 열중해 읽다 보니 시험공부를 제대로 할 수 없었던 것이다. 나는 이 고민을 선생님한테 털어놓았다. 한참 생각에 잠기셨다가 선생님은 말씀하셨다.

"좋은 학교에야 다들 가고 싶겠지. 하지만 말이다, 한번 훑어보아라, 좋은 시인치고 좋은 학교 나온 사람 몇이나 되나. 정말 훌륭한 시인이 되겠다는 각오라면 굳이 좋은 학교 갈 생각할 필요가 없지 않겠니?"

이 말씀에 내가 얼마나 고무鼓舞되었는가는 굳이 말할 필요도 없으리라.

대학에 진학하고서도 선생님과의 관계는 유지되었다. 방학이 되면 나는 시골 가는 길로 먼저 학교나 댁으로 선생님을 찾아뵈었다. 아무리 바쁜 일이 있어도 선생님은 나를 데리고 둑길을 걸어 시내로 들어왔다. 선생님이 술을 하시지 않았기 때문에 우리가 가는 곳은 늘 다방이었다. 어쩌다가는 지방 문학 청년이 끼는 일도 있었지만 우리 둘이서 통금통행금지이 되기까지 몇 시간이고 앉아 있는 것이 보통이었다. 그때도 선생님은 많은 말씀을 하시지는 않았지만, 지금 생각하면 나는 이때 학교 시절보다 더 많은 것을 선생님으로부터 배우지 않았는가 싶다. 더러는 선생님한테 시도 보여 드려 의견을 듣고는 했으니 글동무*가 없는 내게 선생님은 유일한 글동무이기도 했던 셈이다. 내가 『문학예술』*에 추천을 받았을 때도 가장 기뻐한 분이 선생님이다. 선생님은 내 시를 극찬하면서 중국집에 가서 탕수육과 배갈*로 축하까지 해 주셨다. 그 얼마 뒤 중풍으로 쓰러지신 선생님은 내가 시도 포기하고 시골서 떠돌이 생활을 할 때 돌아가셨다. 어떤 광산에서 한철을 지내고 오니 선생님이 돌아가셨다는 소식이었다.

내게 깊은 영향을 주신 또 한 분의 선생님은 사범학교 때부터의 스승인 정춘용 선생님이시다. 한국전쟁 때 미군부대 하우스보이*며 담배팔이 등으로 떠도느라고 두 달쯤 늦게 복교를 하고 보니, 학과 진도는 따라잡기 힘들 정도로 나가 있었다. 나는 공부에 영 재미를 못 붙이고 수업 시간이고 쉬는 시간이고 장난질만 쳤다. 유일하게 영어 시간만이 덜 싫었던 것은 내가 미군부대에서 엉터리 영어를 조금 익힌 탓도 있지만 영어를 가르치는 선생님이 멋있었기 때문이다. 그가 바로 정춘용 선생님으로, 서울대학교 독문과에 재학 중이던 선생님은 큰 키에 아이들에게 곁을 주지 않는 엄격한 용모였지만, 예문을 명시 名詩나 명작 名作의 한 대목에서 따서 들어 줌으로써 외기 쉽게 해 주셨다. 괴테와 하이네를 좋아한다는 그는 역사에도 조예가 깊어 틈만 나면 우리나라나 서양의 역사 얘기로 아이들을 사로잡기도 했다. 물론 나는 다른 아이들이나 마찬가지로 선생님을 좋아했지만, 내가 선생님의 관심을 끌 일은 아무것도 없었다. 한데 선생님과 내가 가까워질 일이 생겼다. 학교에서 가정실습 동안 한 일을 일기로 쓰는 숙제를 낸 일이 있었다. 별로 한 일이 없는 나는 전에 읽은 앙드레 지드의 『좁은 문』과 『전원교향악』의 독후감을 일기 대신 써서 냈는데, 그것을 선생님이 읽은 것이었다. 수업이 시작되기 전 선생님은 그때까지도 이름이고 얼굴이고 기억하고 있지 못하던 나를 찾아 정말 그 책을 읽었느냐고 물어보셨다. 그렇다고 하니까 다른 말 없이 그날 공부할 대목을 읽게 했다. 내가 기대만큼은 읽었던지 다음 시간부터 선생님은 빼놓지 않고 한 치 레씩 나를 일으켜 세웠고, 학과와는 관계없는 것도 가끔 물었다.

더욱 가까워질 일은 그 얼마 뒤에 생겼다. 생물 시간에 심한 장난을 하다가 걸려 교무실로 끌려갔을 때였다. 무릎을 꿇려 놓고 몽둥이질을 하는 생물 선생님을 정 선생님이 가로막았다. 아무리 잘못을 했더라도 몽둥이질을 하는 것은 야만스럽다는 것이었다. 이렇게 해서 나는 몽둥이찜질을 면했는데, 이어 다음 시간에 들어오신 선생님은 말씀하셨다.

"적어도 중학교 때까지는 공부를 고루 해야 좋다. 어떤 과목은 열심히 하고 어떤 과목은 게을리 한다는 건 편식을 하는 것처럼 해롭다. 모든 학과를 다 공부해 봐야 진짜 자기 적성에 맞는 진로도 찾게 되는 거다."

국어나 영어는 비교적 좋아하면서 수학이나 물상은 몹시 싫어하는 나더러 꼭 들으라고 하시는 말씀 같았다. 나는 깊이 새겨들어, 모든 학과를 다 열심히 공부하기로 결심했고, 그해 좋은 성적을 올릴 수 있었다.

당시 내 꿈은 사범학교를 나와서 초등학교의 교사가 되는 것이었다. 벽지僻地*의 교사가 되어 가난한 아이들의 벗이 되자, 이것이 말하자면 내 꿈이었다. 한데 막상 병설並設* 중학을 졸업하고 사범학교로 진학하려는 나를 정 선생님은 적극 말리셨다. 초등학교 교사는 대학을 나와서도 할 수 있으니까 고등학교로 옮겨 대학으로 진학하라는 것이었다. 내가 말을 듣지 않자 선생님은 아버지까지 동원 나를 설득했는데, 선생님이 아니었으면 어쩌면 나는 산골 학교 늙은 교사로 일생을 마치게 되었을는지도 모른다.

내가 고등학교로 옮긴 지 얼마 안 돼서 정 선생님도 고등학교로 옮겨 오셨다. 영어가 아니고 독일어 담당이었지만, 나는 정 선생님을 고등학교에서 다시 만나게 된 것이 여간 든든하지 않았다.

아직 친구도 없고 학교에도 정이 붙지 않았을 때다. 그때 일인데 해마다 하는 행사로, 늦은 봄 전교생이 8킬로미터 지점까지 달려갔다가 되돌아오는 장거리 달리기 행사가 있었다. 빠졌다가는 달리기보다 더 고된 체벌을 받아야 하므로 다들 어쩔 수 없이 참가하기는 했지만, 뙤약볕 아래 땀을 흘리며 달리기란 정말 죽을 맛이었다. 1킬로미터쯤 달리니 호숫가에서 동급생 몇이 땀을 식히고 있었다. 비교적 가까운 아이들이었기 때문에 나도 거기 끼어들었다. 우리는 꾀를 내었다. 미련하게 전 코스를 달릴 것이 아니라 돌아오는 아이들을 기다렸다가 팔뚝에 찍은 도장을 되받아 그냥 학교로 들어간다는 꾀였다. 반환점에서 아이들한테 도장을 찍어 주게 되어 있는데, 땀에 젖은 그 도장을 우리가 또 한 번 찍어 받는다는 것은 어려운 일이 아니었고 거절할 아이도 별로 없으리라 생각했던 것이다. 과연 우리들 댓 명은 가짜 도장을 받아 학교로 달려 들어갔다. 문제는 우리가 너무 일찍 들어간 데 있었나. 끼분에 서 있던 선생님은 편편약골片片弱骨*의 아이들이 너무 일찍 들어오는 것을 일단 의심했다. 선생님은 우리를 놓아주지 않고 옆에 세워 두었지만 나는 별로 걱정하지 않았다. 그 선생님이 바로 정 선생님이었기 때문이다.

"선생님, 좀 봐주십시오."

나는 농조弄調*로 말했다. 그러나 이 말이 우리가 부정을 했다는 명

백한 증거인 것을 나는 알지 못했다. 전교생이 다 들어와 경기가 끝날 때까지 무려 두어 시간을 뙤약볕 아래 서 있다가 우리는 다시 교무실로 끌려 들어왔다. 오후에는 정상 수업이 있었지만 우리는 시간에 들어가지 못하고 하교 때까지 내내 교무실에 꿇어앉아 있었다. 다음날도 우리는 교무실로 등교하게 되어 있었다. 정 선생님은 우리들을 운동장으로 끌고 나와 운동장 오십 바퀴를 돌게 했다. 꼬박 반나절이 걸렸다. 다시 교무실로 끌려간 우리는 선생님이 불러 주는 대로 평생 속임수로 세상을 살지는 않겠다는 요지의 반성문을 쓰고 풀려났다. 선생님은 평생이라는 말을 강조하면서, 얼렁뚱땅 세상을 살려는 그릇된 자세는 근본부터 바로잡아야 한다고 몇 번이나 말씀하셨다.

그러나 선생님은 엄격하기만 하신 분은 결코 아니셨다. 그때까지는 아직 문학 청년이셨던 선생님은 우리와 만나면 아무 데서나 스스럼없이 문학 얘기를 하셨다. 의견이 다르면 큰 소리로 우리를 설득하기도 하셨다. 문학 얘기를 할 때만은 사제지간이 아니라 친구라는 말도 거침없이 하는, 트인 선생님이셨다. 그 뒤 선생님은 나와 유종호가 글을 쓰기 시작하자, 너희들이 시도 쓰고 평론도 쓰니까 나는 문학을 안 해도 되겠다며 사법 시험을 공부해 판사가 되셨고, 지금은 변호사가 되어 광화문에 사무실을 내고 계신다. 학교를 졸업한 뒤로는 함께 술집을 드나드는 친구처럼 되어 버린 선생님이시지만, 나는 지금도 답답한 일이 생기면 사무실로 선생님을 찾아 뵙는다.

두 스승

생각해 보니 나도 나이 먹고 바쁘다는 핑계로 선생님께 세배 드리지 못한 것이 벌써 여러 해째다. 내년에는 꼭 세배를 드려야겠다는 생각이 문득 든다.

북으로 간 친구에게

대부분의 친구들은 네가 죽었을 것이라고 말하고 있지만 나는 네가 살아 있으리라 믿고 있다. 한 여자의 지아비가 되어, 귀여운 아이들의 어버이가 되어 북쪽의 어느 하늘 아래 너 나름으로 안정해서 살고 있으리라 믿고 있다. 결코 네게 보내질 수도 없고, 또 네가 볼 수도 없는 편지를 아무 주저 없이 지상에 쓰고 있는 것은 네가 살아 있다고 믿는 까닭이며, 언젠가는 네가 이 편지를 보거나 이 편지가 씌어졌다는 사실을 알 날이 오리라고 믿는 까닭이다. 나는 우리가 서로 갈라져 사는 이러한 상황이 언제까지나 계속되리라고는 믿지 않는다.

　나는 그날의 일을 아직도 생생히 기억하고 있다. 전쟁이 있던 1950년 가을 어느 날 오후였다. 북으로 패주敗走하는 인민군의 대열도 뜸해지고 큰길에는 온통 고추잠자리만 날고 있었지. 장터에서 멀지 않은 곳으로 잠시 피난해 있다가 돌아온 나는 그날 너무 심심해서 동생을 닦달하여 큰길에서 고추잠자리를 잡고 있었다.

따가운 가을 햇볕 아래 장터의 납작한 초가지붕들이 그림처럼 빛과 그늘을 선명하게 드러내면서 엎드려 있을 뿐, 거의 왕래하는 사람이 없었어. 그것은 내게 이상한 슬픔을 자아내는 풍경이었지. 나는 문득 멈춰 서서 가물가물 꼬부라진 오종대 근처를 보고 있었지. 거기 네 모습이 나타난 것이 바로 그때였다.

너는 씨름꾼처럼 몸집이 큰 네 아버지 뒤에 게딱지*처럼 붙어 서서 살살 장터거리를 올라오고 있었어. 네 아버지는 큰 류색*을 졌고, 너 역시 금점꾼*들이 애용하는 작은 가방을 메고 있었지. 네가 나를 알아본 것은 연초조합 앞까지 다 와서였어. 너는 나를 보더니 멈칫 서더군. 아마 그것이 난리 이후 우리의 첫 대면이었을 거야.

우리는 서로 한참 바라보고만 있었지. 꽤 한참이었던 것 같아. 앞서 가던 네 아버지가 뒤돌아보고 무엇이라고 너를 재촉했을 정도니까. 그러자 너는 내게는 아무 말 않고 네 아버지가 있는 데로 뛰어갔지. 그것이 우리의 마지막이 될 줄을 누가 알았겠느냐. 네가 네 아버지를 따라 북으로 갔다는 사실을 그 며칠 뒤에 알게 되었지만.

네 아버지는 비록 인민위원장을 지냈다고는 하나 착한 사람이었어. 아버지가 남으로 도망치고 없는 우리 집엘 네 아버지는 가끔 들러, 친구의 어머니인 내 할머니를 위로했지. 곧 전쟁이 끝나고 서로 아무 일 없이 살게 될 것이라고 말하는 네 아버지로 해서 할머니는 크게 마음을 놓고 보리죽을 한 사발씩 치우고는 했어. 네 아버지가 북으로 도망쳤다는 소식을 듣고 모두들 안타까워했지. 그냥 남아 있어도 살았을 텐데…… 하고. 피난에서 돌아온 아버지가 중학교에 다니는 딸 하나와 집을 지키는 네 어머니를 찾아가 위로했다는 말도 그 뒤에 나는 들었다.

복교를 하니까 너에 대한 별별 소문이 다 떠돌더군. 대개들 죽었을 것이라는 거였어. 네가 죽은 것을 보았다는 엉뚱한 녀석까지 나타났었지만, 허풍으로 밝혀졌지. 네 아버지가 샘깨나루에서 잡혀 총살당했다고 장담하는 친구도 있었지만 역시 뜬소문이었어.

그러나 나는 누가 뭐래도 네가 살아 있으리라 믿었어. 초저녁 어슴푸레한 저녁 어스름, 문득 네가 대문 밖에서 나를 부르는 듯해 달려 나간 일도 있었지. 네가 지금 서울 어딘가에 살아 있을지도 모른다고 말했다가, 너를 서울서 보았다는 뜬소문의 진원震源이 되기도 했지. 서울 네 외갓집 얘기를 나는 그때까지 잊지 않고 있었던 거야.

물론 네가 살아 있으리라는 내 믿음의 근거는 아주 희박한 거야. 하지만 너는 감돌을 실은 트럭 뒤에 매달렸다가 언덕으로 굴러 떨어지고도 손가락 하나 다치지 않고 살아났었지.

그렇다, 그래 나는 믿고 있었다. 언젠가는 네가 그 큰 눈을 껌벅거리며 우리 줄 내 뒤에 와서 슬그머니 끼어 설 것이라고. 또는 네 빈 책상에 내던지듯 가방을 놓고 아무 일도 없었다는 듯이 씩 웃으리라고.

너와 나는 아무것도 다른 게 없었다. 똑같이 만화를 좋아했고, 시간에 장난질을 잘 쳤고, 개울 건너 원두막에도 함께 다녔다. 트럭 뒤에 매달렸다가 운전사에게 야단을 맞는 일도 같았고, 십 리를 걸어가 강에서 함께 올갱이다슬기를 줍기도 했다. 네가 도망가 돌아오지 않을 이유가 아무것도 없었다.

그러나 너는 끝내 돌아오지 않았고, 우리는 이렇게 남과 북으로 갈라져 서로 다른 하늘 아래 살게 되었구나. 나는 우리가 더 어려서 함께 어깨동무를 하고 장터를 돌면서 부르던 노래를 아직도 기억하고 있다.

동무 동무 어깨동무
어디든지 같이 가고
동무 동무 어깨동무
해도 달도 따라오고

이 어릴 때의 꿈이 이처구니없이노 허사헛일가 되고 말았구나. 그러나 나는 믿는다. 이 우리 어릴 때의 노래가 끝내 허사가 되지는 않으리라는 것을.

우리는 어려서부터 같은 노래를 불렀고, 같은 말을 통해서 같은 생각에 이르곤 했다. 네가, 내가 지금 어떤 형태의 사람이 되어 있는지를 알지 못하는 것처럼 나도 네가 공산주의자가 되어 있는지 어쩐지 알지 못한다. 그러나 나는 그것에는 관심이 없다. 우리가 어릴 때 함께 말을 배우고 같은 노래들을 불렀던 일은 언젠가는 우리가 같은 하늘 아래 함께 숨 쉬며 살아야 한다는 당위성當爲性을 다시금 일깨우는 일로 여겨질 뿐이다.

너와 네 아버지가 북으로 도망친 후의 네 홀어머니와 네 누이가 겪었던 시련을 나는 알고 있어. 네 어머니는 그 얼마 후에 가산家産을 정리해서 장터에다 가게를 냈지. 전등불에 몰려드는 날파리를 쫓으며 네 누이가 밤늦도록 사과 궤짝에 앉아 책을 읽고 있던 모습을 나는 지금도 잊지 못한다. 어쩌다 내가 가면 네 누이는 눈을 빛내며 네 얘기를 하곤 했다. 지금은 고무신 가게를 하는, 중년 부인이 되어 있는 네 누이 역시 나와 마찬가지로 언젠가는 너와 만나게 되리라고 믿고 있었지. 떨어져 있어야 할 아무런 이유가 없기 때문이지.

나는 네 어머니나 마찬가지로 네가 북쪽 어느 하늘 아래 살아 있으리라 믿으며, 다시 만나 같은 노래를 부르면서 서로 마음속 얘기를 주고받을 날이 오리라 믿고 있다.

북으로 간 친구에게

이 골목에는 싸움도 그칠 날이 없다. 수돗물 때문에, 하수도 때문에 전기 때문에, 공중전화 차례 때문에 소리치고 악다구니하고 삿대질하지만, 이들의 싸움은 길게 끌지 않는다. 어차피 함께 사는 사람들임을, 같은 처지의 사람들임을 서로 알고 있는 까닭이다. 이 골목은 내게 사람이 사는 모습을 보여 준다. 물론 가난한 우리가 극복해야 할 것이다. 그로부터 우리가 헤어나고, 우리의 주위에서 그것을 없애야 마땅하다. 그러나 그것을 외면하고 피하려 해서는 안 된다. 우리의 문화 자체가 그 가난 속에서 태어났고 그것을 내용으로 하고 있는 데야 어쩌랴. 가난한 삶 속에 우리의 참 삶의 모습이 보이는 것도 여기에 까닭이 있는 것이 아닐까.

제3부 세태풍속 비판

골목 이야기

일요일이면 산에 가거나 가까운 데로 여행을 떠나기도 하지만, 그러지 못하는 경우에는 산책을 한다. 그리고 실은 혼자서 산책을 하는 편이 내게는 더 즐거운 일이기도 하다. 그러나 산책이라고 해서 어떤 고상한 것을 연상할 필요는 없다. 내 산책이란 것은 사람이 드문 산길이나 아무도 없는 들길을 거니는 것이 아니라 오히려 사람이 북적대는 골목을 어정대는 것이기 때문이다.

내가 사는 집은 산(이라기보다 언덕) 바로 아래 위치해 있는데 15분이면 갈 수 있는 꼭대기까지는 차가 다닐 수 있을 정도의 제법 큰 길이 나 있다.

나는 일요일 오후, 특히 토요일 술이라도 마셨거나 해서 몸이 불편한 경우, 산책을 이 꼭대기까지로 제한하는 것이 보통인데, 이 경우 나는 큰길을 택해서 걷는 대신, 걷기에 불편하고 자칫하면 길을 잃을 걱정까지 있는 골목을 골라 걷는 것이 보통이다.

큰길의 그 밋밋한 아스팔트, 양옆의 마치 사람이 사는 것 같지 않은 비정적非情的인 집들은 내게 오직 저항감만을 주기 때문이다.

질퍽거리는 골목은 언제 걸어도 활기에 차 있다. 스텐레스스테인리스 요강이 널려 있어 골목이 막혔는가 싶지만, 청바지와 여자의 옷가지들이 널린 빨랫줄 아래로 목을 내밀어 보면 거기 위태롭게 위로 올라가는 길이 뚫려 있곤 하다. 갑자기 까르르 웃음소리가 들리는가 하면 덜커덩 판자문이 열리고 말만 한 계집애들이 튀어나오며 장난질을 친다.

손수건만 한 창을 열고 고등학생들이 팝송을 부르고, 그 이웃집에서는 거기에 맞추어 기타를 친다. 그릇 깨지는 소리, 장롱 부서지는 소리가 나서 무슨 구경거리가 있을까 싶어 잠시 발을 멈추고 기다리면, 이내 중년 사내가 맨발로 뛰어나오고, 그의 아내인 듯싶은 여인이 악다구니를 하며 달려 나오지만, 이 가난한 부부 싸움은 동네 사람들 앞에서 웃음으로 막을 내린다.

이 골목은 한없이 길다. 이발소도 지나고 세탁소도 지나야 한다. 미장원도 있고 반찬 가게도 있다. 골목에서 빨래도 하고 연탄도 피우고 콩나물국도 끓인다.

또 복덕방 앞에는 긴 나무 의자가 놓여 있고, 거기 앉아 동네 노인네들이 안주 없는 소주를 마시기도 한다.

골목 이야기

골목이 때로 싸우는 것처럼 시끄러운 것은 이 집 저 집에서 텔레비전이 큰 소리로 왕왕거리는 까닭이다. 어느 집에서 굴비 굽는 냄새가 나기라도 하면 번개탄을 사 들고 가던 이웃 아낙이 쪽문을 열고 한마디 덕담德談*을 던지기도 한다.

이 골목에는 싸움도 그칠 날이 없다. 수돗물 때문에, 하수도 때문에 전기 때문에, 공중전화 차례 때문에 소리치고 악다구니하고 삿대질하지만, 이들의 싸움은 길게 끌지 않는다. 어차피 함께 사는 사람들임을, 같은 처지의 사람들임을 서로 알고 있는 까닭이다. 이 골목은 내게 사람이 사는 모습을 보여 준다.

물론 가난은 우리가 극복해야 할 것이다. 그로부터 우리가 헤어나고, 우리의 주위에서 그것을 없애야 마땅하다. 그러나 그것을 외면하고 피하려 해서는 안 된다. 우리의 문화 자체가 그 가난 속에서 태어났고 그것을 내용으로 하고 있는 데야 어쩌랴.

가난한 삶 속에 우리의 참 삶의 모습이 보이는 것도 여기에 까닭이 있는 것이 아닐까.

분수를 알고 그것을 뛰어넘는 삶

한때 어떤 야당 정치인이 중도통합론이란 것을 내세워 세상의 웃음거리가 된 일이 있다. 중도통합론의 논지란, 정부와 야당이 극한적으로 대립하는 것은 나라를 위해 조금도 유익할 것이 없으니, 야당이 정부의 말을 고분고분 들어주면서 그 속에서 조금씩이나마 눈치껏 야당의 뜻을 펴자는 것이었다. 여기에는 강력한 권력과 맞선다는 일은 야당의 존립(存立) 자체를 위협하는 것일 수도 있다는 패배주의적 생각이 깔려 있음은 말할 것도 없다. 그러나 이것이 많은 사람의 비웃음을 산 것은, 이 생각이 진실로 나라와 야당을 걱정해서 나온 것이 아니라, 자기 일신의 안녕(安寧)과 영달(榮達)을 위한 것이었기 때문이다. 권력과 맞서서 싸우자면 가시밭길을 가야 하는데, 이미 배부르고 등 따스운 맛을 안 그로서는 그럴 뜻도 용기도 갖지 않게 되었을는지도 모른다.

이 중도통합론에서 거슬러 올라가 연상되는 것은, 일제 시대의 이른바 자치주의이다. 강대한 일본이란 나라와 맞서 싸우다가는 우리 국민의 희생만 커지고 독립은 영원히 얻어질 수 없을 것이니, 아예 완전 자주독립 따위는 생각도 말고, 일본 정부 권력 밑에서 그것이 허용하는 한도 안에서 자치를 하도록 하자는 주장으로서, 문화주의자 가운데 많은 사람들이 이런 주장을 했다. 그러나 이런 주장을 하는 사람들은 일본 제국주의의 우리나라 강점에 의해서 실질적으로는 은근히 덕을 본 사람들이었고, 이러한 주장이 정말로 우리나라나 겨레를 위한 것이 아니라 저 하나 편하게 살기 위한 것이었음은 새삼스럽게 밝힐 필요도 없을 것이다. 자치주의자들의 대부분이 일제 말에 이르러 사정이 더욱 빡빡해지니까 일본에 붙어 제국주의의 전쟁 수행을 적극적으로 도왔던 일만 보아도 자치주의가 과연 무엇인지 그 정체를 빤히 알 수 있는 터이다.

이 중도통합론과 자치주의의 밑바닥에 똑같이 흐르고 있는 것은 '분수'라 것이 아닌가 생각된다. "백성이면 백성으로서의 분수를 알아야지", "조선 사람이면 조선 사람으로서의 분수를 지켜야 살지"라는 분수 의식이 — 주인 의식이란 말도 있으니까 이런 말도 가능하다고 치자 — 이러한 생각을 낳은 것이 아닐까? 우리 백성은 아직 민주주의를 할 능력이 없으니까, 또는 우리 민족은 아직 독립을 할 만큼 교육을 받지 못했으니까, 우리가 욕심을 낼 것이 아니라 우리 분수를 알고 주는 만큼이나 얻어먹는 게 수라는 패배주의·숙명주의가 이런 생각을 낳은 것이 아닐까?

나도 어려서부터 할아버지 할머니 또는 아버지 어머니로부터 분수란 말을 꽤나 들어 왔다. 사람은 분수를 알고 그것을 지킬 줄 알아야 산다는 것이었다. 분수를 모르고 날뛰다가는 필경반드시 패가망신敗家亡身*하고 만다는 것이었다.

내 고향에는 흔히 그 귀감龜鑑*으로 들어지는 사람이 있었다. 양천 허씨네 산지기* 아들이었는데, 어려서 아주 공부를 잘했다. 그래서 사범학교로 진학을 했고, 학교를 마치자 고향 소학교에서 교편을 잡았다*. 집안은 산지기의 신분에서 벗어나 자작농自作農*으로 발돋움했으며, 그의 아버지는 장날이면 점잖게 두루마기를 입고 나가 면내 유지들과 어울려 술을 마셨다. 여기까지는 말하자면 분수를 아는 삶이었다. 그러나 당시 아직 젊던 그는 교편 생활을 집어치우고 뒤늦게 서울로 와서 대학엘 들어갔다. 그러고는 어떤 사건에 관련되어 삼 년 동안 감옥 생활을 했고, 나와서는 감옥에서 얻은 병으로 시름시름 앓다가 죽었다. 그의 집안은 다시 몰락해서 그의 아버지는 두루마기를 벗어던지고 날품팔이*로 되돌아갔다. 분수를 모르는 아들 탓이었다.

하지만 분수를 안다 또는 지킨다는 것은 무엇일까? 한마디로 그것은 주어진 상황을 받아들여 거기 순응하고 굴복하는 것을 뜻한다. 분수를 알고 지키는 삶이란 말하자면 주어진 상황 안에서의 소시민*적

삶을 뜻한다. 그것은 진취적이고 창의적인 삶이 못 된다. 소극적 패배적 삶의 철학일 뿐이다.

이러한 삶의 철학이 우뚝하면 맞고 모나면 깨어진 우리 조상들의 오랜 삶의 경험에서 얻어진 것임은 말할 것도 없다. 이 철학에 바탕한 중도통합이니 자치주의니 하는 살아남기 정치 이념이 그래도 부분적으로 타당한 근거가 있는 것으로 받아들여지는 것도 그 때문이다.

그러나 분수를 알고 지키는 삶, 또는 그 철학이 우리 역사를 크게 그르치고 있다는 사실을 깨달아야 한다. 가령 분단 현실만 해도 그렇다. 해방이 되어 38선이 생기고 그것을 경계로 남과 북에 미군과 소련군이 각각 주둔[*]하여 바야흐로 나라와 겨레의 영원한 분단의 조짐_{兆朕}[*]이 보이기 시작할 때, 그 현실에 맞서 싸운 지도자는 김구_{金九}[*]· 김규식_{金奎植}[*]· 조소앙_{趙素昂}[*]· 여운형_{呂運亨}[*] 등 실로 몇 안 되는 숫자였다. 대부분이 분단을 기정사실_{旣定事實}[*]로 받아들이는 위에서 미래를 설계했고, 그것이 오늘까지 이어진 것이다. 강대국에 의한 냉전 체제에 우리가 편입되는 것은 불기피한 일이요, 그것을 기부한다는 것은 약소민족으로서의 자기 분수를 모르는 짓이라는 것이 시도사 중 대부분을 차지하고 있던 분단주의자들이 내세우는 명분이었다. 그들은 김구 등 통일론자들을 국제 정치 감각에 어두운 국수주의[*]자요 자기 분수를 모르는 시대착오주의자라고 비웃었다. 이것은 그 이전 또는 그 이후에 자치주의자들이 자주독립론자들을, 또 중도통합 타협주의자들이 더 진보적인 사람들을 세상 물정物情*에 어두운 순진하고 어리석은 이상주의자들이라고 비웃었던 것과 마찬가지이다.

지도자들의 분수 의식은 역사를 그르쳤지만, 한편 민중의 분수 의식은 그릇된 역사의 진행을 방조傍助*함으로써, 그것을 장기화시켰고 심화*시켰다. 술집에서 흔히 있는 일로, 한 사람이 올바른 소리라도 할라치면 으레* 하나쯤 이렇게 말하는 이가 있다. "그만해 두게. 다 분수를 알아야지, 자네가 아무리 그런다고 뭐가 될 줄 아나!" 결국 이러한 분수 의식이 이 땅으로 하여금 아직도 민주주의가 뿌리박지 못하는 풍토風土*가 되게 한 것이다.

'더도 말고 덜도 말고'라는 말이 분수를 알고 그것에서 더 나가지도 말고 더 모자라지도 않는 삶을 뜻하는 것으로 이해되어서는 안 된다. 학생이면 학생의 신분에 알맞게 공부나 하라는 투의 흘러간 노래여서는 안 된다. 분수를 명확히 알고 그것을 뛰어넘고 이겨 내는 삶을 뜻하는 말이 되어야 할 것이다.

두껍게 얼어붙은 얼음 아래

내게는 답답하면 시외버스 정거장을 찾아가는 버릇이 있었다. 일할 기회도 글 쓸 기회도 좀처럼 주어지지 않던 암울한 70년대 얘기다. 처음 나는 버스를 타고 떠난다는 생각은 하지 못했다. 어딘가를 향해 떠나는 사람, 어딘가로부터 오는 사람만 보아도 조금은 숨통이 트이는 것 같았다. 기대와 불안으로 들떠 보이는 사람들 사이에 섞여서 나도 마치 그들의 하나가 된 듯 서성거리기도 하고 앉아 있기도 하다가 돌아오는 것으로 만족했다.

그러던 어느 날 나는 문득 버스에 올라앉았다. 이 차의 종착점이 서해안 어느 바닷가라는 안내양˚의 말이 나를 유혹했던 것이다. 정시보다 삼십 분은 늦어서 출발한 버스는 시내를 벗어나자(나는 그 무렵 안양에 살고 있었다) 언덕과 들판과 골짜기를 달렸는데, 추수가 다 끝난 들판은 황량하고 나무와 풀들은 구죽죽이˚ 죽어 죽음을 앞둔 늙은이의 살갗 같았다. 버스가 십 분이 멀다 하고 멈추어 서는 마을도 활기가 없기는 마찬가지였다. 목을 옷 속에 움츠리거나 손을 깊숙이 주머니에 찌르고 물끄러미 차를 구경하고 서 있는 사람들은 한결같이 무표정했다. 하늘에 가로로 직선을 그으며 날아가던 구름도 나는 지금 잊을 수가 없다. 검은색과 흰색이 빛과 그림자처럼 선명한 구름은 노을이 비끼자 더 거칠어졌다. 유신 체제˚가 긴급조치˚로 강화되면서 그 극성이 극에 달했던 해 겨울이었다.

　종착지에 도착하니 어둑어둑 땅거미˚가 지고 있었다. 바닷바람이 강하게 불어 전선을 올리고 입간판˚들을 쓰러뜨렸다. 마산포라는 조그만 어촌이었는데, 포구浦口에는 고깃배가 수십 척 정박碇泊˚해서 높은 파도에 몸을 내맡기고 있었다. 바람을 피해 골목으로 들어서니 미장원과 해장국집과 이발소가 있고, 이발소 이층이 다방이었다. 금세 무너질 것처럼 발밑에서 삐걱거리는 목층계나무 층계를 올라와 문이 잘 안 열려 발길로 차듯 밀고 들어간 다방 안은 텅 비어 있었고, 아가씨 혼자 난로에 조개탄˚을 넣고 있었다. 그녀는 심심했던 모양, 내가 자리에 앉기가 무섭게 엽차를 들고 와서 내 앞에 마주 앉았다. 그러고는 이달로 이 포구 생활도 끝이라는 둥 겨울에는 있기 힘든 곳이라는 둥 묻지도 않은 말을 늘어놓았다. 무릎까지 올라오는 장화를 신은 뱃사람들이 우우 몰려 들어와 나는 잠시 그녀를 빼앗기기도 했지만, 동행해서 밥집을 찾아가 저녁밥과 소주를 마시는 행운도 맛보았다.

두껍게 얼어붙은 얼음 아래

여관방 마루 아래까지 와서 울부짖던 파도, 창문을 부수고 나무뿌리를 뽑을 것처럼 몰아치던 바닷바람, 문득 새벽에 눈을 떴을 때 들리던 뱃고동 소리, 통통통통 고깃배가 고기잡이 나가는 소리, 마루로 나오니 온몸에 끈적끈적 달라붙던 어촌의 새벽바람…… 준비 없는 내 첫 여행의 인상은 지금까지도 강하게 남아 있다. 이후 나는 70년대 내내 이렇게 준비 없는 여행을 했고, 이것이 내가 숨 막힐 것 같은 상황에서 잠시나마 빠져나올 수 있는 유일한 출구였다.

물론 이런 종류의 여행 중 첫 여행만이 기억에 남아 있는 것은 아니다. 여주의 어느 강 마을, 화천의 파로호 부근, 횡성의 한 주막, 이때의 일들이 다 기억에 생생하다. 여주에 갔을 때는 서울로 이사해서였으니까 70년대 말이다. 마장동에서 여주행 시외버스를 탔는데, 양평을 거쳐 인근의 시골 장터를 두루 돌며 가는 완행이었다. 여주까지 꼭 갈 것은 아니지만 여주까지 가도 괜찮다고 생각한 것은, 봄이 무르익은 여주의 아름다운 강을 한번 보고도 싶었기 때문이다.

그러나 나는 종점이 가까운 강 마을에서 내렸다. 버스가 손을 흔들며 마을 길을 달려 나오는 한 아주머니를 위해 선, 구멍가게 옆 두 그루 살구나무에 홀려서였다. 두 나무가 다 군데군데 혹이 불거진 고목으로, 가지가 휠 만큼 꽃을 달고 있었는데, 좀 떨어진 논둑에서는 한 가족인 듯 두 아낙과 한 늙은이가 저녁참을 먹고 있는 중이었다. 마을은 길을 건너 나지막한 산을 등지고 앉아 있고, 볼품없는 가건물

建物(임시 건물)인 구멍가게가 위태롭게 매달려 있는 언덕 아래로 새파란 강물이 흐르고 있었다. 살구나무 하나는 그 슬레이트˚ 지붕을 거의 덮고 있었는데, 지붕에 하얗게 꽃잎이 쌓여 있고, 두 살구나무 사이에 평상이 놓여 있었다. 소주 한 병을 청하자 무뚝뚝하게 생긴 사십 대의 주인이 턱으로 평상을 가리키더니 소주와 무장아찌가 놓인 소반을 들어다 평상 위에 놓았다. 잔과 소반에 떨어지는 살구 꽃잎을 보며, 발 아래 흘러가는 강물을 보며, 강물 위에 금빛 햇살을 쏟아 부으며 서서히 기울고 있는 해를 보며, 장아찌만을 해서 술을 두어 병은 마셨던 것 같다.

그때 잿빛 승려복을 입은 중년이 주인과 무슨 얘기인가를 주고받은 뒤에 내게 다가왔다.

"손님 적적하시겠수."

나는 술을 권했고, 그는 사양하면서도 몇 잔 받아 마셨다. 그가 스님이 아니고 박수남자 무당인 것을 알고 내가 굿이니 무당이니 조금 아는 체를 하자, 그는 신바람이 나서 그가 어떻게 접신接神하는가를 이것저것 얘기했고, 마침내 나를 동네 뒤에 있는 자기네 집으로 데리고 갔다. 그래서 임경업 장군˚의 등신대사람 크기의 초상화가 모셔져 있는 신방神房˚에서 저녁도 얻어먹고 하룻밤을 묵게 되었지만, 그날 밤 나는 한숨도 잠을 이루지 못했다. 눈만 감았다 하면 강물에 빠져 죽은 아이들, 보릿고개˚에 굶어 죽은 아이들의 얼굴과 손발이 어른거렸기 때문이다.

화천의 파로호에 갔을 때도 목적지 없는 여행이었다. 몇 번 별생각 없이 버스를 바꾸어 타고 도착해 보니 파로호였다. 이미 어두웠으므로 배터라는 일반 명사가 동네 이름이 된 물가에서 밥집을 겸한 여인숙을 찾아 들어가 저녁을 먹고 쓰러져 잤는데, 아침에 일어나 보니 가파르게 치솟은 산비알을 붉고 노란 단풍이 뒤덮었고, 새파란 물이 산과 산 사이를 가득 메우고 있었다. "아아!" 하는 감탄사가 절로 나왔지만, 나는 밖으로 나갈 엄두는 내지 못했다. 나가는 대로 호수에 빨려 들어갈 것 같아 두려웠다. 나는 꼼짝 않고 그 집에서 하루를 더 묵었다.

횡성의 경우는 조금 다르다. 역시 산은 울긋불긋 단풍이 한창이고 들은 반쯤 추수가 끝난 가을이었는데, 차에 오를 때 목적지를 정하지 않기는 마찬가지였지만, 막상 내린 곳이 횡성이자 마음이 바뀌었다. 이곳은 내가 십오륙 년 전에 소개로 알게 된 사람들의 길 안내를 맡아 한 번 온 일이 있는 곳이었다. 그 무렵 횡성, 홍천 근처에는 소규모로 양귀비를 재배하는 집이 여럿 있었는데, 말하자면 내 손님은 그들이 사제한 아편을 수집하는 것이 일이었다. 그때의 일을 나는 시 「눈길」에서 "아편을 사러 밤길을 걷는다 / 진눈깨비 치는 백리 산길 / 낮이면 주막 뒷방에 숨어 잠을 자다 / 지치면 아낙을 불러 육백을 친다"라고 노래한 일이 있지만, 눈이 유난히 많아 무릎까지 쌓이는 날이 허다한 겨울이었다.

나는 옛날 지났던 길을 더듬어 보고 싶은 욕심이 생겼다. 그래서 버스를 바꿔 타면서 꼬박 이틀 동안 이곳저곳 돌아다녔지만 찾아낸 것은 하루 두 끼를 사 먹은 일이 있는 둔내 장터의 국밥집뿐이었다. 옛 주인이던 입담 좋은 노파는 죽고 지금은 중년인 그 아들과 며느리가 맡아 하고 있었다. 그들이 나를 알 턱은 없었지만 내가 옛 주인한테서 국밥을 두 끼 사 먹은 일이 있다는 말을 듣고는 크게 호의를 베풀어, 머릿고기 한 접시를 개평으로 내놓았다. 나는 주인을 동무해서 꽤 많은 술을 마시고 그가 추천하는 하숙집을 찾아가 하룻밤 묵었는데, 준비 없는 여행길이 이렇게 여러 날 걸린 것은 이때가 처음이고 마지막이다.

70년대의 아침은 거의 기관원의 방문으로 시작되었다. 직장엘 나갈 때는 직장으로 찾아오더니 직장을 그만두자 집으로 찾아왔다. 직장으로 찾아오던 기관원은 흔히 남산으로 부르는 중앙정보부 직원이었는데 집으로는 경찰서의 정보과 형사가 찾아왔다. 싫든 좋든 함께 커피 한 잔 마시지 않을 수 없었다.

"별일 없어요?"

"별일 있을 일이 있나요."

"어딜 가실 일도 없고요?"

"갈 데가 있어야지요."

매일 똑같은 문답이 반복되었다.

"당신들 바쁠 텐데 이렇게 시간 낭비해서 되겠어요?" 하고 한 번 나는 형사한테 물은 일이 있다. 형사도 쑥스러운 듯 웃으며 대답했다.

"제 오늘 일은 선생님 감시하는 게 전부니까요."

80년대까지도 계속 나를 담당했던 그 형사와는 매일처럼 만나는 사이 정이 들어 호형호제^{*}하는 사이까지 되었다.

내가 이렇게 요시찰인^{*}이 된 것은 특별히 반정부 활동^{*}을 해서도 아니고 반체제^{*} 사상가여서도 아니다. 당시 제정신을 가지고 세상을 살려는 지식인들이 하는 보통의 일을 나도 했을 뿐이다. 예컨대 유신 체제와 군사 독재^{*}를 반대하는 문학인의 모임인 자유실천문인협의회^{*}에서 간사직을 맡았고, 유신 체제 철폐와 긴급조치 해제를 요구하는 모임이나 데모^{*}에 더러 참석했으며, 그런 성명에 서명을 했고, 또 가끔은 정부가 하는 일을 비판하는 글을 썼다. 이렇게 저강도低強度 저항을 하는 사람이 전국적으로 줄잡아도 몇 천 명은 되었을 것이고 상노의 차이는 있지만 모두 사찰査察^{*}을 당했을 터이니 그 국력의 낭비가 얼마나 컸으랴. 그러다가 성명서에 이름 한 번 들어가면 남산, 서빙고(보안사), 경찰서에서 연행連行해^{*} 갔다. 조사를 받고 자술서^{*}를 쓰고 당일로 풀려나오는 일도 있었지만, 사흘씩 일주일씩 걸리기도 예사였다. 70년대 동안(정확히 74년부터) 이렇게 연행과 훈방訓放^{*}이 되풀이

된 것이 십수 차례, 아마 내가 수사 기관에서 자술서라는 이름으로 쓴 자서전만 해도 수백 장에 이르리라.

당국이 문학인들을 사찰 대상에 포함시킨 것은 1974년 1월, 문학인 61명의 이름으로 개헌改憲(헌법 개정)을 청원請願하고부터였다고 생각된다. 유신 체제를 철폐하고 유신 이전의 헌법으로 돌아가자는 요구는 이미 전해 가을부터 전국적으로 서서히 일어나고 있었다. 먼저 학생들의 시위가 있었고 이어 종교인, 지식인, 정치인들이 이를 적극 지지하고 나섰다. 문학인들도 가만히 있을 수 없다는 논의가 시작된 것은 작가 이호철李浩哲의 집에서 있었던 새해 모임에서였던 것 같다. 이호철을 비롯, 백낙청문학평론가, 염무웅문학평론가, 한남철소설가(작고), 박태순소설가, 황석영소설가, 최민시인과 내가 자리를 같이했던 것으로 기억되는데, 먼저 얘기를 꺼낸 것은 백낙청이었다. 문학의 역사와 사회에 있어서의 책임을 강조하는 우리가 이 중요한 고비에 발언을 하지 않을 수 없다는 그의 의견에 모두들 적극 찬동했고, 시간을 끌면 성사가 안 된다고 해서 이 자리에서 성명서를 발표할 날짜와 장소를 정하는 것은 물론 백낙청이 성명서를 초안草案하고 유인물을 만든다는 세부 사항까지 정했다. 그리고 모두들 적극적으로 뛰어 가능한 한 많은 문학인들의 서명을 받아 내기로 했다.

이렇게 해서 1월 8일 명동성당 앞 한 찻집에서 유신 헌법을 철폐하고 이전의 헌법으로 돌아가 달라는, 개헌을 청원하는 문학인들의 모임을 갖게 되었는데, 이 모임은 성명서를 다 낭독하기도 전에 겁을 먹은 주인의 신고로 출동한 사복 경찰관들에 의해 해산되었다. 이 자리에서 몇 사람이 잡혀갔고, 나는 다음다음 날 아침 집에서 안양 경찰서를 거쳐 남산으로 연행되었다. 하룻밤을 조사 받고 다음날 훈방되었지만 이 일로 해서 문인간첩단 사건이라는 것이 조작되었다. 벼룩도 낯짝이 있다고, 개헌 청원한 사람들을 그냥 잡아넣을 수 없으니까 일본 가서 『한양』지라는 교포가 하는 잡지 관계자들을 만난 사람들을 간첩으로 몰아, 엉뚱하게 이호철, 임헌영평론가, 장백일문학평론가 등을 구속함으로써 분풀이를 한 것이다. 이때만 해도 당국은 문학판을 전혀 파악하고 있지 못해, 가령 황석영의 '석'을 '철'로 읽어 황철영이라 하는가 하면 최민崔旻은 최문으로 불렀다. 나를 비롯 염무웅, 황석영, 한남철이 다 본명과 다른 필명인 것을 가지고 글 쓰는 놈들은 모두 이름을 두 개씩 가지고 있는 사기꾼들이라서 헷갈린다며 불평들을 했다. 이후 일부 문학인들에 대한 철저한 사찰이 시작되고, 조그만 문제만 생겨도 잡아갔으며, 신문사에 상수常駐하고 있는 섬일관은 불온不穩하다고 생각되는 작가의 이름이 신문에 나오는 일조차 용납하지 않았다. 그러나 70년대를 생각할 때 내 머리에 가장 먼저 떠오르는 것은 세 마리의 개다.

1975년 어느 초겨울 아침 나는 세 마리 개가 덤벼드는 꿈을 꾸다가 눈을 떴다. 아직 잠이 덜 깬 귀에 초인종을 누르는 소리가 들렸다.

불길한 예감에 나가보니 세 사람의 건장한 사내들이 문밖에 서 있었다.

"남산서 오셨어요?"

짚이는 데가 있어 물었다.

"이 사람, 귀신이네!"

한 사람이 신분증을 내보이며 말하고 두 사람은 나를 밀치고 앞장서서 내 방으로 들어섰다. 그러고는 무슨 일인가 해서 덜덜 떨고 있는 아버지와 어머니의 접근을 막으면서 샅샅이 뒤져 수상하다고 생각되는 책 이삼십 권을 뽑아 든 다음 나를 끌고 나와 차에 태웠다. 그 전날 밤 나는 생맥줏집에서 책을 잃어버렸다. 내가 화장실에 간 사이 함께 술을 마시던 사람이 내 코트 주머니에서 책을 빼 들고 사라진 것이다. '그'는 내 오랜 술친구라면서 한 달 전쯤부터 이곳저곳에 출몰하는 사람이었고, 그 책은 염무웅이 구해서 만든 오장환奇章煥* 번역의 『에세닌* 시집』 복사본이었다. 그때만 해도 금서禁書*인 그 책을 나는 부주의하게 들고 다니면서 읽다가 덫에 걸린 것, 말하자면 그는 우리 중 누구 하나를 잡기 위해 투입된 프락치첩자*였던 것이다. 그들은 걸렸다라며 쾌재를 불렀을 터이지만 이것 가지고 물건이 되지는 않을 것이라고 판단했는지, 협박과 회유와 욕설과 손찌검을 되풀이하며 수없이 자술서를 쓰게 한 다음, 나와 복사본을 만든 염무웅, 그리고 나와 마찬가지로 복사본을 소지하고 있던 백낙청을 일주일 넘게 지하실에 가두어 두었다가 풀어 주는 데 그쳤다.

그러나 나는 이때 난생처음으로 매라는 것을 맞아 보았는데 그것이 어이없게도 개 때문이었다. 조사가 한차례 끝났을 때였다. 나를 연행해 온 사람이 옆에 서 있다가 물었다.

"그런데 당신, 우리가 남산에서 왔다는 걸 어떻게 그리 금방 알았어?"

나는 무심코 대답했다.

"꿈에 개 세 마리가 덤벼들어서……."

내 말이 채 끝나기도 전에 그의 얼굴이 일그러졌다.

"뭐? 우리가 개야!"

나는 의자에서 떨어져 나뒹굴었고, 그는 쓰러진 나를 구둣발로 짓이겼다. 그의 상사로 보이는 사람이 말리지 않았더라면 그는 쉽게 발길질을 멈추지 않았을 것이다. 그가 식식거리고 나간 다음 나를 조사하던 사람은 매를 살 말을 골라 했다면서 나를 위로했지만, 이때 말고 나는 두어 번 더 말을 잘못해서 매를 맞은 일이 있다.

북부 경찰서에 끌려갔을 때다. "중요한 사안이니까"라면시 정보계장이 직접 조사를 맡았는데, 어디서 태어나서 어떻게 자랐으며, 부모는 어떠한 사람이며 친척에는 누가 있고, 무슨 학교를 다니고 누구와 사귀었으며…… 조사라는 것이 종일 이렇게 자서전을 쓰는 일이었는데 글씨 하나 틀려도 계장은 신경질을 내며 박박 찢어 버리고 다시 쓰게 했다. 아침 일찍 끌려가 종일 이 짓을 하여 지칠대로 지쳤을 때였다. 나는 나 자신이 불쌍해서 혼잣소리를 했다.

"원고료 없는 글 많이도 쓰는구나!"

그러자 그는 발끈했다. 처음에는 책 따위로 머리와 얼굴을 때리더니 분이 풀리지 않던지 나중에는 주먹으로 목과 가슴을 때리다가 내가 쓰러져서야 멈추었다.

또 한 번은 남산에서였다. 이것저것 묻다가 수사관은 느닷없이 말했다.

"여기가 어떤 덴 줄 알아? 최종길 교수가 투신자살한 데가 여기란 말야."

나는 호기심이 일어났다. 서울 법대의 최종길 교수의 의문사가 그 무렵 항간의 화제가 되어 있었기 때문이다.

"여기서요?"

"그래, 화장실에서."

그래서 화장실에 갔을 때 유심히 살펴보았다. 사 층이나 오 층쯤으로 짐작되었는데, 화장실에는 견고한 철망이 쳐져 있었다. 녹이 잔뜩 슨 것이 한두 해 사이에 만든 것이 아님을 말해 주고 있었다. 나는 수사관에게 물어보았다.

"최 교수가 화장실에서 뛰어내린 거라면 저 철망은 어떻게 된 거지요?"

나는 쓸데없는 데 호기심을 보인다는 이유로 이때도 수월찮이 두

들겨 맞았다.

　그러나 지금 나는 내게 손찌검을 한 이들 수사관들의 얼굴은 하나도 생각나지 않는다. 세 마리의 개와 함께 떠오르는 것은 다른 얼굴이다. 역시 남산에서의 일이다. 그곳 마당에도 잔뜩 꽃이 피어 있는 화창한 봄날이었는데, 수사관 대신 자기가 조사하겠다고 나선 책임자는 이 봄날을 주제로 시를 쓰지 않으면 시인으로 인정하지 않겠다며 윽박질렀다. 내 시를 읽은 일도 없고 내 이름을 시인 명단에서 본 일도 없으니, 만약 여기서 내가 직접 시를 써서 시인이라는 사실을 증명해 보이지 못하면, 시인을 위장하여 침투한 간첩이라고밖에 생각할 수 없다는 것이었다. 너무 기가 막혀 대답할 말을 잊었지만 그는 막무가내였고, 나는 한나절을 버티다가 결국 시를 쓰고 말았다. 외고 있던 박목월朴木月의 "여기는 경주 / 신라 천년······ / 타는 노을"로 시작되는 「춘일」을 '경주'를 서울로, '신라'를 '조선'으로 바꾸어 베낀 것이다. 그도 제법 시를 보는 안목은 있었든지 두어 번 읽어 보고는 고개를 끄덕였다. 그것이 내가 그 자리에서 지은 것이 아니고 남의 시를 베낀 것이란 사실을 알았더라면 또 한 번 난리가 났겠지만 말이다. 이후 조사 과정에서 가짜 시인 시비는 일어나지 않았다. 지금은 여당 안에서 상당한 대우를 받는 정치인으로 변신해 있는 그의 얼굴은 이상하게도 잊혀지지 않는다.

　유신 체제가 계속되는 한 무사하게 살아남기란 어려울 것 같은 위기감으로 우리는 늘 불안해 있었다. 실제로 가까운 사이는 아니지만 더러 보이던 친구의 얼굴이 뜸해 알아보면 잡혀 들어가 있곤 했다. 불안하니까 같은 처지에 있는 친구들과 매일 전화를 하여 안부를 묻고 알렸다. 통화가 되면 또 만나야 했다. 사무실에 나가지 않게 된 뒤로는, 집에 전화가 없었으므로, 나는 이 통화를 위해서 조태일 시인(작고)의 인쇄소 등에 가서 죽치고* 앉아 있기도 했다.

그래서 술자리가 만들어지곤 했는데, 이 무렵 가장 자주 만나던 친구는 『창작과비평』의 주간으로 있던 염무웅을 비롯 한남철, 이호철, 황석영, 최민, 구중서 문학평론가 등이었다. 소줏집에서 시작된 술판은 으레* 생맥줏집으로 이어졌고, 때로 우리는 택시를 타고 세검정 밖으로 진출하기도 했다. 그곳에는 물문집이라는 술집이 있어 마음 놓고 세상 돌아가는 얘기를 할 수 있었다. 술판이 무르익으면 노래가 나왔는데, 이호철은 중학교 때 북쪽에서 배운 소련 민요와 정지용의 시에 곡을 붙인 가곡 「고향」을 부르고 구중서는 월북한 것으로 잘못 알려져 금지된 정지용의 「향수」를 울먹이는 소리로 암송했으며, 절정은 황석영의 쇼가 장식했다. 유신 체제가 바로 '술 권하는 사회' 현진건의 소설 제목이기는 했지만, 이런 세상에서도 친구들과 어울리는 즐거움은 있었다.

목적지를 정하지 않은 여행이 대부분이었지만, 어쩌다가는 목적지를 정하고 여행을 떠나기도 했다. 속을 터놓고 얘기할 수 있는 친구

들을 만나기 위해서였는데, 경북 봉화에 가면 오랫동안 국가보안법˚
으로 형을 살고 나온 전우익이라는 분이 있고, 거기서 안동으로 내려
가면 『몽실 언니』의 작가 권정생權正生˚이 있었다. 외딴 냇가에 장난감
같은 오두막을 짓고 혼자서 살고 있는 권정생을 찾아갔을 때의 일을
나는 잊지 못한다. 오랜 병에 시달리면서 마을 교회의 종지기˚ 노릇을
하는 그는 자신은 술을 못 마시는데도 안주로 화롯불에 고등어를 구
워 내놓았다.

또 광주에 가면 송기숙소설가과 박석무한학자가 있었다. 과연 내 생
전에 마음 놓고 얘기하고 글을 쓸 세상이 올까 하는 두려움에 울적해
있다가도, 이들을 만나 술을 마시고 떠들다 보면 마음이 활짝 개이면
서 머지않아 새 세상이 올 것 같은 생각이 드는 것이었다. 내가 제일
자주 찾아갔던 곳이 송기숙이 교육지표 사건˚으로 구속되기 이전의
광주였던 것은 이래서였다.

청주도 자주 갔던 곳이다. 어릴 때의 친구가 살고 있어 내가 구할
수 없는 귀중한 자료들을 몰래 보여 주고는 했다. 이 여행 때는 담당
형사의 묵인默認˚이 필요했는데, 혹간은 상부의 명령이라면서 따라 나
서려 해서 애를 먹기도 했다. 한번은 청주를 가기로 한 날이다. 전날
밤 들러 내가 청주 간다는 사실을 알고 간 담당 형사는 다음날 새벽
승용차를 몰고 왔다. 상부에서 오늘은 종일 모시고 다녀야 한다고 해
서 부득이 승용차를 한 대 얻어 왔으니 함께 가자는 것이었다. 지금

처럼 승용차가 흔치 않던 시절이다. 그래서 일단 담당 형사가 운전하는 차를 타고 집을 나서게 되었는데, 청주에 있는 친구에게까지 내가 형사를 달고 다니는 꼴을 보여 줄 수는 없었다. 그래서 중간에서 차를 세우고 갈 수 없는 사정이 생겼다고 전화를 한 다음, 행선지를 바꾸어 고향으로 향했다. 결국 뜻하지 않게 관용차를 타고 성묘를 하는 분에 넘치는 호강을 했다.

그러나 70년대의 내 여행 중 가장 잊을 수 없는 것은 염무웅과 함께 원주를 거쳐 고향에 가서 일박을 한 여행이 아니었나 싶다. 그 무렵 염무웅은 재임명에서 탈락하여 덕성여대에서 떨려 난 해직 교수였다. 나는 늘 그에 대해서 미안한 마음을 가지고 있었는데, 그의 재임명 탈락은 전해 남산에 끌려가 조사를 받은 일과 무관한 것 같지 않았기 때문이다. 가령 내가 독하게 버티어 복사본 사건을 혼자 뒤집어썼더라면 그는 무사했을 것이라는 뉘우침은 늘 나를 괴롭혔다. 말하자면 이 여행은 그를 위로한답시고 내가 제안한 것인데, 행선지가 원주로 된 것은 무기 징역형을 살고 있는 김지하 시인의 집이 있고 그의 부모가 살고 있었기 때문이다.

우리는 우선 김지하의 집에 들러 그의 부모를 위로도 하고 술도 잔뜩 얻어먹었다. 다음날은 염무웅이 자란 봉화의 춘양이란 데를 갈 작정이었으나 가는 길이 매우 복잡하여 포기할 수밖에 없었다. 대신 내 고향에서 가까운 강촌의 친구를 찾아가기로 하고 완행버스를 탔다.

산과 들에는 막 새잎이 피기 시작하고 개울마다 맑은 물이 철철 흐르는 이른 여름이었다. 오랜만에 보는 첫여름 풍경에 연실 감탄을 하는 사이 버스는 바꿔 타야 할 곳에 와 우리를 내려놓았다. 도도히 흐르는 강물이 내려다보이는 언덕이었다. 하지만 두어 시간을 기다려도 버스는 오지 않아 나는 강변을 향해 천천히 걸어 내려갔다. 그때 어깨에 그물을 멘 소년이 노래를 흥얼거리며 올라오고 있었다. 알 수는 없지만 민요조였다. 나는 문득 내가 두 번이나 쓰고도 실패한 시 「목계장터」가 생각났다. 나는 이 자리에서 새로 쓸 시의 첫 구절 "하늘은 날더러 구름이 되라 하고 / 땅은 날더러 바람이 되라 하네"를 생각해 냈다.

돌아가라면 절대로 돌아가지 않을 그 암울했던 70년대가 요즘은 가끔 그립기도 한 것은, 두껍게 얼어붙은 얼음 아래서 그래도 나는 강물처럼 흘러왔다고 생각하고 있기 때문일까?

옛날의 추석, 오늘의 추석

추석이 되기 2, 3일 전부터 우리는 마음이 들뜨기 시작했다. 수업을 마치고 책보冊褓*를 허리에 동여맨 채 개울가에 나가 서 있을라치면 외지外地*에 돈벌이를 위해 나가 있던 집안 아저씨나 동네 젊은이들이 하나 둘 돌아오는 것을 볼 수 있는 까닭이었다.

버스에 시달리고 다시 삼십 리나 걸어온 그들이었지만, 그들의 얼굴에는 피로의 기색이 없었다. 고향에 돌아온 기쁨, 낯익은 얼굴을 대하는 즐거움으로 환하게 빛나고 있었다.

그들은 보따리를 뒤적여 우리에게 사탕 몇 개씩을 나누어 준 다음 동네로 들어서고 우리는 달음박질로 그들을 앞질렀다. 어느 집 누가 오고 있다는 것을 알리는 일처럼 신나는 일도 없었다.

느티나무 아래서는 어른들이 억지로 반가움을 감춘 근엄한 표정으로 돌아오는 젊은이들의 인사를 받았고, 그들은 선 채로 한참씩 세상 돌아가는 얘기들을 전했다. 우리의 어린 시절 그때의 추석은 그렇게 오랫동안 헤어져 있던 사람들 사이의 얘기로 비롯되었던 것 같다.

추석날 아침에는 집안 어른들이 모두 모여 함께 차례를 지냈다. 차례가 지나치게 오래 걸리는 것은 얘기들이 많은 까닭이었다. 물꼬* 시비, 동네일에 대한 의견 차이 등으로 잠시 사이가 벌어졌던 어른들은 차례를 지내는 동안 묵은 감정을 풀었고, 남정네들 때문에 사이가 서먹서먹했던 아낙네들은 제상을 함께 차리고 치우는 사이 어느새 옛날의 정겨움을 회복했다. 추석이야말로 고달픈 삶 속에서 작은 기쁨을 확인하는 날이기도 했다.

성묘도 떼를 지어서 다녔다. 물이 바닥에 얕게 깔린 개울을 징검다리로 건너가면 누릇누릇 콩이 익어 가는 밭길이 나오고 푸득푸득 날아오르는 메뚜기를 한 꾸러미쯤 잡다 보면 이내 산소에 이르곤 했는데, 산소 옆에는 노랗게 들국화가 떼 지어 피어 있었다.

들국화의 짙은 향기에 취해 몇 군데 산소를 돌다 보면 이웃 집안 어른들과 엇갈리기도 하고, 그럴 적마다 어른들은 한참씩 서서 덕담* 들을 주고받았다. 초가을 짧아진 추석날 하루는 이렇게 해서 지나가곤 했다.

귀성歸省* 열차나 고속버스의 표는 추석이 되기도 훨씬 전에 매진되었다고 한다. 표를 사기 위해 장사진*을 친 군중이며 대합실에 앉고 누워서 기다리는 사람들의 사진을 신문에서 보았을 때, 나는 그들이 부러웠고, 문득 고향에 돌아가고 싶은 마음이 간절했다. 그러나 나는 달라진 고향이 두렵다.

이제 시골은 없다는 얘기들을 한다. 농촌의 근대화는 곧 농촌의 도시화 · 서구화를 뜻했고, 그래서 우리 조상들이 남긴 아름다운 풍속, 고유한 것들은 케케묵은° 것으로 인정되고 잘살기 위한 길을 막는 장애물로 간주되어 버림을 받았다. 도시의 이기주의, 서구의 그릇된 실용주의°가 시골까지 좀먹어 들어가 열나흘 밝은 달 아래서 그 너머로 송편을 주고받던 산울타리는 높고 견고한 블록 담으로 바뀌었다.

객지°에서 돌아온 아들은 이웃 어른을 찾아가 인사를 올리는 대신 제가 이웃의 아들보다 얼마나 더 돈을 잘 벌고 얼마나 더 호화스럽게 살고 있는가를 설명하기에 침이 마르고, 어른들은 이웃과 얘기를 나누며 기쁨을 함께하는 대신 그들이 한 번도 겪어 보지 못했지만 안방까지 침입해 들어와 있기 때문에 바로 자기들 자신의 것으로 착각하는 텔레비전 속의 사랑 장난에 넋을 잃고 있다. 시골은 타락한 것이다.

그러나 시골은 결코 저 혼자서 타락하는 일이 없다. 도시 사람들이 이 타락을 자극하고, 부추기고 더 깊게 만들고 있는 것이다. 근대화에 따른 도시 사람들의 이기주의와 허영심이 마침내 이웃과 얘기나 송편을 나누지 않는 추석, 이웃이 없는 추석을 갖게 만들었다고 나무란다 해도 할 말이 없다.

옛날의 추석, 오늘의 추석

장날

여인숙을 겸한 해장국집 앞마당에 가마솥이 걸리고 장작불이 지펴지면서 시골 장은 시작된다. 아직 동이 트기도 전이다. 싸전* 안집 대문이 삐거덕 열리고 잠이 덜 깬 꼽추 영감이 나와 싸리비로 싸전 마당을 쓸기 시작한다. 해장국집 아낙은 장작불 앞에 쪼그리고 앉아 건성으로 인사를 하고, 꼽추 영감은 간밤에 넘어온 장돌림*이 꽤 되느냐고 자못ⁱ 걱정스럽게 묻는다. 장에 붙어서 평생을 살아온 그는 장이 크게 서는 날이면 공연히 신바람이 나고 장이 작으면 마치 제 잘못이기라도 한 듯 기가 죽는 것이다. 마당을 쓸면서도 그는 연신 여인숙 봉당*에 쌓인 장짐*과 신발들을 곁눈질하면서 그날의 장의 크기를 어림한다.

날이 환하게 밝으면 장 골목은 제법 부산해진다. 요란스럽게 자전거 종을 울리면서 술 배달이 오고, 고깃간 주인이 그 큰 덩치를 가지고 잘 열리지 않는 함석문과 씨름을 한다. 일용품 가게, 잡화 가게, 옷감집, 기름집이 차례로 문을 열고 나서야 간밤에 여인숙에서 묵은 장돌림들은 하품을 하면서 술청*에 나와 앉는다.

이때쯤이면 장짐을 실은 트럭이 들이닥치고, 트럭에서 뛰어내린 장돌림들이 왁자지껄 짐을 푼다. 포목장수들까지 자전거로 떼 지어 몰려오면 마침내 장판은 어우러져서 장 골목 가로 좌판*이 놓이고 포장이 쳐진다. 마질*을 하고 됫밑*을 먹는 말감고*는 혹시 저 몰래 이루어지는 곡물 거래가 있을까 보아 눈알을 부라리고, 전기용품 가게에서는 좀 있으면 나타나서 장바닥의 인기를 독점할 약장수를 제압하기 위해서 신새벽첫새벽부터 확성기의 목청을 높여 놓는다.

이윽고 근동*에서 장을 보기 위해 장꾼들이 모여든다. 장닭수탉을 소쿠리에 넣어 든 아낙도 있고, 참깨 자루를 인 할머니도 있다. 고추 자루를 진 젊은이도 있고 도리깨*나 갈퀴* 등 집에서 만든 농기구를 걸머진* 노인도 있다. 이것들을 팔아 아이들 고무신이며 옷가지도 장만하고 고등어 손*이라도 맛볼 생각이지만, 그들이 제일 경계하는 것은 아침 일찍부터 장 골목 어귀에 진을 치고 있는 주릅거간*들이다. 이들에게 걸려들면 영락없이 제값을 못 받고 물건을 넘겨주게 마련이기 때문이다. 그래서 근동 장꾼들은 주릅들을 피하기 위해서 장 어귀에서 게걸음을 치지만*, 주릅들은 용케 그들을 잡아내고, 넘겨라 안 된다는 승강이실랑이 속에서 장판은 무르익기 시작한다.

장날

아이들은 아이들대로 바쁘다. 다른 날보다 일찍 깨어서 고무신짝을 끌고 장바닥을 한바퀴 돌아보는 것이지만, 도대체 꾸물거리면서 장판을 빨리 세우지 못하는 장꾼들이 야속해 죽겠는 것이다. 빨리 아침이나 먹고 학교 가라는 어머니의 독촉에 심통이 나서 밥도 먹는 둥 마는 둥 책보를 끼고 학교로 향하는 것인데, 교문 앞에서 언제나처럼 몇 권의 고담책古談冊과 함께 참고서들을 펴놓고 앉아 있는 늙은 떠돌이 책장수를 보고 비로소 환하게 마음이 개는 것이다.

이것이 내가 어려서 보고 겪은 초장 풍경이다.

장날이면 마음이 들떠서 공부가 제대로 되지 않았다. 공부 시간에도 잠깐씩 선생님의 눈을 속여 창밖을 내다보면 지서 앞 오종대 아래 사람들이 하얗게 모여 서 있었다. 안 보아도, 우리는 그곳에서 무엇이 벌어지고 있는지를 알고 있었다. 우리의 짐작은 틀림이 없어, 점심시간이 되기가 무섭게 달려 나가 보면, 과연 거기서는 막 약장수의 기타에 맞추어 앳된 소녀가 흘러간 노래를 부르고 있는 중이었다. 장날이면 약장수의 기타 소리와 앳된 소녀의 흘러간 노래에 취해 점심을 굶는 일이 예사였다.

오후가 되면 학교까지 시끄러워진다. 시골 사람들이 자기 아들이나 딸이 공부하는 모습을 볼 수 있는 유일한 날이 장날이기 때문이다. 장보기를 끝낸 시골 사람들은 학교로 들어와, 유리창 너머로 아들 혹은 딸의 공부하는 모습을 대견하다는 눈으로 보고 있다가 눈이 마주치기라도 하면 아들 혹은 딸을 위해서 산 검정 고무신을 들어 보인다. "애야, 이것 맞나 신어 보자." 또 고구마 봉지를 들어 보이기도 한다. "배고픈데 이것 쉬는 시간에 먹어라." 아이들은 선생님의 권勸(권유)에 못 이겨 나가서 그것들을 받아 들고 오지만 창피해서 금세 울음이라도 터질 것 같은 얼굴이다. 교실 안은 웃음판이 되고, 이때쯤이면 약장수 패들의 광고 소리와 노랫소리는 교실에까지 넘나들게 된다.

장날처럼 수업 시간이 더디 가는 일도 없다. 수업이 끝나기 전에 파장罷場*이 되었을까 봐 아이들은 조바심을 치지만, 선생님은 이런 아이들의 심정엔 아랑곳없이, 장날따라 더 시간을 오래 끄는 것 같았다. 아니나 다를까 수업이 끝나 장거리로 달려 나가 보면, 해가 아직 한 뼘이나 남았는데도 이미 군데군데 포장이 걷히고 좌판도 거두어져 있다. 몇몇 술주정꾼이 장 골목을 쓸고, 사람들이 많이 서 있는 곳을 가서 넘겨다보면 거기서는 한창 싸움이 벌어져 있다.

장 골목 외곽에 자리 잡은 한산한 쇠전우牛(시장)서 성에 차지 않는 구전口錢*을 가지고 술 취한 거간*이 소 임자와 시비를 벌일 때쯤이면 장은 이미 파장이 된다. 장보기를 끝낸 아낙네들은 조기 두어 마리 또는 고무신 한 켤레씩을 사 들고 삼삼오오* 짝을 지어 마을을 향해 종종걸음치고, 다른 마을에 사는 사돈이나 친지와 술 한잔을 나눈 남정네가 아직도 장바닥에 미련이 남아 머뭇거리면 어느새 서쪽 하늘은 새빨갛게 노을에 물들고 노을 속으로 까마귀 떼가 울며 날아간다.

　옛날부터 우리나라에는 두 종류의 시장이 있었다. 서울과 큰 고을에는 상설 시장과 아침저녁으로 서는 장시(場市)가 있었고, 시골에는 따로 장날이 있어 향시(鄕市)가 서 왔다. 이 향시는 1월 6장이라 해서 한 달에 여섯 번, 닷새마다 섰다. 이 닷새를 한 파수*라 했다.

　장은 대개 가장 기본 되는 생활의 중심지인 면 소재지에 서는 것이 보통이었는데, 면 소재지와 면 소재지의 거리가 너무 가까울 때는 한 면 소재지에는 서지 않기도 했으며, 또 넓은 면일 경우에는 한 면의 두 곳에 장이 서는 일도 있었다. 때로는 면 소재지를 제쳐 놓고 물산(物産)*이 모이는 다른 마을에 장이 서기도 했다. 이렇게 해서 우리나라 전국에 생긴 장이 1,061개소였으니, 매일 212개소에 장이 섰던 셈이다. 한 장돌뱅이*가 장날을 따라 돌아다니면 3년 동안은 같은 장을 보지 않아도 되게끔 시골 장날은 짜여져 있었다고 한다.

　상은 심거리인 장바닥에 장사들이 물건을 늘어놓으면 벌어지게 된다. 장터에는 물론 붙박이로 장사를 하는 가게도 있으나, 장의 주인은 역시 잡화를 싸 들고 다니는 봇짐장수보상(褓商)와 일용품을 짊어지고 다니는 등짐장수부상(負商)다. 이들이 팔기 위해서 물건을 늘어놓고 이 물건을 사기 위해서 인근의 농민들이 모여드는 것이 곧 장인 것이다. 그러나 농민들은 물건을 사기만 하는 것은 아니다. 이날 그들은 그들이 생산한 농산물이며 가내 수공업품을 내다 팔기도 한다. 농민들에게 장은 사는 장소이면서 동시에 파는 장소이기도 한 것이다.

그러나 농민들에게 장은 경제적인 뜻만을 가지는 곳은 아니다. 농민들은 장에서 떨어져 사는 친지들의 안부를 듣기도 하고 삶에 필요한 정보와 지혜를 얻기도 했다. 사돈을 만나 시집간 딸 소식을 듣고, 대처에 다녀온 친구에게서 세상 돌아가는 얘기를 듣고 면식 있는 지도원에게서 담배 재배에 대한 정보를 얻는 곳도 장이었다.

그러나 무엇보다도 장에서는 뜨끈한 장국밥 한 그릇과 막걸리에 취해, 농사일에 시달린 몸을 풀 수 있어 좋았다. 장 인심은 후해서 만나면 우선 장국밥집으로 끌고 들어가고, 그래서 아무 볼일이 없어도 장에 가고, 돈 한 푼이 없어도 장엘 갔다. 또 아무리 바쁜 농사철이라도 머슴이 장에 가겠다고 나서면 장국밥 한 그릇 값은 쥐어 주는 게 인심이었으니, 장날은 머슴에게는 합법적으로 쉴 수 있는 휴식의 날이기도 했다.

또한 장날은 신나는 놀이의 날이었다. 장을 통해서 먹고사는 보부상들은 손님을 불러 모으는 수단으로 죽방울* 놀이, 줄타기, 요지경* 놀이들을 했는데, 그래서 장날은 신나는 놀이판이 될 수밖에 없었다. 특히 남한강 유역인 목계나 낙동강의 지류 황강의 밤마리 같은 특수한 장터에서는 장이 설 때면 으레* 씨름이니 윷놀이 같은 놀이가 따랐다고 했는데, 이런 장터를 중심으로 여러 가지 놀이가 발달했다는 사실도 이런 맥락에서 이해가 된다.

　시골에는 닷새장인 향시 말고도 갯벌장이 있었는데, 이 갯벌장은 닷새만큼씩 서는 정기 시장이 아니라, 소금배가 들어오면 언제나 서는 부정기 시장이었다. 목계장이나 밤마리장이 그 대표적인 예로서, 뱃길이 순탄하면 한 달에 대여섯 번씩 서기도 했으나 풍랑이 사나워 뱃길이 끊기면 한 달 내내 서지 않는 일도 있었다. 그러나 한번 섰다 하면 어떤 큰 고을 장에 못지않게 흥청대었다. 들놀음*, 윷놀이, 줄타기 등 손님을 모으기 위한 온갖 놀이가 벌어지고, 들병장수*들이 활개를 쳤다. 그래도 난전亂廛*이 아니었던 것은 일정한 교역 장소인 도가都家를 두어 소금이나 해산물이 꼭 그곳을 통해 팔려 나가도록 했으며, 곡식 바리*를 감독하는 말감고를 두었던 사실로도 알 수 있다.

　이제 장날의 정서는 추억 속의 정서가 되고 말았다. 어느 곳엘 가도 장다운 장을 볼 수 없게 된 것이 현실이다. 장날의 주역이었던 장돌림 보부상은 박제剝製된 조직의 유물 가운데서나 찾아볼 수 있게 되었고, 시골 장은 농민들에게 교역의 장, 사교의 장, 휴식의 장, 놀이의 장으로서의 중요성을 잃었다. 시골 구석구석까지 시내버스가 들어옴으로써 시내버스 타고 시나 읍내에 나가면 장에서 사느니보다 훨씬 싼값으로 좋은 물건을 골라 살 수 있게 되었으며, 친지들의 안부와 소식은 전화 한 통으로 해결할 수 있게 되었고, 안방에 들어앉은 텔레비전이 휴식과 놀이의 필요성을 빼앗아 갔기 때문이다.

장터의 풍경도 많이 달라졌다. 입으로 직접 싸구려를 외치는 이보다는 싸구려의 외침이 녹음된 테이프를 틀어 놓고 자기는 앉아서 조는 이가 더 많다. 엿장수 가위 소리가 나서 뒤돌아보면, 그 가위 소리는 카세트에서 나오는 것이기가 첩경捷徑이다. 떠돌이 책장수의 품목은 거의가 팝송 책이나 덤핑 외설물들뿐 에스러운 고담책 따위는 찾아보기가 어렵다.

정말 장날은 없어져 가고 있는 것일까. 아마 그럴 것이다. 그러나 한 삶의 모습이 그대로 없어지는 일은 없다. 그 끈을 어딘가에 묶고 있는 것이다. 가령, 우리는 옛날의 그 닷새 시골 장이 가지고 있던 건강하고 풋풋한 삶의 끈을, 오늘 어렵지 않게 소도시의 상설 시장에서 찾아낼 수가 있는 것이다.

장날

나는 요즈음 나무를 심는 기분으로 시를 쓴다. 내가 심은 나무가 아무리 아름다운 꽃을 피우고 단 열매를 맺어도 그것을 보지 못하고 지나가는 사람도 있을 것이요 보고도 그것이 주는 기쁨을 알지 못하는 사람도 있을 것이다. 그런들 무슨 상관이랴, 그 나무는 있을 것이요 그것을 보는 사람 아는 사람에게는 큰 기쁨을 줄 터인데. 하지만 그 나무는 오늘의 나의 삶, 우리들의 삶이 심은 나무요 키워 낸 나무일 때 그것이 주는 기쁨도 진정한 기쁨이 되리라.

제4부 말과 글

나는 왜 시를 쓰는가

내가 시를 쓰는 일에 회의懷疑*를 느낀 것은 문단*에 나온 직후이다. 내가 문예지 『문학예술』*에 추천을 받은 시는 「낮달」, 「갈대」, 「석탑」 등 이른바 순수시였다.

그 무렵 서울은 전쟁의 상처가 아직 아물지 않아, 곳곳에 폭격이나 포격으로 허물어진 집이 즐비하고, 팔이나 다리가 잘린 젊은이들이 길거리에 넘치고 있었다. 나를 사로잡고 있는 것은 절망감이었다. 하지만 실제로 내 시는 이러한 내 감정과는 동떨어진 것이었다. 내 시가 우리가 또는 내가 사는 일과 무슨 관계가 있는가, 이런 회의에 사로잡히면서 나는 차츰 시에 게을러졌다. 내 시뿐 아니라 그 무렵 우리 시를 지배하고 있는 화두話頭*는 신이니 존재니 하는 외국서 들어온 관념이 아니면, 사는 일과는 아무런 상관도 없는 전통적 서정 일색*이었던 터다.

그때 내가 즐겨 다니던 곳은 동대문과 청계천 일대의 고서점들이었다. 거기서 이미 읽은 바 있던 백석°의 『사슴』이며 이용악°의 『낡은 집』 등의 시집을 구해 읽으며 막연히 내 시가 계속 이럴 수는 없다 라고 생각했는데, 특히 내 생각을 크게 바꾼 것은 가와카미 하지메°의 『가난이야기』°였다. 이 책을 읽고 나자 세상이 새롭게 보였다. 눈앞을 가리고 있던 안개가 말끔히 걷힌 것 같았다는 표현이 옳을 것이다. 이 때부터 만나는 친구들도 달라졌다. 문학 하는 친구들 대신 고서점에서 만난 친구들과 어울리기 시작했다. 외국 사람들의 흉내를 내어 '금요회' 라는 이름을 붙인, 말하자면 독서 서클로였다. 이 모임에서는 새로운 책을 읽은 사람이 그날그날의 리더가 되므로 경쟁적으로 책을 읽게 되었는데,『공산당선언』° 같은 문건도 이때 처음 접한 것이다. 시와는 더욱 거리가 멀어지면서 문학 따위 하지 않은들 어떠냐 하는 건방진 생각까지 하게 되었다.

그리고 시골 내려와 10년 가까이 살게 된다. 그 사이 소설도 써 보고 번역도 해 보고 또 진로를 바꾸겠다고 엉뚱한 공부도 해 보았지만, 만만한 것은 아무것도 없었다. 서울 생활을 계속 할 능력도 내겐 없었다. 그럴 때 금요회의 한 선배 멤버가 조봉암°의 진보당사건°에 연루°되어 구속이 되었다. 겁이 많은 나는 무작정 서울을 탈출했고, 대학을 다니고도 밥벌이도 못하는 미운털이 되어서 거의 10여 년을 시골서 떠돌게 된 것이다. 이미 아버지가 사업이다 자식들 학비다 해서 전답을 거의 팔아 없애 농사거리도 제대로 없는 데다, 아버지는 아직 일할 나이에 일찌감치 실업자가 되고 집안 살림은 피폐할 대로 피폐해져° 있었다. 오죽 어려웠으면 이른 봄 마당 한구석에 무리를 이루었던 작약° 뿌리를 캐어 보리쌀과 바꾸었겠는가. 유달리 자존심이 강하고 시샘도 많은 할머니는 아무 하는 일 없이 방구석에 죽치고° 앉았다가 때가 되면 보리밥만 한 사발씩 축을 내는 부자를 앞에 놓고 시도 때도 없이 종주먹질°을 했다.

나는 밖으로 떠돌 수밖에 없었다. 공사장으로 건달 친구를 찾아가 신세를 지기도 하고 광산에서 일하는 선배를 찾아가 한 달씩 공밥을 얻어먹기도 했다. 막일인들 내가 왜 못하랴, 애초에 내가 찾아간 의도는 이런 것이었으나, 내가 몸이 약하다면서 친구나 선배는 대학물을 먹은 나를 막일에서 빼 주었던 터다. 또 어쩌다 기회가 와도 나는 이내 현장 감독들과 술친구가 되거나 장부 정리나 해 주는 사무 보조가 됨으로써 먹물° 티를 냈고, 결국 내 노동 현장의 삶은 늘 단명으로 끝났다. 일부러 전혀 아는 사람이 없는 공사장을 찾아간 일도 있다. 이 때도 나는 힘든 일을 며칠 견디지 못하고 내가 먹물임을 내세워 편한 일자리를 얻고는 했다. 장돌뱅이° 친구가 있어 나도 한번 해볼 것이라고 며칠 따라다닌 일도 있고, 그로부터 물건을 나누어 받아 따로 다녀 본 일도 있으나, 깨달은 것은 먹고살기가 이렇게 힘드는구나 라는 사실뿐이었다. 시골살이 10년에 내가 제대로 밥벌이라고 한 것은 아마

학원 강사 또는 개인 교수였겠는데, 이 일도 내가 종종 저지르는 엉뚱한 짓거리 때문에 대개 뒤끝이 개운치 않게 끝났다. 엉뚱한 짓거리란 특별한 의도도 없으면서 술에 취해 북쪽을 찬양해서 당국의 추적을 받거나 친지나 친구가 맡긴 귀중품을 멋대로 처분해서 술을 마시는 따위였다. 나는 주위에서 무책임하고 신뢰성이 없는, 이상한 소리나 하고 다니는 또라이로 낙인이 찍혔다.

하지만 이 사이 나는 세상 공부를 다시 했다. 사실 농촌에서 태어났다고 하나 나는 지게를 져 본 일도 논에 들어가 피사리*를 해 본 일도 없었다. 자식들이 학문으로 출세하기를 바랐던 할아버지가 철저히 금한 것이 집안의 내력이 되었던 것이다. 농사일이란 게 이렇게 힘들고, 장사고 노동이고 쉬운 일이 없다는 것을 이때 처음으로 제대로 알았다 해도 과언이 아닐 것이다. 우리 땅이 사람이 살기 어려운 척박한* 땅이요 이대로 가다가는 우리에게 미래가 없다는 것도 이때 처음 느꼈다. 곳곳에 역사가 할퀴고 간 자국이 너무 깊이 흉측하게 남아 있는 것도 내게는 큰 충격이었다. 가령 어떤 동네에 가 보면 같은 날 아버지나 형 제사를 지내는 집이 여남은 집씩 되었으며, 또 어떤 동네는 온통 과부 천지였다. 보도연맹*이다 부역자*다 해서 같은 날 학살당하기도 하고 또 그 보복으로 죽임을 당하기도 한 것이다. 한 동네 살면서 서로 보지도 않고 사는 경우가 한두 군데가 아니었다.

그 무렵 나는 내게 다시 글 쓸 기회가 오리라고는 생각하지 않았다. 그러나 만약 다시 글 쓸 기회가 온다면 이런 사람들의 정서, 설움이며 한 같은 것을 외면하지 않겠다는 생각을 막연히 했었다. 그래도 그 10년 동안 시에 대한 미련을 완전히 버리지는 못했던 것 같다. 단한 편도 발표하지 못하면서도 어쩌다 노트 조각 같은 데 시를 끄적였으니 말이다. 그때 그렇게 끄적였던 작품이 「눈길」, 「그날」 같은 시들이다.

눈길

아편[*]을 사러 눈길을 걷는다

진눈깨비[*] 치는 백리 산길

낮이면 주막 뒷방에 숨어 잠을 자다

지치면 아낙을 불러 육백[*]을 친다

억울하고 어리석게 죽은

빛 바랜 주인의 사진 아래서

음탕한 농짓거리_{농지거리}[*]로 아낙을 웃기면

바람은 뒷산 나뭇가지에 와 엉겨

굶어 죽은 소년들의 원귀[*]처럼 우는데

이제 남은 것은 힘없는 두 주먹뿐

수제비국 한 사발로 배를 채울 때

아낙은 신세타령을 늘어놓고
우리는 미친놈처럼 자꾸 웃음이 나온다

　우연히 고 김관식* 시인을 길에서 만나, 우리 함께 서울 올라가서 좋은 시 한 번 써 보자는 권고勸告를 받았을 때 나는 환호작약했다*. 그다지 믿을 바가 못 된다는 것을 모르지 않으면서도 나는 앞뒤 돌아보지 않고 그를 따라 무작정 상경했다. 갑자기 시를 쓰지 않고는 살아갈 수 없을 것 같은 생각이 들었던 것이다.
　내가 상경해서 처음 쓴 시가 「겨울밤」이다. 이 시가 신문에 나오자 친구들은 의아하다는 반응을 보였다. 내 초기 시에 호의*를 보인 바 있던 몇 친구는 너무 오랫동안 시를 안 써서 시에 대한 감각이 이상해진 것 아니냐는 투로 말들을 했다. 그래도 내가 계속 몇 해 동안 시골서 다시 내게 시를 쓸 기회가 오면 쓰겠다고 생각한 대로 시를 썼으니, 주위에 내 새로운 시를 이해해 주고 격려해 주는 친구며 선배 후배들이 여럿 있어 힘이 되었다. 이때 내가 시에 대해서 가지고 있는 생각은 시는 그 시대의 요구에 대한 대답이 되지 않아서는 안 된다는 것이었고, 이 생각은 날이 가면서 더욱 확고해졌다. 시대의 요구란 유신*, 긴급조치*로 이어지는 군사 독재*에 대한 반대로 이해되었으며, 이것이 이루어지지 않고는 우리에게 미래는 없다는 생각이었다. 이 무렵에도 나는 여기저기서 만난 사회과학 공부하는 사람들과 많이 어울렸는데, 이들의 생각과 떠돌이 생활 10년에 내가 보고 느낀 것이 서로 같아 쉽게 의기투합 할 수가 있었다. 이때 썼거나 과거의 생각을 정리한 것이 『농무』에 들어 있는 시들이다.

　농무

　　징이 울린다 막이 내렸다
　　오동나무에 전등이 매어달린 가설 무대
　　구경꾼이 돌아가고 난 텅 빈 운동장
　　우리는 분이 얼룩진 얼굴로
　　학교 앞 소줏집에 모여 술을 마신다
　　답답하고 고달프게 사는 것이 원통하다
　　꽹과리를 앞장 세워 장거리로 나서면
　　따라붙어 악을 쓰는 건 쪼무래기 들뿐
　　처녀애들은 기름집 담벽에 붙어 서서
　　철없이 킬킬대는구나
　　보름달은 밝아 어떤 녀석은
　　꺽정이 처럼 울부짖고 또 어떤 녀석은
　　서림이 처럼 해해대지만 이까짓
　　산구석에 처박혀 발버둥친들 무엇하랴

비료값도 안나오는 농사 따위야

아예 여편네에게나 맡겨 두고

쇠전_牛(牛)시장을 거쳐 도수장˚ 앞에 와 돌 돌 때

우리는 점점 신명이 난다

한 다리를 들고 날나리˚를 불거나

고갯짓을 하고 어깨를 흔들거나

시는 그 시대의 요구에 대한 대답이 되지 않아서는 안 된다, 나는 한동안 이 명제에 충실했다. 결국 내 시는 반유신, 반군사 독재적 정서를 띨 수밖에 없었으며, 그 무기가 되는 것으로 충분하다는 과격한 생각까지 했었다. 그러나 늘 마음 한구석에는 아름다운, 더 많은 사람들한테 감동을 줄 시를 쓰고 싶은 유혹이 도사리고 있었으며, 이것이 드러나면 친구나 후배들은 나를 문학주의자로 매도˚했다. 이 매도를 감수하면서 내 시는 경직˚되었던 것 같다. 나는 눈치를 보고 마음에 없는 과격한 소리도 했다. 그러다가 문득 시 쓰기가 싫어졌고 지루해졌다. 내가 민요에 몰두한 것은 이 무렵부터가 아니었나 싶다. 민요적 정서를 시 속에 도입, 내 시를 한 단계 업그레이드시켜 보자는 의도였는데, 민요와의 접목˚은 내 시 쓰기를 더욱 답답하게 만들었다. 민요적 정서는 역시 지난날의 정서요 그 말을 가지고는 생동감 있는 현실을 포착한다는 일이 어려웠던 것이다. 나는 시 쓰기가 더 싫어졌

고 더 지루해졌다. 80년대 전 기간이 내게는 시 쓰기가 가장 어렵고 지루했던 시기가 아니었나 싶다.

시집 『길』 속의 시를 쓰면서 나는 서서히 민요의 중압*에서 벗어났다. 고지식하게 민요에 매달릴 것이 아니라 민요에서도 배울 것이 있으면 배우고 배울 것이 없으면 배우지 말자고 생각을 정리한 것이다. 시대의 요구에 대한 대답이란 명제도 그렇다. 그 시대의 삶에 깊이 뿌리박는 것으로 충분하지 그 이상의 대답은 있을 수 없다는 생각이 들었다. 오늘의 나의 삶, 우리들의 삶에 충실한 시를 쓰자, 이렇게 생각하면서 나는 시 쓰는 일이 조금씩 편하고 즐거워지기 시작했다. 또 생각했다, 내가 시를 쓰는 한 내게는 시 쓰는 것보다 더 중요한 삶은 없다고. 말하자면 나는 스스로 문학주의자로 자임*하기로 결심한 것이다.

새로 낸 시집 『뿔』의 후기에서도 말한 바 있지만, 나는 요즈음 나무를 심는 기분으로 시를 쓴다. 내가 심은 나무가 아무리 아름다운 꽃을 피우고 단 열매를 맺어도 그것을 보지 못하고 지나가는 사람도 있을 것이요 보고도 그것이 주는 기쁨을 알지 못하는 사람도 있을 것이다. 그런들 무슨 상관이랴, 그 나무는 있을 것이요 그것을 보는 사람 아는 사람에게는 큰 기쁨을 줄 터인데. 하지만 그 나무는 오늘의 나의 삶, 우리들의 삶이 심은 나무요 키워 낸 나무일 때 그것이 주는 기쁨도 진정한 기쁨이 되리라.

떠도는 자의 노래

외진 별정우체국°에 무엇인가를 놓고 온 것 같다
어느 삭막한 간이역에 누군가를 버리고 온 것 같다
그래서 나는 문득 일어나 기차를 타고 가서는
눈이 펑펑 쏟아지는 좁은 골목을 서성이고
쓰레기들이 지저분하게 널린 저잣거리°도 기웃댄다
놓고 온 것을 찾겠다고

아니, 이미 이 세상에 오기 전 저 세상 끝에
무엇인가를 나는 놓고 왔는지도 모른다
저 세상에 가서도 다시 이 세상에
버리고 간 것을 찾겠다고 헤매고 다닐는지도 모른다

목계장터

'목계장터'란 제목으로 나는 시를 꼭 세 번 썼다. 74년 봄 『경향신문』에 「목계장터」를 쓴 것이 처음이다. 열심히 쓰느라고 썼는데, 발표된 시는 적이^제 나를 실망시켰다. 주제의 안이성_{安易性}[*], 방법의 상투성[*]은 내 눈에조차 확연했다. 마침 『자유공론』지에서 청탁_{부탁}이 있길래, 발표되었던 시를 대폭으로 고쳐서 주겠다고 미리 양해를 구하고 「목계장터」를 두 번째로 써서 실었다.

그러나 여기서도 안이성과 상투성은 여전했다. 이 두 편의 「목계장터」는 스크랩[*]도 하지 않았다. 앞으로 시집을 내게 될 경우엔 거기서도 제외한다는 생각이었다. 이렇게 해서 목계장터를 다시 쓴다는 생각은 아예 버리고 말았다.

75년 늦은 봄, 가까운 한 친구와 함께 경북 봉화 지방을 목적지로 2박 3일의 여행을 떠난 일이 있다. 그러나 원주에서 하룻밤을 자고 나니까 봉화로 가는 차편이 불편해졌고, 그곳까지 다녀온다는 일이 무리일 것 같아, 충주 가까운 강촌(江村)엘 갔다가 거기서 1박하고 충주로 빠져 상경하기로 계획을 바꾸었다. 그 강촌에 내 옛 친구가 있어 늘 내게 강 고기와 막걸리 자랑을 하던 일이 생각났기 때문이다. 그래서 우리는 원주에서 충주행 버스를 타고 목계까지 왔다. 그 강촌엘 가자면 목계에서 다른 버스로 바꿔 타야 하는 것이었다.

목계 길바닥에 주저앉아 두어 시간을 기다려도 버스는 오지 않았다. 나는 슬슬 나루터를 향해 나루터가 보이는 언덕까지 나가 보았다. 근대적인 웅장한 다리가 놓여, 나루터는 이미 그 흔적밖에 남아 있지 않았다. 언덕에 선 채 옛 나루터까지 가 볼까 어쩔까 망설이고 있는데 투망*을 어깨에 멘 아직 소년티를 벗지 못한 젊은이 둘이 노랫가락을 흥얼대며 언덕 위로 올라오고 있었다.

나는 문득 실패한 내 두 편의 「목계장터」를 생각했다. 그것들이 실패작이 되고 만 까닭을 이내 알 것 같았다. 우리의 고유한 가락 ── 그것이 빠져 있어서는 목계장터는 결코 한 편의 시로 될 수가 없다는 생각이 들었다.

그 무렵 나는 민요에 적지 아니 열중해 있었다. 민요에 관심을 갖기 시작한 것은, 첫째는 내 시가 또 한 번 껍질을 벗기 위해서는 민요에서 그 가락을 배워 와야 하고 또 참다운 민중시라면 민중의 생활과 감정, 한과 괴로움을 가장 직정적(直情的)이고도 폭넓게 표현한 민요를 외면할 수 없다는 매우 의도적이요 실용적인 동기에서였으나, 민요가 보여 주는 민중의 삶의 모습, 민중의 원한과 분노, 지배 계층에 대한 비판과 풍자는 원래의 동기와는 관계없이 차츰 나를 깊숙이 민요 속으로 잡아끌었다.

여행에서 돌아오자 나는 본격적으로 충주 지방의 민요를 찾아 읽었다. 목계에 관계되는 몇 가지 문헌(사료와 기록)도 뒤적였다.

내가 목계엘 처음 간 것은 국민학교(초등학교) 4학년 때였던 것으로 기억된다. 그 건너 천연의 솔밭으로 소풍을 간 것인데, 뱃사공의 권유로 스케줄에 없는 나룻배를 타고 목계까지 강을 건넌 것이다. 그날은 장날도 아니었는데, 목계에는 참 사람이 많았다. 충주와 원주를 왕복하는 차는 끊일 새 없이 먼지를 일으키며 질주하고, 특히 우체국 앞에 서 있는 빨간 포스트(우체통)와 버스 정류장에서 차표를 파는 처녀가 인상적이었다. 한마디로 이곳은 우리가 살고 있는 시골과는 전혀 다른 도회지라는 느낌이었다. 소풍의 본 목적지인 솔밭보다 목계 거리가 훨씬 깊은 인상을 남긴 셈이다. 타곳(외지)*에서 전학 오는 아이에게 나는 제일 먼저 목계에 가 봤느냐 여부를 따지곤 했었다.

두 번째 목계에 간 것은 스물이 훨씬 넘어서였다. 한때 나는 어떤 사건에 연루*되어 집에 붙어 있을 수가 없던 때가 있었다. 그러나 소심하고 겁이 많은 나는 고향에서 멀리 떠난다는 일은 엄두도 낼 수 없는 터이었다. 기껏 원주, 제천, 여주, 평창 등을 뱅뱅 돌았을 뿐이었다.

무능하기 짝이 없는 나는 돈이 떨어지자 더 견딜 수가 없었다. 삼수 갑산을 가는 한이 있더라도 집으로 돌아갈 수밖에 없었다. 그래서 원주에서 귀래를 거쳐 목계까지 왔다.

목계까지 와서 나루터를 안 보고 지나칠 수는 없었다. 나루터에 나가니 빈대떡과 막국수를 파는 포장집_{포장마차}이 있었다. 강물을 바라보며 막국수 한 그릇으로 요기를 하고, 이것이 내가 목계나루를 보는 마지막이 되리라고 생각했다. 내 비장감은 과장될 대로 과장되어 있었다.

그 몇 해 뒤에 다시 목계엘 가게 되었다. 이미 서울로 생활의 터전을 옮긴 뒤였다. 늦가을, 모처럼 고향에 내려온 내게 술을 사겠다는 친구들을 유혹하여 목계까지 끌고 갔다.

때마침 담배 수납철이었다. 좁은 거리가 온통 사방에서 모여든 담배 경작자들로 북적댔다. 술집마다 흥청대었고, 이 한 철을 보고 모여든 색시들의 노랫소리로 거리는 그대로 활기를 띠고 있었다. 나는 가슴이 메일 것 같았다. 그것은 어릴 때 소풍 와서 느낀 감동 바로 그것이었다. 이래서 나는 「목계장터」를 쓰게 된 것인데, 그것이 두 번씩이나 썩 불만스러운 작품으로 떨어지고 만 것이었다. 그리고 네 번째로 거의 우연히 목계엘 들러, 또 한 번 「목계장터」를 쓸 생각을 하게 되었다.

이 뜻이 곧 이루어지지는 않았다. 그 뒤의 제반 사정은 시를 계속 쓸 의욕을 잃게 하기에 충분한 것이었고, 내 의지는 이것을 뚫고 나갈 만큼 강인하지를 못했다. 여하간 시를 쓰기는 써야겠고, 그래서 76년에 들어서서 약 1년 만에 「어허 달구」, 이어 「돌개바람」을 썼다. 내 시에 약간의 변모가 나타나고 있다는 것을 느낄 수 있었다.

여성지 『엘레강스』에서 화보와 함께 실을 수 있는 시를 청탁한 것이 이때였다. 나는 목계장터를 생각했다. 그래서 그 그림에는 강이나 나루가 있느냐고 물었더니 있을 수도 있다는 대답이었다. 나는 이렇게 해서 세 번째로 목계장터를 쓰게 되었다.

하늘은 날더러 구름이 되라 하고
땅은 날더러 바람이 되라 하네
청룡 흑룡 흩어져 비 개인 나루
잡초나 일깨우는 잔바람이 되라네
뱃길이라 서울 사흘 목계나루에
아흐레아흐레 날 나흘 찾아 박가분˚ 파는
가을볕˚ 서러운 방물장수˚ 되라네
산은 날더러 들꽃이 되라 하고
강은 날더러 잔돌이 되라 하네
산서리 맵차거든˚ 풀속에 얼굴 묻고
물여울˚ 모질거든 바위 뒤에 붙으라네
민물새우 끓어 넘는 토방 툇마루
석삼년에 한 이레일곱 날쯤 천지로 변해
　　　　.

짐 부리고 앉아 쉬는 떠돌이가 되라네

하늘은 날더러 바람이 되라 하고

산은 날더러 잔돌이 되라 하네

　　　　―「목계장터」 전문

그림과 함께 발표된 시는 꽤 나를 만족시켰다. 2년 만에 작품다운 작품을 완성했다는 생각이 들었다.

여기 밝혀 둘 것이 있다. 실제로 지금 목계는 장터가 아니다. 1910 년대까지만 해도 목계는 중부 지방의 각종 산물의 집산지*였다. 충주, 제천, 단양, 괴산 등 각지의 산물이 달구지*나 그밖에 우마牛馬에 실려 이곳 나루에 모였다가 배에 실려 서울로 내려가는 것이었다. 거꾸로 서울에서는 소금이나 어물 등 바다의 산물들이 배에 실려 올라와서 여기서 각 고장으로 배급되었다. 따라서 이곳은 몇 백 년에 걸친 산업과 교통의 요지일 수밖에 없었다.

그러나 일본의 자본주의 경제 침략이 한국의 일본 상품 시장화 및 식량 기지화*를 더욱 신속·철저하게 수행하기 위한 방책의 하나로서 충북선을 부설*1921년하자, 목계의 중요성은 차츰 잃어졌다. 마침내 장터마저 면 소재지가 있는 내청으로 빼앗기고 말았다.

목계는 공업과 농업이 가정적으로 이어졌던 자족경제自足經濟*의 종언*을 상징하는 것으로 내게는 느껴졌다.1

길

장사 장사 황아장사
걸머진* 게 무엇인가
아기네들 굴레*다리*
각시네들 낭자댕기*
늙으신네 쌈지*끈
선비네늘 부재끈
도령네들 머리댕기

이 노래는 내 어렸을 적 동네에 황아장수*가 들어오면 뒤따라 다니
며 부르던 노래다. 이 무렵에는 일제 당국의 강제와 극심한 물자난*으
로 장도 폐지廢止되고, 장터에 단 하나 남아 있는 잡화 가게는 배급표
가 있어야만 드나들게 되어 있었다. 이런 판국인데도 용케 우리 동네

에는 종종 찾아오는 황아장수가 있었다.

엄장^{풍채}이 큰 늙은이였는데, 그 엄장에 비해 황아짐은 장난감처럼 작았다. 그 안의 물건도 실로 보잘것없었다. 나무를 깎아 만든 목그 릇이며 목순갈, 청올치°로 꼰 노끈, 나무 열매나 풀잎을 재료로 한 가 내 제조의 환약, 헌 한지를 누덕누덕 발라 만든 부채, 이런 것들이 전 부였다. 그러나 그의 인기는 대단했다. 도대체 장사라는 사람을 볼 수 없는 세상이니 그럴 수밖에 없기도 했다.

동네에 들어서면 그는 으레° 늙은 느티나무 아래 짐을 풀었다. 그 리고 입담과 넉살°로 아낙네들과 아이들을 불러 모았다.

그가 물건을 팔고 가지고 가는 것은 돈이 아니라 보리쌀이나 좁쌀 이나 콩이었다. 그는 해가 뉘엿뉘엿 넘어가기 시작해서야 짐을 챙겨 돌아가는 것이었는데, 우리들 아이들은 이때 으레 곳집° 뒤까지 그를 따라갔다. 거기서 그는 뒤돌아서서 우리를 향해 소리치고는 했다.

"야 이놈들아, 그만들 가거라, 어둡는다."

그러고는 그 큰 키를 구부정하니 하고서, 더 이상 우리는 아랑곳하 지도 않고 걸어갔다. 곳집서부터 봉곳한 봉우리가 둘로 갈라진 고개 까지는 한 오 리는 되었다. 해는 바로 그 고개로 넘어가고 그 위 하늘 에는 발갛게 놀이 서려 있었다. 고개까지는 곧바른 행길이었다. 황아 장사의 새카만 뒷모습은 좀체로 사라지지 않은 채 빨간 놀^{노을}을 배경 으로 행길에 박혀 있었다. 까마귀가 몇 마리 둔중한 소리로 울면서 황아장사를 따라갈 뿐이었다.

요즈음도 나는 종종 시골에 다니는데, 버스에서 내려 꽤 긴 길을 걸을 때가 있다. 이때면 나는 언제고 이 황아장사를 생각하게 된다. 그리고 또 하나가 있다. 퉁수를 잘 불어 신퉁수라 불리던 당숙˚이다.

그는 예사 농사꾼은 아니었다. 젊어서는 집을 도망쳐 나가 임진강에서 뱃사공으로 일하는 것을 집안 어른들이 가서 잡아 왔을 정도로 바람기가 있는 분이었다. 농사는 아내에게 떠맡긴 채 광산이며 노름판이며 백중판˚백중장터˚을 찾아 떠도는 말하자면 건달이었다.

그러나 그는 집안 당질˚종질˚들에게는 여간 인기 있는 사람이 아니었다. 안 가 본 데가 없으니 모르는 것이 없고, 게다가 퉁수에 뛰어난 까닭이었다. 퉁수를 불어 달라면 그는 우리를 끌고 뒷산으로 갔다. 마을에서는 퉁수 소리를 못 내게끔 되어 있었던 것이다.

어느 땐가 그가 갑자기 자취를 감추었다. 얼마 뒤에 그를 보았다는 사람이 나타났다. 삼십여 리 떨어진 곳에서 나룻배를 젓고 있더라는 것이 있다.

할아버지와 그밖의 몇 어른이 그를 찾아 나서게 되었다. 마침 그곳이 진외가˚에서 가까운 곳이었으므로 나도 억지를 부려 일행에 참가할 수 있었다. 그가 일한다는 곳은 강을 따라 십여 리나 꼬불꼬불 마찻길이 나 있는 곳이었다. 그 길 양편에 피어 있던 진달래꽃을 나는 지금도 잊지 못한다.

황아장수와 퉁수를 잘 부는 당숙과 길을 한 편의 시 속에 엮어 보자는 것이 오랜 내 꿈이었다. 그러다가 요즈음 어쩐지 나는 나 자신이 바로 이들과 똑같은 이미지로 남에게 비칠 것 같은 생각을 하게 되었다. 결국 황아장수와 당숙과 길과, 또 황아장수나 당숙과 똑같은 길을 걷고 있는 나 자신을 형상해 본 것이 이 「길」이다.

황아장수 황아짐 따라
장길 골목길 기웃대다
얻었구나 잡동사니
온 주머니 가득 얻었구나.
피리 소리 꽹과리 소리
초라니* 따라 떠돌다가
잃었구나 다 잃었구나
털털 빈 손 남았구나.

풀밭에 무릎 꿇으면
보이느니 피빛 노을.
돌밭에 턱 괴이면
들리느니 설운 울음.
빗소리 바람소리에 몰려

길

밤길 진흙길 허둥대다

찾았구나 잃은 세월

그 잃었던 모든 것들.

—「길」I 전문

나의 글 쓰는 버릇

나는 언제고 새벽에 글을 쓴다. 새벽이 조용하고 정신이 맑아진대서가
아니라 새벽에 일찍 일어나는 것이 오랜 습관이 되어 있는 까닭이다.

이십 대 때, 꽤 오랫동안 아이들 영어 지도를 했다. 대개 새벽에 했
다. 이래 나는 새벽잠의 재미를 잃어버리고 말았다.

그러나 원래 차분하고 조용하지 못한 내게 새벽의 고요는 격에 맞
지 않는다. 너무 조용한 것은 오히려 이상한 압박감마저 준다. 그래
서 눈을 뜨면 먼저 라디오부터 찾는다. 클래식이라도 좋고 유행가라
도 좋고, 그밖에 교양 강좌라도 좋다. 낮이면 견디기 어려운 소음들을
들으면서 비로소 마음이 안정되고, 글 쓸 생각을 하게 된다.

글을 쓰는 일이란 그다지 즐거운 일이 못 된다. 그래서 글을 쓸 생
각을 하면 먼저 짜증부터 난다. 잠시 책상 앞에 우두커니 앉았다가,
변소며 부엌을 들락거린다. 냉수를 마시기도 하고, 그밖에 무엇 먹을

것이라도 없을까 해서 냉장고를 열어 보기도 한다.

그러다가 마음을 잡고 글을 쓰기 시작하는 것이지만, 한 장을 쓰기 위해서 서너 장의 파지°를 내는 것이 예사이다. 글자 한 자만 틀려도 영 기분이 언짢아 찢어 버리고 다시 쓴다. 이러다 보니 원고지 채 다섯 장도 메우지 못해 밖이 훤히 밝아오고, 방안에는 휴지더미가 쌓인다.

이때쯤이면 대개 어느 방송국이고 이른바 농민의 시간이 된다. 나는 이 방송만은 꼭 듣는 것을 원칙으로 하고 있다. 정부의 피아르°PR에서, 또 농민의 호소에서 오늘의 농민이 처한 현실을 엿듣게 되고, 고향의 숨결을 느끼게 되는 까닭이다. 그래서 다시 이불 속에 들어가 누워서 이 방송을 듣는다. 이 시간이 내게 있어 하루 중 가장 즐겁고 평안한 시간이기도 하다.

정 추우면 이불 속에 누워서 쓰기도 한다. 그러나 아무리 추워도 겯글°이 아닌 것은 이불 속에 누워서 쓰지 않는다. 시나 내 생각을 꽤 본격적으로 나타내는 글이라고 생각되는 것은 책상 앞에 앉아 써야 하는 성미이다.

사무실에서도 마찬가지이다. 때로 사무실에서 글을 쓰는 경우도 있지만, 신변잡기°가 아닌 것은 결코 사무실에서 쓰지 못한다. 본격적인 글은 아무래도 내 방, 내 책상 앞에 앉아야만 써지는 것 같다. 급한 글이 있어 여관엘 들었다가 이틀 동안이나 끙끙댄 끝에 원고지 한 장

메우지 못하고 비싼 여관비만 물고 나온 일도 있다.

새벽에 내 방, 내 책상 앞에 앉아, 라디오를 들으면서 글을 쓰는 버릇을 나는 이십여 년 동안이나 버리지 못하고 있다.

용어 사전

『**가난이야기**』　1916년 가와카미 하지메가『오사카아사히 신문』에 연재하여 일본 자본주의의 발전에 따라 나타나기 시작한 사회악, 빈곤 문제를 정면에서 다루어 큰 반향을 불러일으킨 글.

가산(家産)　한 집안의 재산. 가자(家資).

가설 무대(假設舞臺)　임시로 만든 무대.

가시밭길　괴로움과 어려움이 심한 경로를 비유적으로 이르는 말.

가와카미 하지메(河上肇)　1879~1946. 일본의 마르크스 경제학자·사회사상가. 저서에『자본주의 경제학의 사적 발전』·『자본론 입문』등이 있다.

가죽나무　소태나뭇과의 낙엽 활엽 교목. 높이는 27미터 정도이며, 잎은 깃 모양이다. 뿌리 껍질은 약용하고 재목은 정원수, 가로수로 재배한다.

각성(各姓)　성(姓)이 각각 다른 사람.

각인(刻印)　도장을 새김. 또는 그 도장. 여기서는 머릿속에 깊이 '새기다'의 뜻.

간조날　분위기, 정신, 환경 등이 여유나 윤기가 없이 메마른 때. 무미건조한 때.

갈가마귀　갈까마귀. 까마귓과의 새. 몸의 길이는 33cm 정도로 까마귀보다 약간 작으며, 검은색이고 목 둘레와 배가 희다. 한국, 유럽, 아시아 등지에 분포한다.

갈퀴　검불이나 곡식 따위를 긁어모으는 데 쓰는 기구. 한쪽 끝이 우그러진 대쪽이나 철사를 부챗살 모양으로 엮어 만든다.

감돌　유용 광물을 일정 정도 이상 지닌 광석.

개량주택　1960년대부터 농촌에 파급된 새마을운동 및 1977년부터 추진되어 온 취락개선사업에 따라 전래의 가옥과 다른 평면 구조로 개량한 형태의 주택.

객기(客氣)　객쩍게 부리는 혈기(血氣)나 용기.

객지(客地)　자기 집을 멀리 떠나 임시로 있는 곳.

갱지리(坑地理)　광물을 파내기 위하여 땅속을 파 들어간 굴, 즉 갱의 지리.

거간　사고파는 사람 사이에서 흥정을 붙임. 또는 그런 일을 하는 사람. 거간꾼.

거적때기　낱개의 거적. 또는 그 조각.

걸머지다　짐바에 걸거나 하여 등에 걸치어 들다.

검열관(檢閱官) 검열을 맡아 하는 관리나 군인.

게걸음을 치다 옆으로 걸어 나가다. 걸음이나 사업이 몹시 느리거나 발전이 없다.

게딱지 게의 등딱지처럼 아주 허술하고 작음.

격전지(激戰地) 격렬한 싸움이 벌어진 곳.

겸상(兼床) 한 상(床)에서 둘이 마주 앉아 먹도록 음식을 차린 상, 또는 그렇게 차려 먹음.

경직(硬直) 몸 따위가 굳어서 뻣뻣하게 됨. 사고방식, 태도, 분위기 따위가 부드럽지 못하여 융통성이 없고 엄격함.

경충가도(京忠街道) 경기도와 충청도를 잇는 국도.

곁글 중요하지 않은, 부수적인 글.

곁을 주다 다른 사람으로 하여금 자기에게 가까이할 수 있도록 속을 터 주다.

계면쩍다 '겸연쩍다'의 변한 말. 쑥스럽거나 미안하여 어색하다.

고담책(古談冊) 옛날 이야기책.

고등 교육(高等敎育) 고도의 전문적 지식 또는 기술을 터득하게 하는 전문대학 이상의 교육을 통틀어 이르는 말.

고등고시(高等考試) 행정 고급 공무원 또는 법관, 검사, 변호사의 자격을 검정하기 위해 실시하던 자격 시험. 행정과, 사법과, 기술과로 나누어 실시하다가 1963년에 폐지하였으며 사법과만 사법 시험으로 바꾸었다.

고무(鼓舞) 북을 치고 춤을 춤. 힘을 내도록 격려하여 용기를 북돋움.

고바야시 히데오(小林秀雄) 1902~1983. 일본 근대 비평을 확립한 평론가. 주요 저서로『무상이라는 것』,『근대회화』등이 있다.

고소공포증(高所恐怖症) 높은 곳에 있으면 꼭 떨어질 것만 같은 생각이 들어 두려워하는 병.

곳집(庫-) 예전에 곳간(창고)으로 쓰려고 지은 집.

『공산당선언』 책 이름. 마르크스와 엥겔스가 저술한 이론적·실천적 강령. 사회·경제 이념과 정치적 강령이 포함되어 있는 공산주의에 관한 최초의 문전(文典).

공이 절구나 방아확에 든 물건을 찧거나 빻는 기구.

공포(空砲) 실탄을 넣지 않고 소리만 나게 하는 총질. 대상을 위협하기 위해 실탄을 넣고 공중이나 다른 곳을 향하여 하는 총질.

과년(瓜年) (1) 결혼하기에 적당한 여자의 나이. (2) 과기(瓜期). 벼슬의 임기가 끝나는 시기. 중국 춘추 시대에 제(齊)나라의 양공이 관리를 임지로 보내면서 다음 해 오이가 익을 무렵에는 돌아오게 하겠다고 말한 데서 유래한다.

광산쟁이 광업에 종사하는 사람을 낮잡아 이르는 말.

괴나리봇짐 걸어서 먼 길을 떠날 때에 보자기에 싸서 어깨에 메는 작은 짐.

괴테(Johann Wolfgang von Goethe) 1749~1832. 독일의 시인·소설가·극작가. 독일 고전주의의 대표자로, 자기 체험을 바탕으로 한 고백과 참회의 작품을 썼다. 작품에 희곡『파우스트』, 소설『젊은 베르테르의 슬픔』, 자서전『시와 진실』등이 있다.

교만(驕慢) 잘난 체하며 뽐내고 건방짐.

교육지표 사건 '우리의 교육지표' 사건. 1975년 5월 긴급조치 9호 선포 이후 전국의 고교와 대학은 학도호국단으로 편성되어 학내 군사 교육 체재를 갖추게 된다. 교육 관계법 등 이른바 4대 전시입법의 국회 통과와 함께 교수 재임용제가 신설되었는데, 이로써 유신 정치에 조금이라도 비판적인 교수는 합법적으로 내쫓았고 학생의 데모와 정치 비판 또한 철저히 차단하였다. 이에 1978년 6월 27일 전남대에서 민주 교육, 인간 교육을 주장하는 '우리의 교육지표' 라는 선언문이 채택된다. 이 선언문에 서명한 11명의 전남대 교수들은 모두 해직되고 주동자인 송기숙은 체포되어 징역 7년의 구형을 받는다.

교지(校紙) 학교 내에서 학생들이 교사의 지도를 받아 편집·인쇄·배포하는 신문.

교편을 잡다 학교에서 교사 생활을 하나

구닥다리 여러 해 묵어 낡고 시대에 뒤떨어진 사람, 사물, 생각 따위를 낮잡아 이르는 말.

구루마 수레 차(車) 자의 일본식 발음. 수레, 달구지.

구전(口錢) 흥정을 붙여 주고 그 보수로 받는 돈. 구문(口文).

구죽죽이 퍼붓지는 않으면서도 계속 비가 오는 모습.

구지레하다 구저분하고 더럽다.

국가보안법(國家保安法) 국가의 안전을 위태롭게 하는 반국가 활동을 규제하도록 제정한 법률. 국가의 안전과 국민의 생존 및 자유를 확보하기 위해 행한다.

국방경비대(國防警備隊) 1946년 1월 창설한 우리나라의 군대. 오늘날의 국군의 모체가 되었다.

국수주의(國粹主義) 자기 나라의 고유한 역사·전통·정치·문화만을 가장 뛰어난 것으로 믿고, 다른 나라나 민족을 배척하는 극단적인 태도나 경향.

군사 독재(軍事獨裁) 군부가 국가 권력을 도맡아서 강압적으로 다스리는 일.

굴레 어린아이의 머리에 씌우는 모자의 하나. 뒤에 수놓은 헝겊이 달려 있는데, 여름 것은 오색의 사(紗) 오리로 얼기설기 만들어 구슬을 달고 금(金) 자를 박으며, 겨울 것은 검은 비단에 솜을 넣어서 짓는다.

굴참나무 참나뭇과의 낙엽 활엽 교목. 높이는 25미터 정도이며 잎은 어긋나고 타원형이다. 열매는 식용하며 나무껍질은 코르크의 원료로 쓴다.

권정생(權正生) 1937~ . 한국의 아동문학가. 대표작으로『강아지똥』(1973),『몽실언니』(1984) 등이 있다.

귀감(龜鑑) 거울로 삼아 본받을 만한 모범.

귀성(歸省) 부모를 뵙기 위해 객지에서 고향으로 돌아가거나 돌아옴.

귀집 귓집. 추울 때 귀가 시리지 않도록 귀에 덮는 물건.

귀환(歸還) 다른 곳으로 떠나 있던 사람이 본래 있던 곳으로 돌아오거나 돌아감.

근동(近洞) 가까운 이웃 동네.

글동무 같은 곳에서 함께 공부한 친구. 글동접.

금서(禁書) 출판이나 판매 또는 독서를 법적으로 금지한 책.

금의환향(錦衣還鄉) 비단옷을 입고 고향에 돌아온다는 뜻으로, 출세를 하여 고향에 돌아가거나 돌아옴을 비유적으로 이르는 말.

금점꾼(金店-) 금광에서 일하는 사람.

급선무(急先務) 무엇보다도 먼저 서둘러 해야 할 일.

기가 나다 '기(氣)가 살다'의 의미.

기거(寄居) 남에게 덧붙어서 사는 일. '삶', '부쳐 삶'으로 순화.

기관원(機關員) 정보 기관에서 일하는 사람을 속되게 이르는 말.

기식(寄食) 남의 집에 붙어서 밥을 얻어먹고 지냄.

기정사실(旣定事實) 이미 결정되어 있는 사실. '이미 정해진 일'로 순화.

긴급조치(緊急措置) 유신 헌법에서, 국가의 안전 보장이나 공공의 안녕질서가 중대한 위협을 받거나 재정적·경제적 위기에 처했을 때 대통령이 국정 전반에 걸

처서 내리던 특별한 조치. 국민의 자유나 권리의 일부를 제한하거나 정부, 국회, 법원의 활동을 제한할 수 있다.

김관식(金冠植) 1934~1970. 시인. 심한 술버릇과 기이한 행동으로 많은 화제를 낳았다. 동양인의 서정 세계를 동양적인 감성으로 노래하는 특이한 시풍을 이룩하였다. 대표작으로 「연」·「귀양가는 길」·「다시 광야에」 등이 있다.

김구(金九) 1876~1949. 독립운동가·정치가. 호는 백범(白凡). 3·1운동이 시작되자 상하이(上海)로 망명해 8·15광복에 이르기까지 임시정부를 이끌었다. 광복 이후 한국의 신탁통치가 결의된 데에 반대하는 반탁 운동을 전개했으며, 1948년 통일정부 수립을 위한 남북 협상을 제창, 김규식(金奎植)과 함께 북으로 가 평양에서 정치 회담을 가졌으나 실패했다. 이승만이 정권을 장악한 뒤에도 계속해서 민족의 양심에 호소하며 민족 통일의 원칙을 부르짖다가, 1949년, 현역 육군소위 안두희(安斗熙)에 의해 저격당해 사망했다. 저서로 『백범일지』(白凡逸志)가 있다.

김규식(金奎植) 1881~1950. 독립운동가·정치가. 호는 우사(尤史). 1913년 중국으로 망명하여 상해임시정부에서 활동했으며, 8·15광복 후 귀국하여 1946년 민주의원 부의장·입법의원장을 역임했고, 1947년 민족자주연맹의장으로서 좌·우합작운동에 우측 대표로 참여했다. 1948년 남한만의 단독 선거에 반대, 통일 정부를 수립하기 위해 김구(金九)와 함께 남북 협상을 시도했으나 실패하고 정계에서 은퇴했다. 6·25전쟁 때 납북되어, 그해 12월 병으로 사망했다.

까뭉개다 높은 데를 파서 깎아 내리다. 비유하여 인격이나 문제 따위를 무시해 버리다.

끽징이 임격정. 일명 거셩(巨正). 조선 중기의 의적. 양주(楊州)의 백정(白丁)이었으나 정치의 혼란과 관리의 부패로 민심이 흉흉해지자 1559년(명종 14) 불평분자들을 규합, 황해도와 경기도 일대에서 창고를 털어 곡식을 빈민에게 나누어 주고 관아를 습격하고 관원을 살해했다. 한때는 개성(開城)에 쳐들어가 포도관(捕盜官) 이억근(李億根)을 살해하기도 했다. 백성들의 호응으로 관군(官軍)의 토벌을 피했으나 1560년 형 가도치(加都致)와 참모(參謀) 서림(徐林)이 체포되어 그 세력이 위축되다가 1562년 토포사(討捕使) 남치근(南致勤)의 대대적인 토벌로 구월산(九月山)에서 체포되어 처형되었다. 『명종실록』(明宗實錄)에는 그의 이름이

임거질정(林巨叱正)으로 적혀 있다.

께 시간이나 공간을 나타내는 일부 명사 뒤에 붙어 '그때 또는 장소에서 가까운 범위'의 뜻을 더하는 접미사.

꾸리(苦力) 쿨리. 육체 노동에 종사하는 하층의 중국인, 인도인 노동자.

ㄱ ㄴ ㄷ ㄹ ㅁ ㅂ ㅅ ㅇ ㅈ ㅊ ㅋ ㅌ ㅍ ㅎ

낙향(落鄕) 시골로 거처를 옮기거나 이사함.

낙화유수(落花流水) 떨어지는 꽃과 흐르는 물이라는 뜻으로, 가는 봄의 경치를 이르는 말. 또는 살림이나 세력이 약해져 아주 보잘것없이 됨을 비유적으로 이르기도 한다.

난세(亂世) 전쟁이나 무질서한 정치 따위로 어지러워 살기 힘든 세상.

난전(亂廛) 허가 없이 길에 함부로 벌여 놓은 가게.

날나리 '태평소'의 잘못. 나팔 모양으로 된 우리나라 고유의 관악기. 나무로 만든 관에 여덟 개의 구멍을 뚫고, 아래 끝에는 깔때기 모양의 놋쇠를 달며, 부리에는 갈대로 만든 서를 끼워 분다.

날품팔이 매일매일의 품삯을 받고 하는 일.

냅다 몹시 빠르고 세찬 모양.

냉소(冷笑) 쌀쌀한 태도로 비웃음. 또는 그런 웃음. 찬웃음.

넉살 부끄러운 기색이 없이 비위 좋게 구는 짓이나 성미.

널브러지다 너저분하게 흐트러지거나 흩어지다. 몸에 힘이 빠져 몸을 추스르지 못하고 축 늘어지다.

노간주나무 측백나뭇과의 상록 침엽 교목. 높이는 8~10미터이며, 잎은 세 개씩 돌려나고 실 모양이다. 건축 재료로 쓴다.

노골적 숨김없이 모두를 있는 그대로 드러냄.

노다지 캐내려 하는 광물이 많이 묻혀 있는 광맥.

농조(弄調) 농담으로 하는 말투.

농짓거리(弄---) 농지거리. 점잖지 아니하게 함부로 하는 장난이나 농담을 낮잡아 이르는 말.

눈깔사탕 엿이나 설탕을 끓여서 둥글고 단단하게 만든 사탕. 새알사탕, 알사탕.

늙수그레하다 꽤 늙어 보이다.

니스(nisu) 광택이 있는 투명한 피막을 형성하는 도료. 가구나 선박, 차, 나무 따위에 바르면 용매가 휘발되면서 표면에 막이 생겨 광택을 내며, 습기를 방지한다. '광칠'로 순화.

ㄱ ㄴ ㄷ ㄹ ㅁ ㅂ ㅅ ㅇ ㅈ ㅊ ㅋ ㅌ ㅍ ㅎ

다다미(疊) 일본식 방에 까는, 짚과 돗자리로 만든 두꺼운 깔개. 속에 짚을 5cm 가량의 두께로 넣고, 위에 돗자리를 씌워 꿰맨 것으로, 보통 너비 석 자에 길이 여섯 자 정도의 직사각형 모양으로 만든다.

다리 여자들의 머리숱이 많아 보이라고 덧 넣었던 딴 머리.

닥나무 뽕나뭇과의 낙엽 활엽 관목. 높이는 3미터 정도이며, 잎은 어긋나고 달걀모양이다. 어린잎은 식용하며 껍질은 한지를 만드는 데 쓴다. 산기슭의 양지바른 곳이나 밭둑에서 자라는데 한국, 일본, 중국, 대만 등지에 분포한다.

딘인하다(斷言ー) 주저히지 않고 딱 잘라 말히다.

달구지 소나 말이 끄는 짐수레.

달구질 시체를 묻고 달구로 무덤의 땅을 단단히 다지는 일. 달구는 땅을 다질 때 쓰는 기구로 목달구와 쇠달구가 있다.

당숙(堂叔) 아버지의 사촌형제인 '종숙'(從叔)을 친근하게 일컫는 말.

당위성(當爲性) 마땅히 그렇게 하거나 되어야 할 성질.

대거리(代--) 일을 시간과 순서에 따라 교대로 바꾸어 함. 또는 그 일.

대동하다(帶同ー) 함께 데리고 가다.

대부(大父) 할아버지와 같은 항렬인 유복친(상복을 입는 가까운 친척) 외의 남자친척.

댕기   길게 땋은 머리 끝에 드리는 장식용 헝겊이나 끈.

덕담(德談)   남이 잘되기를 비는 말. 주로 새해에 많이 나누는 말.

덕대   광산 임자와 계약을 맺고 광산의 일부를 떼어 맡아 인부를 데리고 광물을 캐는 사람.

덤덤하다   특별한 감정의 동요 없이 그저 예사롭다. 말할 자리에서 어떤 말이나 반응이 없이 조용하고 무표정하다.

데릴사위   처가에서 데리고 사는 사위.

데모(demo)   demonstration. 시위 행진, 시위 운동.

도리깨   곡식의 낟알을 떠는 데 쓰는 농기구. 긴 장대 끝에 구멍을 뚫어 꼭지를 가로 박고, 그 꼭지 끝에 서너 개의 회초리를 매달아 돌게 한다.

도수장(屠獸場)   도살장.

독새풀   '둑새풀'의 방언(전남, 충북). 볏과의 한해살이풀 또는 두해살이풀. 줄기는 높이가 20~40cm이고 뭉쳐 나며, 원기둥 모양이고 녹색이다. 잎은 어긋나고 선 모양이다. 늦봄에 엷은 녹색 꽃이 줄기 끝에 핀다. 소, 말 따위의 사료로 쓴다. 논이나 밭의 습지에 나는데 한국을 비롯한 온대 북부에 널리 분포한다.

독판   독장치는 판. 혼자서 유난히 두드러지게 활약하는 자리. 독무대.

동가식서가숙(東家食西家宿)   떠돌아다니며 이 집 저 집에서 얻어먹고 지냄. 또는 그런 사람.

동병상련(同病相憐)   같은 병을 앓는 사람끼리 서로 가엾게 여긴다는 뜻으로, 어려운 처지에 있는 사람끼리 서로 가엾게 여김을 이르는 말.

동숙생(同宿生)   한방 또는 한곳에서 같이 자는 학생.

되모이다   다시 모이다. '되'는 다시.

되바라지다   어린 나이에 어수룩한 데가 없고 얄밉도록 지나치게 똑똑하다.

됫밑   곡식을 되로 되고 되고(헤아리고) 난 뒤에 조금 남는 분량.

뒤울   뒤 울안. 울타리로 둘러싸인 집의 뒤쪽.

들놀음   들놀이. 들에서 행하는 가면극의 하나. 부산 동래를 중심으로 정월 대보름날 줄다리기를 한 다음 얼굴에 가면을 쓰고 길놀이를 한다.

들병장수   병에다 술을 가지고 다니면서 파는 사람.

등단(登壇)   연단(演壇)이나 교단(敎壇) 같은 곳에 오름. 어떤 사회적 분야에 처음으로 등장함. 주로 문단(文壇)에 처음으로 등장하는 것을 이름.

딱부리 눈딱부리. 크고 툭 불거진 눈. 또는 그런 눈을 가진 사람.

땅거미 해가 진 뒤 어스레한 동안.

때거리 땟거리. 끼니를 때울 만한 먹을거리.

ㄱ ㄴ ㄷ **ㄹ** ㅁ ㅂ ㅅ ㅇ ㅈ ㅊ ㅋ ㅌ ㅍ ㅎ

루핑(roofing) 섬유 제품에 아스팔트 가공을 한 물막이 천.

륙색(rucksack) 산에 오르거나 할 때 식량이나 옷 따위 필요한 물건을 넣어 등에 지는 배낭의 한 가지.

마고자 저고리 위에 덧입는 방한복의 하나. 저고리와 비슷하게 생겼으나 깃과 고름이 없고 앞을 여미지 않으며, 단추를 달아 입는다.

마작(麻雀) 중국에서 전해온 실내 놀이의 한 가지. 네 사람이 136개의 패(牌)를 가지고 짝을 맞추는 놀이.

마지기 논밭 넓이의 단위. 한 마지기는 볍씨 한 말의 모 또는 씨앗을 심을 만한 넓이로, 지방마다 다르나 논은 약 150~300평, 밭은 약 100평 정도이다.

마질 곡식을 말로 되는(헤아리는) 일.

막되다 말이나 행동이 버릇없고 난폭하나 또는 거칠고 좋지 못하다.

막무가내(莫無可奈) 도무지 융통성이 없고 고집이 세어 어찌할 수 없음.

만주(滿洲) 중국 둥베이(東北) 지방.

맏상주 '맏상제'(－喪制)의 잘못. 부모나 조부모가 죽어서 상중에 있는 맏아들. 여기서는 맏상주가 될 큰아들을 가리키는 말로 쓰였다.

말 부피의 단위. 곡식, 액체, 가루 따위의 부피를 잴 때 쓴다. 한 말은 한 되의 열 배로 약 18리터에 해당한다.

말감고(－監考) 감고(監考). 곡식을 팔고 사는 시장판에서 되질하거나 마질하는 일을 직업으로 하던 사람. 대체로 되질하거나 마질한 곡식의 10분의 1이나 말밑을 차지했다.

말똥종이 마분지(馬糞紙). 볏짚이나 보릿짚으로 만든 황갈색의 두꺼운 종이. 빛깔이나 느낌이 마분(말똥)을 연상케 하는 데서 이런 이름이 붙었다. 일종의 보드지(board紙), 즉 황판지(黃板紙)와 같은 것이다.

말만한 계집애 '다 큰 계집'을 비유적으로 이르는 말.

망국론(亡國論) 나라를 망치는 논의. 나라를 망하게 하는 논리.

망나니 언동이 몹시 막된 사람을 비난하는 어투로 이르는 말.

매도(罵倒) 심하게 욕하며 나무람. 욕함. 꾸짖음.

맨송맨송 술을 마시고도 취하지 않아 정신이 말짱한 모양.

맵차다 맵고 차다.

먹물 배운 것이 많은 사람이나 글을 잘 쓰는 사람을 비유적으로 이르는 말.

멋쩍다 하는 짓이나 모양이 격에 어울리지 않다. 어색하고 쑥스럽다.

명의(名義) 어떤 일이나 행동의 주체로서 공식적으로 알리는 개인 또는 기관의 이름.

모멸(侮蔑) 업신여기고 얕잡아 봄.

모티프(motif) 회화, 조각, 소설 따위의 예술 작품을 표현하는 동기가 된 작가의 중심 사상.

목구멍에 풀칠하다 굶지 않고 겨우 살아가다.

목단강(牧丹江) 중국 헤이룽장 성(黑龍江省) 남동부에 있는 도시 '무단장'(Mudan-giang)을 우리 한자음으로 읽은 이름. 쑹화강(松花江)의 지류인 '무단강'(牧丹江)이 시내를 북류(北流)한다.

몰골 볼품 없는 모양새.

몸뻬 1940년대에 일제가 한국 학생들에게도 전투 태세를 갖춘 제복을 통일하여 착용하도록 하여 여학생들에게 권장한 작업복 바지로 바지 끝단과 허리를 졸라매 활동하기에 편하도록 되어 있다.

몸종 예전에, 잔심부름하던 여자 종.

무르다 굳은 것이 물렁거리다.

무싯날(無市-) 정기적으로 장이 서는 곳에서 장이 서지 않는 날.

무춤하다 '무르춤하다'의 준말. 무엇에 놀라거나 무안하여 갑자기 움직임을 멈추고 뒤로 물러서려는 자세를 취하다.

묵인(默認) 모르는 체하고 하려는 대로 내버려 둠으로써 슬며시 인정함. '넘겨 버림', '알고도 넘겨 버림' 으로 순화.

문단(文壇) 문인(文人)들의 사회.

문맹(文盲) 배우지 못하여 글을 읽거나 쓸 줄을 모름. 또는 그런 사람.

문약(文弱) 글만 숭상하여 나약함.

문인간첩단 사건 1974년 2월 25일 박정희 정부가 반공법, 국가보안법에다가 긴급 조치 위반이라는 명목을 씌워 문학인들을 간첩으로 몰아 구속한 사건.

『문학예술』 잡지 이름. 1954년 4월 1일 창간되어 1957년 12월 통권 33호로 종간된 순수 문예지. 1950년대 문인들의 활발한 무대가 되었고, 신인을 많이 배출하여 6·25 전쟁 후 황폐화된 문단에 활력을 불어넣었다.

문화대혁명(文化大革命) 1966년부터 1976년까지 10년간 중국의 최고 지도자 마오 쩌둥(毛澤東)에 의해 주도된 극좌 사회주의 운동. 문화대혁명은 한때 만민 평등 과 조직 타파를 부르짖은 인류 역사상 위대한 실험이라고 큰 찬사를 받았으나, 결국 실패로 끝났다. 이 운동으로 약 300만 명의 당원이 숙청되었고, 경제는 피 폐해지고 혼란과 부정부패가 만연했다.

문화주택 생활하기에 편리하며 보건 위생에 알맞게 지은 주택.

물꼬 논에 물이 넘어 들어오거나 나가게 하기 위하여 만든 좁은 통로.

물산(物産) 그 지방에서 생산되는 물품.

물여울 여울. 강이나 바다의 바닥이 얕거나 폭이 좁아 물살이 세게 흐르는 곳.

물자난(物資難) 물자가 없거나 떨어져서 겪는 곤란.

물정(物情) 세상이 이러저러한 실정이나 형편. 주로 '알다', '모르다' 와 함께 쓰 인다.

미수(未遂) 목적한 바를 시도하였으나 이루지 못함.

미키 기요시(三木淸) 1897~1945. 일본의 마르크스주의 철학자. 마르크스의 사회 주의를 보급하는 데 힘썼다. 저서로 『파스칼에 있어서의 인간의 연구』·『인간학 의 마르크스주의적 형태』 등이 있다.

미흡(未洽) 아직 흡족하지 못하거나 만족스럽지 않음.

민며느리 장차 며느리를 삼으려고 미리 데려다 기르는 여자아이.

민예총 민족 통일의 지향과 문화 예술 운동의 대중화를 목적으로 한 '한국민족예술인총연합'의 약칭. 1988년 진보적인 문학가를 중심으로 예술·영화·연극·음악에 종사하는 예술인들이 설립한 단체.

민청　1946년 좌익계 행동대의 중심이던 '조선 청년전위대'에 대항하여 결성된 '민주청년동맹'의 약칭. 경찰력이 형편없던 당시 상황에서 파업 현장을 찾아다니며 좌익을 처단하는 등 우익의 선봉대 역할을 했다.

밀기울개떡　밀을 빻아 채로 쳐서 남은 찌꺼기로 반죽해서 만든 떡.

ㄱ ㄴ ㄷ ㄹ ㅁ **ㅂ** ㅅ ㅇ ㅈ ㅊ ㅋ ㅌ ㅍ ㅎ

바리　소나 말 따위의 등에 잔뜩 실은 짐을 세는 말.

바수다　여러 조각이 나게 두드려 잘게 깨뜨리다.

박가분(朴家粉)　박승직이라는 이가 상점에서 제작·판매하여 부녀자들 사이에서 대인기를 얻은 우리나라 최초의 화장품. 명칭은 박승직의 문중을 뜻하는 박가(박씨네)와 분(크림이란 순수한 우리말)이 합쳐진 것인데, 1918년 8월에 특허국으로부터 상표등록증을 교부받음으로써 가내 수공업 단계에 머물고 있던 당시 국내 화장품 업계에 일대 변혁을 불러왔다. 한참 인기를 끌던 1920년대에 이르러서는 여직공만 30여 명에 달할 정도로 규모가 커졌으며, 판매 확대를 위해 화장품으로는 최초로 『동아일보』와 『조선일보』에 지면 광고를 싣기도 했다.

박목월(朴木月)　1917~1978. 시인. 본명은 영종(泳鍾). 1939년에 『문장』(文章)을 통해 문단에 데뷔했으며, 1946년에 조지훈, 박두진과 함께 『청록집』을 발간하여 '청록파'로 불렸다. 시집에 『산도화』(山桃花), 『청담』(晴曇), 『경상도의 가랑잎』, 『무순』(無順) 등이 있다.

박성룡(朴成龍)　1932~ . 1955~1956년 『문학예술』지로 데뷔했다. 주요 시집으로 『가을에 잃어버린 것들』, 『춘하추동』, 『冬栢꽃』, 『휘파람새』 등이 있다.

박아지(朴芽枝)　1905~1959. 시인. 본명은 박일(朴一). 일제 시대에 소년 잡지 『별나라』의 편집자로 일하면서 시와 아동 문학 작품을 발표하였다. 『심화』(心火)는 8·15광복 후에 발표된 그의 첫 시집. 서울에서 진보적인 문학 잡지인 『우리문학』을 편집하다가, 6·25전쟁 때 월북했다.

박제(剝製) 동물의 가죽을 곱게 벗기고 썩지 않도록 한 뒤에 솜이나 대팻밥 따위
를 넣어 살아 있을 때와 같은 모양으로 만듦. 또는 그렇게 만든 물건.

박하다 이익이나 소득이 보잘것없이 적다.

반정부 활동(反政府活動) 기존의 정부나 정부의 시책에 반대하는 활동.

반체제(反體制) 주로 명사 앞에 쓰여 기존의 사회와 정치 체제를 부정함.

발 길이의 단위. 한 발은 두 팔을 양옆으로 펴서 벌렸을 때 한쪽 손끝에서 다른 쪽
손끝까지의 길이이다.

발자크(Balzac) 1597~1654. 프랑스의 문인·비평가. 주요 저서로 『인간희극』
(人間喜劇)이 있다.

방관주의 어떤 일에 직접 나서서 관여하지 않고 곁에서 보기만 하는 주의.

방면(放免) 붙잡아 가두어 두었던 사람을 놓아줌.

방물장수 여자가 쓰는 화장품, 바느질 기구, 패물 따위의 물건 등을 팔러 다니는
장수.

방부용(防腐用) 물질이 썩거나 삭아서 변질되는 것을 막는 용도.

방자하다(放恣—) 어려워하거나 조심스러워하는 태도가 없이 무례하고 건방지다.
제멋대로 거리낌 없이 놀다.

방조(傍助) 곁에서 도와줌.

방종(放縱) 거리낌 없이 제멋대로 행동함.

방죽 물이 밀려들어 오는 것을 막기 위해 쌓은 둑.

배갈(白干) 고량주. 수수를 원료로 빚은 중국식 소주.

백남운(白南雲) 1895~1974. 북한의 정치가·경제학자. 주요 저서로 『조선사회경
제사』, 『조선봉건사회경제사상』이 있다.

백내장(白內障) 수정체가 회백색으로 흐려져서 시력이 떨어지는 질병. 노화로 발
병하는 경우가 가장 많으나 상처를 입거나 당뇨병을 앓아서 발병하기도 한다.

백석(白石) 1912~?. 시인. 모더니즘풍의 세련된 언어 감각을 바탕으로 토속적이
고 향토색 짙은 서정시들을 발표하여 현대 시 문학사에 한 획을 그었다는 평가를
받는다. 남한에서는 줄곧 월북 문인으로 분류되어 오다가 1988년에 해금되었다.
시집 『사슴』이 있다.

백중장터(百中場-) 백중날의 장터. 음력 칠월 보름인 백중(百中)날에 서는 장을 '백중장'이라 하는데, 이곳에선 농악이 울리고 씨름 등을 비롯한 갖가지 흥미 있는 오락과 구경거리가 펼쳐져, 농사에 시달렸던 머슴이나 일꾼들이 휴식을 취하며 즐길 수 있었다.

백차일(白遮日) 햇볕을 가리려고 치는 하얀 빛깔의 포장.

벽지(僻地) 외따로 뚝 떨어져 있는 궁벽한 땅. 도시에서 멀리 떨어져 있어 교통이 불편하고 문화의 혜택이 적은 곳을 이른다.

변고(變故) 갑작스러운 재앙이나 사고.

변사(辯士) 무성 영화를 상영할 때 영화에 맞추어 그 내용을 설명하던 사람.

『별나라』 1926년 6월부터 1946년 2월까지 간행된 어린이 잡지. 통권 80호로 종간. 주간 안준식과 박세영이 창간 초부터 "가난한 동무를 위하야, 값싼 잡지로 나오자"는 슬로건을 내걸었던 만큼, 그 바탕에는 항시 사회주의적인 계급 의식을 포함하고 있었다. 1925년을 전후로 하여 등장한 프로 문학의 영향을 전적으로 대변하는 아동 잡지 구실을 맡았다. 주로 프로 문인들이 여기에서 작품 활동을 했다. 고발적, 선동적, 행동적인 색채를 표면적으로 드러냈지만, 1920년대 동심주의 전성시대에 있어서 아동을 천사로만 보지 않고 관념적이긴 하나 현실의식을 도입했다는 점에서 특색이 있다.

별정우체국(別定郵遞局) 나라에서 체신 업무를 위임 받은 사람이 자기 부담으로 건물과 시설을 갖추어 경영하는 우체국.

병설(竝設) 병설(倂設). 두 가지 이상을 아울러 한곳에 갖추거나 세움.

보도연맹(保導聯盟) 1949년 좌익 운동을 하다 전향한 사람들로 조직한 반공 단체로, 정식 명칭은 '국민보도연맹'이다. 1948년 12월 시행된 '국가보안법'에 따라 좌익 사상에 물든 사람들을 전향시켜 보호하고 인도한다는 취지로 결성되었는데, 일제 강점기 사상 탄압에 앞장섰던 '시국대응전선사상보국연맹' 체제를 그대로 모방했다. 1949년 말에는 가입자 수가 30만 명에 달했고, 서울에만도 거의 2만 명에 이르렀다. 주로 사상적 낙인이 찍힌 사람들을 대상으로 하였고, 거의 강제적이었으며, 지역별 할당제가 있어 사상범이 아닌 경우에도 등록되는 경우가 많았다. 6·25전쟁이 발발하자 정부와 경찰은 초기 후퇴 과정에서 이들에 대한 무차별 검속과 즉결 처분을 단행함으로써 6·25전쟁 중 최초의 집단 민간인 학살을 일으켰고, 이는 곧 북한 인민군 점령 지역에서 일어난 좌익 세력에 의한 보복 학살의 원인이 되기도 했다. 전쟁 와중에 조직은 없어졌지만, 지금까지도 정확한 해명 작업이 이루어지지 않고 있다.

보릿고개 햇보리가 나올 때까지의 넘기 힘든 고개라는 뜻으로, 묵은 곡식은 거의 떨어지고 보리는 아직 여물지 않아 농촌의 식량 사정이 가장 어려운 때를 비유적으로 이르는 말. 춘궁기.

복개(覆蓋) 하천에 덮개 구조물을 씌워 겉으로 보이지 않도록 함. 또는 그 덮개 구조물.

볼썽사납다 어떤 사람이나 사물의 모습이 보기에 역겹다.

봉당(封堂) 안방과 건넌방 사이의 마루를 놓을 자리에 마루를 놓지 않고 흙바닥 그대로 둔 곳.

부기(浮氣) 부종(浮腫)으로 인하여 부은 상태.

부복(俯伏) 고개를 숙이고 엎드림. 복종함.

부설(敷設) 다리, 철도, 지뢰 따위를 설치함.

부역자(附逆者) 국가에 반역이 되는 일에 동조하거나 가담한 사람.

부지깽이 아궁이 따위에 불을 땔 때에, 불을 헤치거나 끌어내거나 거두어 넣거나 하는 데 쓰는 가느스름한 막대기.

북대기 북데기. 짚이나 풀 따위의 엉클어진 뭉텅이.

북새 많은 사람이 야단스럽게 부산을 떨며 법석이는 일.

북해도(北海道) → 홋카이도 일본의 4개 주요 섬 중 제일 북쪽에 있는 섬. 서쪽으로 동해, 북쪽으로 오츠크 해, 동쪽과 남쪽으로 태평양에 접해 있다. 몇몇 작은 섬과 함께 행정상 도(道)를 이루며, 일본 육지 면적의 21%를 차지하는 홋카이도의 특색은 한랭한 기후와 새로 형성된 산과 화산들이다. 이곳에는 일본 최대의 석탄 광산이 있다.

분광(分鑛) 광주(鑛主)에게 일정한 사용료를 내고 일정한 기간 동안 마음대로 채굴하는 일, 또는 그런 광산.

불심검문(不審檢問) 경찰관이, 수상한 거동을 하거나 죄를 범하였거나 범하려고 하여 의심받을 만한 사람을 정지시켜 질문하는 일. 주로 범인 체포, 범죄 예방, 정보 수집 등을 목적으로 행한다.

불온(不穩) 온당하지 않음. 사상이나 태도 따위가 통치 권력이나 체제에 순응하지 않고 맞서는 성질이 있음.

비름 비름과의 한해살이풀. 줄기는 높이가 1미터 정도이고 곧게 서며, 드문드문 가지가 갈라진다. 잎은 어긋나고 마름모처럼 생긴 달걀 모양이고 잎자루가 길며 표면에 자주색의 무늬가 있는 것도 있다. 어린잎은 식용한다. 인도가 원산지로 대만, 중국, 말레이시아에서는 여름 채소로 재배한다.

비위 어떤 일을 삭여 내거나 상대하여 내는 성미.

비정적(非情的) 비정한. 사람으로서의 따뜻한 정이나 인간미가 없는.

비지 두부를 만들고 남은 찌꺼기. 두부박. 콩을 불려 갈아서 끓인 음식.

빨갱이 '공산주의자'를 속되게 이르는 말.

뻔질나다 주로 '뻔질나게' 꼴로 쓰인다. 드나드는 것이 매우 잦다. 주살나다.

뻘 사람들 사이의 관계를 나타내는 대다수 명사 뒤에 붙어 '그런 관계'의 뜻을 더하는 접미사.

ㄱ ㄴ ㄷ ㄹ ㅁ ㅂ **ㅅ** ㅇ ㅈ ㅊ ㅋ ㅌ ㅍ ㅎ

사금파리 사기그릇의 깨어진 작은 조각, 기편(器片), 도편(陶片).

사립 사립문. 나뭇가지를 엮어 만든 문짝을 달아서 만든 문.

4H클럽(4H Club) 1914년 미국에 설립된 단체로, 농업 구조와 농촌 생활 개선을 목적으로 하는 세계적인 청소년 민간 단체. 4H란 두뇌(Head:知)·마음(Heart:德)·손(Hand:勞)·건강(Health:體)를 뜻한다. 한국에서는 1947년부터 농림부 관리 아래 농촌의 부락과 학교를 단위로 4H 구락부로 조직되었다. 1972년 새마을 4H 구락부가 되었다가 1979년 새마을 4H 후원회, 1988 한국 4H 후원회, 2001년 민간 4H 통합 기구로 한국 4H 본부가 되었다. 경진 대회·야영 교육·청소년의 달 행사 등의 교육 행사와 공공 시설물 환경 정화나 자연 보호 캠페인 등의 봉사 활동을 주요 활동으로 한다.

사제(私製) 개인이 사사로이 만듦. 또는 그런 물건.

사찰(査察) 남의 행동을 몰래 엿보아 살핌.

사철나무 노박덩굴과의 상록 관목. 높이는 2~3미터이며, 잎은 마주나고 긴 타원형으로 두껍고 반들반들하다. 나무껍질은 약으로 쓰고 정원수나 울타리 따위로 재배한다. 해안(海岸)의 산기슭에 나는데 한국, 일본, 중국 등지에 분포한다.

삯바느질 품값으로 돈이나 물건을 받고 하는 바느질.

산동네 산등성이나 산비탈 따위의 높은 곳에 가난한 사람들이 모여 사는 동네. 달동네.

산란하다(散亂―) 어수선하고 뒤숭숭하다.

산적하다(山積―) 물건이나 일이 산더미같이 쌓이다.

산지기(山――) 남의 산이나 뫼를 맡아서 돌보는 사람.

살포 논에 물꼬를 트거나 막을 때 쓰는 농기구. 두툼한 쇳조각의 머리 쪽 가운데에 괴통이 붙은 모가 진 삽으로 긴 자루를 박아 지팡이처럼 짚고 다닌다.

삼삼오오(三三五五) 서너 사람 또는 대여섯 사람이 떼를 지어 다니거나 무슨 일을 함. 또는 그런 모양.

상례(常例) 늘 상 있는 일.

상밥집(床――) 상에 반찬과 밥을 차려서 한 상씩 따로 파는 집.

상쇠 농악에서, 무리의 맨 앞에서 전체를 지휘하며 꽹과리를 치는 사람.

상주하다(常住―) 늘 일정하게 살고 있음. 생멸의 변화가 없이 늘 그대로 있음.

상처(喪妻) 아내의 죽음을 당함. 상우(喪偶).

상해임시정부(上海臨時政府) 대한민국임시정부. 3·1운동 직후 조국의 광복을 위해 중국 싱하이(上海)에서 조직하여 선포한 임시정부.

새재 경상북도 문경시와 충청북도 괴산군 사이에 있는 고개. 높이는 1,017미터.

서기(書記) 단체나 회의에서 문서나 기록 따위를 맡아보는 사람.

서림이 서림(徐林). 임꺽정의 참모이나 후에 배신한다. 한양에서 먼저 체포되자 조정에 귀순하여 임꺽정 토벌에 적극 협조했다.

서슬 강하고 날카로운 기세.

선돌백이 선돌(立石)같이 선 지석묘(고인돌).

선영(先塋) 조상의 무덤.

설다 어디에 익숙하지 못하다.

설핏하다 해의 밝은 빛이 약해지다.

섬 곡식 따위를 담기 위하여 짚으로 엮어 만든 그릇. 부피의 단위. 곡식, 가루, 액체 따위의 부피를 잴 때 쓴다. 한 섬은 한 말의 열 배로 약 180리터에 해당한다.

성가(成家) 결혼하여 한 가정을 이룸.

성화(成火) 몹시 귀찮게 구는 일.

소샛벌 홍제천. 홍은동을 지나 한강 하류로 흘러드는 홍제천은 예로부터 모래가 많았다 하여 '모래내' 혹은 '사천'(沙川)으로 불렸다. 소사는 모래를 의미한다. 소샛벌은 모래가 많이 쌓인 냇가의 펄을 지칭한다.

소생(所生) 자기가 낳은 아들이나 딸.

소시민(小市民) 노동자와 자본가의 중간 계급에 속하는 소상인, 수공업자, 하급 봉급 생활자, 하급 공무원 따위를 통틀어 이르는 말. 소부르주아·프티 부르주아.

『소학』(小學) 중국 송나라 때 유자징(劉子澄)이 주자(朱子)의 지도를 받아서 편찬한 초학자용 교양서.

손 한 손에 잡을 만한 분량을 세는 단위. 조기, 고등어, 배추 따위 한 손은 큰 것과 작은 것을 합한 것을 말하고, 미나리나 파 따위 한 손은 한 줌 분량을 말한다.

수발 신변 가까이에서 여러 가지 시중을 듦.

수복(收復) 잃었던 땅이나 권리 따위를 되찾음.

수유나무 쉬나무. 운향과의 낙엽 교목. 높이는 7미터 정도이며 잎은 마주나고 깃 모양 겹잎이다. 종자는 제유용(製油用), 해충 구제용 또는 새의 먹이로 쓴다.

술청 선술집의 술 파는 이가 술을 따라 놓는, 길고 높직한 상을 베풀어 놓은 곳.

스산하다 몹시 어수선하고 쓸쓸하다. 날씨가 흐리고 으스스하다. 마음이 가라앉지 아니하고 뒤숭숭하다.

스크랩(scrap) 신문, 잡지 따위에서 필요한 글이나 사진을 오림. 또는 그런 것. '오려 모으기', '자료 모음'으로 순화.

스탕달(Stendhal) 1783~1842. 19세기 프랑스의 주요 소설가 가운데 한 사람. 주요 저서로 『적과 흑』(Le Rouge et le Noir)이 있다.

슬레이트(slate) 지붕을 덮는 데 쓰는 천연 점판암의 얇은 석판. 시멘트와 석면을 물로 개어 센 압력으로 눌러서 만든 얇은 판. 지붕을 덮거나 벽을 치는 데 쓴다.

시위(示威) 위력이나 기세를 떨쳐 보임.

식량 기지화 한반도를 식량 공급의 기지로 활용함.

신방(神房) 무당이 영을 모셔 놓는 곳.

신변잡기(身邊雜記) 자신의 주변에서 일어나는 여러 가지 일을 적은 수필체의 글.

신작로(新作路) 새로 만든 길이라는 뜻으로, 자동차가 다닐 수 있을 정도로 넓게 새로 낸 길을 이르는 말.

신춘문예(新春文藝) 매해 봄마다 신문사에서 아마추어 작가들을 대상으로 벌이는 문예 경연 대회.

신파(新派) 신파극. 1910년대부터 1940년대까지 우리나라에서 유행했던 연극 형태.

신학문(新學問) 서양에서 들어온 새 학문을 재래의 한학(漢學)에 상대하여 이르는 말.

실용주의(實用主義) 19세기 후반 이후 미국을 중심으로, 실제 결과가 진리를 판단하는 기준이라고 주장하는 철학 사상. 행동을 중시하며, 사고나 관념의 진리성은 실험적인 검증을 통해 객관적으로 타당한 것이어야 한다는 주장으로, 제임스, 듀이 등이 대표적이다.

심지 남포, 폭탄 따위를 터뜨리기 위하여 불을 붙이게 되어 있는 줄.

심화(深化) 정도나 경지가 점점 깊어짐. 또는 깊어지게 함.

심훈(沈熏) 1901~1936. 소설가이자 영화인이다. 본명은 대섭(大燮). 1923년부터 기자 생활을 하면서 시와 소설을 쓰기 시작했다. 1926년 『동아일보』에 영화 소설 『탈춤』을 연재한 것이 계기가 되어 영화계에 발을 들여놓았고, 이듬해에 「먼 동이 틀 때」를 원작·각색·감독히 였다. 1934년에 『직녀성』을 신문에 연재했다. 1935년에는 농촌 계몽소설 『상록수』가 『동아일보』 창간 15주년 기념 현상소설에 당선되면서 크게 각광을 받았다. 이 소설은 브나로드 운동을 남녀 주인공의 숭고한 애정을 통해 묘사한 작품으로, 오늘날에도 널리 읽히고 있다.

십시일반(十匙一飯) 열 사람이 밥을 한 술씩만 보태어도 한 사람이 먹을 밥은 된다는 뜻으로, 여러 사람이 힘을 합하면 한 사람쯤은 구제하기 쉽다는 말.

싸가지 '싹수'의 방언(강원, 전남). 어떤 일이나 사람이 앞으로 잘될 것 같은 낌새나 징조.

싸전(-廛) 미전(米廛). 쌀과 그 밖의 곡식을 파는 가게.

쌈지 담배, 돈, 부시 따위를 싸서 가지고 다니는 작은 주머니. 가죽, 종이, 헝겊 따위로 만든다.

쏠쏠하다 품질이나 수준, 정도 따위가 웬만하여 괜찮거나 기대 이상이다.

쑥부쟁이 국화과의 여러해살이풀. 높이는 30~100cm이며, 잎은 어긋나고 피침 모양이다. 7~10월에 열은 자주색 꽃이 피는데, 어린잎은 식용한다. 한국, 일본, 중국, 시베리아 등지에 분포한다.

ㄱ ㄴ ㄷ ㄹ ㅁ ㅂ ㅅ **ㅇ** ㅈ ㅊ ㅋ ㅌ ㅍ ㅎ

아그배나무 장미과의 낙엽 활엽 교목. 높이는 10미터 정도이며, 잎은 어긋나고 타원형 또는 달걀 모양이다. 관상용으로도 재배한다.

아수라장(阿修羅場) 싸움이나 그 밖의 다른일로 큰 혼란에 빠진 곳. 또는 그런 상태.

아편(阿片) 아편(鴉片). 덜 익은 양귀비 열매에 상처를 내어 흘러나온 진(津)을 굳혀 말린 고무 모양의 흑갈색 물질. 모르핀을 비롯하여 30가지 이상의 알칼로이드가 들어 있다. 진통제·진경제·마취제·지사제 따위로 쓰이는데, 습관성이 강한 중독을 일으키므로 약용 이외의 사용을 법으로 금하고 있다.

악다구니 기를 써서 다투며 욕설을 하는 짓. 또는 그런 입.

안내양(案內孃) 예전에, 버스의 여차장을 이르던 말.

안이성(安易性) 너무 쉽게 여기는 태도나 성질.

암거래(暗去來) 법을 어기면서 몰래 물품을 사고파는 행위. 특히 가격을 통제하고 있는 물품을 공정 가격 이외의 값으로 사고파는 일을 말한다. 암매매.

앙드레 지드(Andre Gide) 1869~1951. 프랑스의 소설가. 육체적 욕망과 정신적 사랑의 갈등이나 자아에 대한 심리적 분석과 같은 다양한 세계를 보여 주었으며, 프랑스 문단에 새로운 기풍을 불어넣어 20세기 문학의 진전에 큰 공헌을 하였다는 평가를 받는다. 1947년에 노벨문학상을 수상하였다.

앙증맞다 작으면서도 갖출 것은 다 갖추어 아주 깜찍하다.

애물단지 몹시 애를 태우거나 성가시게 구는 물건이나 사람(애물)을 낮잡아 이르는 말.

야바위 속임수로 돈을 따는 중국 노름의 하나.

양곤 랑군. 미얀마의 수도.

양귀비 양귀비과의 한해살이풀. 열매가 덜 익었을 때 유즙을 뽑아 건조하여 아편을 추출하고 씨는 기름으로 식용하며, 민간에서 복통·기관지염·불면증·만성 장염의 치료에 쓰기도 한다.

양조장(釀造場) 술이나 간장, 식초 따위를 담가 만들어 내는 공장.

양주분(兩主-) 안주인과 바깥주인. 부부.

양키(Yankee) 미국 사람을 낮잡아 이르는 말. 본디 뉴잉글랜드 원주민의 이름으로, 독립전쟁 때에는 영국인이 미국인을, 남북전쟁 때에는 남군이 북군을 조롱하여 이르던 말에서 유래한다.

어르다 몸을 움직여 주거나 또는 무엇을 보여 주거나 들려주어서, 어린아이를 달래거나 기쁘게 해 주다.

엄포 실속 없이 호령이나 위협으로 으르는 짓.

에세닌(Sergei Aleksandrovich Esenin) 1895~1925. 러시아 시인. 러시아 농촌의 자연과 생활을 노래한 섬세한 서정시와 러시아 민중의 역사를 취재한 반역적 서사시 등으로 유명하여 '마지막 농촌 시인'이라고도 일컬어진다. 선시집『주정뱅이의 모스크바』, 서사시「26인의 발라드」·「소비에트 루시」·「안나 스네기나」등의 대표작이 있으며, 그 서정성·민중성·내면성 등이 높이 평가된다. 심한 신경쇠약으로 1925년 12월 피로「벗이여 안녕」이란 시를 남기고 자살했다.

어간만 '여간'(如干)을 강조하는 말. 부정이 앞에 쓰여 보통을 넘어서는 정도를 나타내거나 어지간하다는 뜻으로 쓰임.

여운형(呂運亨) 1886~1947. 독립운동가·정치가. 호는 몽양(夢陽). 1919년 대한민국 임시정부 수립에 참여했고, 일본·중국·소련을 오가며 독립 운동과 혁명 운동에 적극 가담했다. 8·15 직후 조선건국준비위원회, 조선인민당 등을 건설하며 중간좌파로서 민주적 사회주의 건설과 통일 정부의 수립을 위해 좌우합작 운동을 주도하다가 1947년 한지근(韓智根)에게 암살당했다.

여울 강이나 바다의 바닥이 얕거나 폭이 좁아 물살이 세게 흐르는 곳.

역설적 어떤 주장이나 이론이 겉보기에는 모순되는 것 같으나 그 속에 중요한 진리가 함축되어 있는. 또는 그런 것.

연루(連累) 남이 저지른 범죄에 연관됨. '관련' 으로 순화.

연상(鉛商) 지난날, 납을 캐는 광산인 연광(鉛鑛)만 허가하던 시대에 연광에서 금이나 은 따위를 캐내어 몰래 매매하던 사람.

연자방앗간 연자맷간. 연자매로 곡식을 찧는 방앗간.

연통(連通) 연통(聯通). 연락하거나 기별함. 또는 그런 통지.

연행하다(連行—) 강제로 데리고 가다. 특히 경찰관이 피의자를 체포하여 경찰서로 데리고 가다.

염(殮) 염습(殮襲). 죽은 사람의 몸을 씻긴 뒤에 옷을 입히고 염포(베)로 묶는 일.

영달(榮達) 높은 지위에 오르고 귀하게 됨.

영사막(映寫幕) 영화나 환등 따위의 상을 비추어 볼 수 있는, 빛의 반사율이 높은 흰색의 막.

오만(傲慢) 태도나 행동이 건방지거나 거만함. 또는 그 태도나 행동.

오장환(吳章煥) 1916~1951. 시인. 1933년 휘문고등보통학교 재학시 『조선문학』에 산문시「목욕간」을 발표, 문단에 데뷔했다. 이후 『낭만』·『시인부락』(詩人部落)·『자오선』(子午線) 등의 동인으로 활동했다. 37년 첫 시집 『성벽』을 낸 이래 월북 이전까지 『헌사』·『병든 서울』·『나 사는 곳』 등을 출간했다.

옹졸하다(壅拙—) 성품이 너그럽지 못하고 생각이 좁다. 옹색하고 변변치 아니하다.

옻 오르다 살갗에 옻(옻나무에서 나는 진)의 독기가 생기다.

옻나무 옻나뭇과의 낙엽 교목. 높이는 7~10미터이며, 잎은 7~11개의 작은 잎으로 된 깃모양 겹잎이다. 나무껍질에 상처를 내어 뽑은 진은 옻칠의 원료로 쓰고, 목재는 가구의 재료나 부목(副木)을 만드는 데 쓴다. 어린잎은 식용하기도 한다.

왜나막신 게다. 일본 사람들이 신는 나막신.

외경심(畏敬心) 공경하면서 두려워하는 마음. 경외심(敬畏心).

외지(外地) 자기가 사는 곳 밖의 다른 고장.

요령(搖鈴) 불가(佛家)에서 법요(法要)를 행할 때 흔드는 기구. 손에 쥐고 흔들어 소리 내는 방울 모양의 작은 종. 무당방울.

요시찰인(要視察人) 사상이나 보안 문제와 관련하여 행정 당국이나 경찰 기관에서 감시가 필요하다고 인정하는 인물. 주의 인물.

요절(夭折) 젊은 나이에 죽음.

요지경(瑤池鏡) 확대경을 장치해 놓고 그 속의 여러 가지 재미 있는 그림을 돌리면서 구경하는 장치나 장난감.

우리게→우리께 우리가 사는 곳, 근처.

원귀(冤鬼) 원통하게 죽은 사람의 귀신.

월남(越南) 북쪽에서 삼팔선이나 휴전선의 남쪽으로 넘어옴.

유신 체제 1972년 10월 17일, 당시 대통령 박정희(朴正熙)가 초헌법적 조치로 만들어 낸 체제. 국민의 기본권을 박탈하여 권력의 집중화와 정권 유지를 꾀함으로써 계속되는 국민의 저항에 부딪히다가 1979년 10월 26일, 이른바 '10·26사태'로 종말을 맞았다.

유인물(油印物) 등사기, 인쇄기, 프린터 따위를 이용하여 만든 인쇄물.

유종호(柳宗鎬) 1935~ . 1950년대부터 평론 활동을 시작했으며, 1962년 첫 평론집 『비순수의 선언』을 발표한 이래, '모국어의 언어 감각'에 바탕을 둔 섬세한 작품 읽기를 통해 문학 평론의 전범을 보여 주고 있다는 평가를 받는다.

유지(有志) 마을이나 지역에서 명망 있고 영향력을 가진 사람.

육백(六百) 화투 놀이의 하나. 얻은 점수가 육백 점이 될 때까지 겨룬다.

육중하다(肉重一) 투박하고 무겁다.

으레 당연히. 두말할 것 없이. 거의 틀림없이.

을씨년스럽다 보기에 날씨나 분위기 따위가 몹시 스산하고 쓸쓸한 데가 있다. 보기에 실림이 매우 가난한 데가 있다.

응모(應募) 모집에 응하거나 지원함.

응수(應酬) 상대편이 한 말이나 행동을 받아서 마주 응함.

의기투합(意氣投合) 마음이나 뜻이 서로 맞음. 의기상투·의기상합.

의병(義兵) 외적의 침입을 물리치기 위하여 백성들이 자발적으로 조직한 군대. 또는 그 군대의 병사.

의용군(義勇軍) 국가나 사회의 위급을 구하기 위해 민간인으로 조직된 군대. 또는 그런 군대의 군인.

의탁하다(依託一) 어떤 것에 몸이나 마음을 의지하여 맡기다.

이광수(李光洙) 1892~1950. 소설가. 호는 춘원(春園). 1917년부터 한국 최초의 근대 장편소설『무정』(無情)을『매일신보』에 연재하여 소설 문학의 새로운 역사를 개척하였다. 이 외에『재생』(再生)·『마의태자』·『단종애사』(端宗哀史)·『흙』등 많은 작품을 썼다. 1939년 친일 어용 단체인 조선문인협회(朝鮮文人協會) 회장이 되고 가야마 미츠로(香山光郎)라고 창씨개명을 하는 등 친일 행적을 남겼다. 8·15광복 후 반민법으로 구속되었다가 병보석으로 출감했으나 6·25전쟁 때 납북되었다. 이후 1950년 만포(滿浦)에서 병사한 것으로 확인되었다.

이근삼(李根三) 1929~2003. 극작가. 사실주의극이 중심을 이루던 한국의 극문학에 풍자성을 강조한 희극 형식을 시도하면서 서사적 기법을 도입하는 등 기법적 혁신을 꾀함으로써, 전후(戰後) 한국 연극계에 새로운 변화를 주도한 부조리연극의 대표적인 극작가.

이다바(板場) → 이타바 조리사, 요리사란 뜻의 일본말.

이문(利文) 이익이 남는 돈.

이백(李白) 701~762. 중국 당나라 때의 시인. 자는 태백(太白), 호는 청련거사(青蓮居士). 두보(杜甫)와 함께 '이두'(李杜)로 병칭되는 중국 최대의 시인이며, 낭만적이고 자유분방한 시 세계로 시선(詩仙)이라 불린다.

이복(異腹) 아버지는 같고 어머니가 다름.

이용악(李庸岳) 시인. 1914~1971. 1935년『신인문학』에 시「패배자의 소원」을 발표하며 등단, 1930년대 후반의 조선 시단에서 서정주·오장환과 더불어 시 삼재(三才)로 꼽혔다. 시집으로『낡은 집』,『오랑캐꽃』등이 있다.

이형기(李炯基) 1933~ . 시인, 문학 평론가. 1949년『문예』에 시「비오는 날」, 이듬해에「코스모스」·「강가에서」등이 추천되어 문단에 최연소 등단 기록을 세웠으며, 1962년『현대문학』에 평론「상식적 문학론」을 연재하면서 시뿐 아니라 평론 분야에서도 크게 활약하였다. 주요 시집으로『적막강산』이 있으며, 시「낙화」·「폭포」등이 유명하다.

이호철(李浩哲) 1932~ . 작가. 6·25전쟁으로 인한 민족 분단의 비극과 이산가족 문제를 중점적으로 작품화해 분단 소설사를 엮어 온 대표적 분단 작가이자 탈북작가. 동인문학상(1962), 대산문학상(1996), 대한민국예술원상(1998)을 수상했다. 주요 저서로『서울은 만원이다』·『남녘사람 북녘사람』이 있고, 주요 작품으로「판문점」·「소시민」·「닳아지는 살들」등이 있다.

인민군(人民軍) 북한의 군대. 인민으로 조직된 군대.

인민의용군(人民義勇軍) 전쟁이나 위급한 상황에서 정규군을 돕기 위하여 자원하여 나선 인민의 자녀들로 조직된 군대.

인천상륙작전 1950년 9월 15일 국제연합(UN)군이 맥아더의 지휘 아래 인천에 상륙하여 6·25전쟁의 전세를 뒤바꾼 군사 작전.

인편(人便) 오거나 가는 사람의 편.

일색(一色) 그 한 가지로만 이루어진 특색이나 정경.

일습(一襲) 옷, 그릇, 기구 따위의 한 벌.

일언반구(一言半句) 한 마디 말과 반 구절이라는 뜻으로, 아주 짧은 말을 이르는 말.

일화(逸話) 세상에 널리 알려지지 아니한 흥미 있는 이야기.

임경업 장군 한국 토착신의 하나. 한국 무속 신앙에서 가장 위세를 떨친 신 가운데 하나로, 무당의 일곱 가지 계급 중 셋째 계급인 박수 만신(여자 무당)이 모시는 신령이다. 임경업(林慶業)은 조선 시대 명장으로 활약했기 때문에 영웅신의 범주에 넣을 수 있고 무신 군웅신으로 볼 수 있다. 무당은 임경업 장군을 그들의 보호신으로 삼는다.

임종국(林鍾國) 1929~1989. 시인·문학 평론가·재야 사학자. 1959년『문학예술』지에 시「비」(碑)를 발표함으로써 문단에 등단했다. 1965년 한일회담을 계기로 문학사회사, 특히 본격적인 친일 연구에 몰두하기 시작, 평생 철저한 자료 조사를 통한 실증적 방법으로 일제 침략사와 친일파를 연구했다. 대표 저서로『친일문학론』이 있다.

임화(林和) 1908-1953. 본명 인식(仁植). 서울 출생. 1926년 카프에 가입하여 줄곧 강력한 지도성을 발휘하면서 시와 비평에서 활발한 활동을 펼쳤다. 해방 후 월북하여 1953년 남로당 숙청 때 미제 스파이라는 죄목으로 처형당한 것으로 알려져 있다. 작품으로는 시집에『현해탄』(玄海灘)·『찬가』(讚歌) 등이 있으며, 평론집에『문학의 논리』가 있다.

입간판(立看板) 벽에 기대어 놓거나 길에 세워 둔 간판. '세움 간판'으로 순화.

입담 말하는 솜씨나 힘.

자반 생선을 소금에 절여서 만든 반찬감. 또는 그것을 굽거나 쪄서 만든 반찬.

자술서(自述書) 어떤 사건에 관하여 피의자나 참고인이 자신이 행하거나 겪은 것을 진술한 글.

자유실천문인협의회 1974년 11월, 양심적 문인들이 박정희의 군사 독재에 맞서 창립한 문학인들의 투쟁 조직체.

자임(自任) 임무를 자기가 스스로 맡음. 또는 어떤 일에 대하여 자기가 적임이라고 자부함.

자작농(自作農) 자기 땅에 자기가 직접 짓는 농사. 또는 그런 농민이나 농가.

자조적(自嘲的) 자기를 비웃는 듯한. 또는 그런 것.

자족경제(自足經濟) 경제 발전의 가장 초기 단계로서, 자기가 필요한 만큼만 생산, 소비를 하여 가족 외의 교환 관계가 생기지 않는 경제.

작고(作故) 고인이 되었다는 뜻으로, 사람의 죽음을 높여 이르는 말.

작부(酌婦) 술집에서 손님을 접대하고 술 시중을 드는 여자.

작약(芍藥) 작약과의 여러해살이풀 혹은 그 뿌리. 관상용 또는 약초로 재배한다. 뿌리는 맛이 쓰고 시며 성질은 약간 차다. 청혈 작용이 있고 어혈을 없애 주어 발열, 토혈, 경폐, 타박상 따위에 쓰인다.

잔병치레 잔병을 자주 앓은. 또 그런 일.

잔소주 잔으로 파는 소주.

장돌림 여러 장으로 돌아다니면서 물건을 파는 장수.

장돌뱅이 '장돌림'을 낮잡아 이르는 말.

장롱 옷 따위를 넣어 두는 장과 농을 아울러 이르는 말.

장사진(長蛇陣) 많은 사람이 줄을 지어 길게 늘어선 모양을 이르는 말. 예전의 병법에서, 한 줄로 길게 벌인 군진(軍陣)의 하나.

장서(藏書) 책을 간직하여 둠. 또는 그 책.

장지문(障-門) 지게문에 장지 짝을 덧들인 문.

장짐 장에서 샀거나 또는 팔 물건을 꾸린 짐.

장취(長醉) 늘 술에 취함.

장황하다(張皇 —) 매우 길고 번거롭다.

재재발거리다 수다스럽게 지껄이다.

재종(再從) 육촌이 되는 관계.

저잣거리 가게가 죽 늘어서 있는 거리. 장거리.

전단(傳單) 선전이나 광고 또는 선동하는 글이 담긴 종이쪽. '알림 쪽지'로 순화.

전석담(全錫淡) 1916~?. 월북한 경제학자. 조선에서의 자본주의적 관계를 규명하여 조선 역사의 내재적 발전을 확인함으로써, 일제의 식민사관에 대항하고자 했다.

전실(前室) 남의 전처(前妻)를 높여 이르는 말.

점유(占有) 물건이나 영역, 지위 따위를 차지함.

접목(接木) 나무를 접붙임. 또는 그 나무. 비유하여, 둘 이상의 다른 현상 따위를 알맞게 조화시킴을 이르는 말.

접신(接神) 신이 사람의 몸에 내리어 신통한 능력이 생기는 일.

정교사(正教師) 교육부 장관이 수여하는 정교사 자격증을 가진 교사. 1급과 2급이 있다. 학교에서 정식 교사로 근무하는 교사.

정박(碇泊) 정박(淳泊). 배가 닻을 내리고 머무름.

정지용(鄭芝溶) 1902~?. 시인. 전위적인 모더니즘의 실험성을 보여 주는 「카페 프란스」를 비롯, 신선한 이미지와 토착어의 활용, 지성에 의한 감정 절제 등이 돋보이는 시들을 남겨, 1930년대 전후에 현대시의 새로운 국면을 개척했다는 평가를 받는다. 6·25 때 납북퇸 것으로 전해진다. 시집에 『성지용시집』, 『백록담』이 있다

조(組) 두 개 이상의 물건이 갖추어 한 벌을 이룰 때, 그 한 벌의 물건을 세는 단위.

조개탄(− −炭) 조가비 모양으로 만든 연탄.

조봉암(曹奉岩) 1898~1959. 독립운동가·정치가. 사회주의 사상에 입각한 독립 쟁취를 목표로 항일 운동을 하였다. 1925년 조선공산당 조직에 참여하고, 고려 공산청년회의 간부가 되었다. 8·15광복 후 조선공산당 중앙간부로 활약하다, 1946년 박헌영(朴憲永)에게 충고하는 공개 서한을 발표하고 공산당을 탈당하여 우익 진영으로 급선회하였다. 1950년 제2대 국회의원에 재선되어 국회 부의장에 선출되었다. 1952년 제2대 대통령에 출마하여 차점으로 낙선, 1956년 다시 제3

대 대통령에 출마하였으나 낙선되었다. 그 해 진보당(進步黨)을 창당, 위원장이 되어 정당 활동을 하다가 1958년 1월 국가보안법 위반으로 체포되어 대법원에서 사형 선고를 받고 처형되었다.

조소앙(趙素昂) 1887~1958. 독립운동가 · 정치가. 본명은 용은(鏞殷). 1913년 중국에 망명한 뒤, 대한민국 임시정부의 수립에 큰 영향을 주었을 뿐 아니라 임시정부가 수립된 뒤에도 적극 참여하여, 임시정부의 국체(國體)와 정체(政體)의 이론 정립 및 대외 홍보 등에서 주역으로 활동했다. 남한만의 단독 선거에 반대, 정부 수립에 불참했다가 1950년 제2대 국회의원 선거에서 전국 최고 득표로 당선되었으나 6 · 25 때 납북되었다.

조짐(兆朕) 좋거나 나쁜 일이 생길 기미가 보이는 현상.

족치다 견디지 못하도록 매우 볶아치다.

족형(族兄) 성과 본이 같은 일가 가운데 유복친 안에 들지 않는, 같은 항렬의 형뻘이 되는 남자.

존립(存立) 생존하여 자립함.

좀이 쑤시다 마음이 들뜨거나 초조하여 가만히 있지 못하다.

좀체로 '좀처럼'의 잘못. 주로 부정적인 의미를 가진 단어와 호응하여 여간하여서는. 좀체.

종언(終焉) 없어지거나 죽어서 존재가 사라짐. 또는 계속하던 일이 끝장이 남.

종주먹질 상대편을 위협하는 뜻으로 쥐어 보이는 주먹질.

종중(宗中) 성(姓)이 같고 본(本)이 같은 한 겨레붙이의 문중.

종지기 종을 치거나 지키는 사람.

좌판(坐板) 땅에 늘어놓고 앉게 된 널조각. 팔기 위하여 물건을 벌여 놓은 널조각.

주검 송장. 죽은 사람의 몸

주둔하다(駐屯 —) 군대가 임무 수행을 위하여 일정한 곳에 집단적으로 얼마 동안 머무르다.

주릅 거간. 흥정을 붙여 주고 구전을 받는 일을 업으로 삼는 사람.

주막(酒幕) 시골 길가에서 밥과 술을 팔고, 돈을 받고 나그네를 묵게 하는 집.

주워섬기다 대로 본 대로 이러저러한 말을 아무렇게나 늘어놓다.

죽방울 장난감의 하나. 장구 모양의 작은 나무토막에 실을 걸어 공중으로 던져 올렸다 받았다 하며 논다.

죽치다 움직이지 아니하고 오랫동안 한곳에만 붙박여 있다.

중간상(中間商) 생산자와 소비자 사이에서 상품을 대 주고 팔고 하는 중간상인.

중공군(中共軍) 중국 공산당에 딸린 군대. 공농 홍군(工農紅軍), 팔로군, 신사군 등 이 모체가 되어 발전한 군대이다.

중늙은이 젊지도 아주 늙지도 않은, 조금 늙은 사람. 반늙은이·중노인·중로(中老).

중압(重壓) 무겁게 내리누름. 또는 그런 압력. 참기 어렵게 강제하거나 강요하는 힘.

중앙정보부(中央情報部) 제3·제4 공화국 때에, 국가 안전 보장에 관련되는 정보와 보안, 범죄 수사에 관한 사무를 수행하던 기관.

중원고구려비(中原高句麗碑) 충청북도 충주시 가금면 용전리 입석(立石) 마을에 세 워져 있는 고구려 시대의 비석. 높이 203cm, 폭 55cm이며 1979년 4월 5일 조사 되어 알려졌다.

지게목발 '지겟다리'의 방언(경상). 지겟다리의 아래 발목.

지레 어떤 일이 일어나기 전 또는 어떤 기회나 때가 무르익기 전에 미리.

지아이(GI) 미국에서 특별한 일에 쓰려고 불러 모은 병사. 또는 일반적으로 병사 를 속되게 이르는 말.

직정적(直情的) 자신이 생각한 것을 꾸밈없이 그대로 드러냄.

진(津) 풀이나 나무의 껍질 따위에서 분비되는 끈끈한 물질.

진눈깨비 비가 섞여 내리는 눈.

진보당사건(進步黨事件) 1958년 위원장 조봉암을 비롯한 진보당의 전 간부들이 북 하의 간첩들과 접선하고 북한의 통일 방안을 주장했다는 혐의로 구속 기소된 사 건. 이승만이 자신의 정적 조봉암을 제거하기 위해 조작한 사건으로, 이 사건을 계기로 평화 통일론 등 통일 정책에 대한 공개적인 논의가 동결되었고 혁신 정당 의 활동이 위축되었다.

진원(震源) 사건이나 소동 따위를 일으킨 근원을 비유적으로 이르는 말. 최초로 지 진파가 발생한 지역.

진외가(陳外家) 아버지의 외가.

진풍경(珍風景) 구경거리가 될 만한 보기 드문 광경.

집산지(集散地) 생산물이 여러 곳에서 모여들었다가 다시 다른 곳으로 흩어져 나가는 곳.

징발(徵發) 국가에서 특별한 일에 필요한 사람이나 물자를 강제로 모으거나 거둠.

쪼무래기 '조무래기'의 잘못. 어린아이들을 낮잡아 이르는 말.

쪽바리 일본인들의 전통 신발인 게다에서 유래된 말. 두 갈래로 된 나막신을 신는다 해서 나온 말로, 일본인들을 비하하는 표현.

ㄱ ㄴ ㄷ ㄹ ㅁ ㅂ ㅅ ㅇ ㅈ **ㅊ** ㅋ ㅌ ㅍ ㅎ

차출(差出) 어떤 일을 시키려고 사람을 뽑아냄.

책보(册褓) 책을 싸는 보자기.

책전(册廛) 책을 길에 늘어놓고 파는 장사.

척박하다(瘠薄―) 땅이 기름지지 못하고 몹시 메마르다.

천상병(千祥炳) 1930~1993. 시인·평론가. 일본 히메지 시(姬路市) 출생. 1967년 동베를린사건에 연루되어 약 6개월간 옥고를 치른 뒤, 고문의 후유증과 음주로 정신병원에 입원하기도 했으며, 한때 실종되어 동료 문인들에 의해 유고 시집 『새』가 발간되었던 일화가 있다. 무소유의 방랑 시인이자 자유 시인이었다. 저서로 시집 『천상병은 천상 시인이다』, 『저승 가는데도 여비가 든다면』, 『괜찮다 괜찮다 다 괜찮다』와 유고 시집 『나 하늘로 돌아가네』 등이 있다.

천석지기 많은 부피 중량을 뜻하는 '천 섬'과 그만한 양의 곡식을 심을 수 있는 논밭의 넓이를 나타내는 접미사 '―지기'가 합성된 말. 많은 양을 심을 수 있는 논밭.

첩경(捷徑) 지름길. 주로 '―기가' 형태로 쓰여 어떤 일을 함에 있어 흔히 그렇게 되기가 쉬움을 이르는 말.

청올치 칡덩굴의 속껍질. 베를 짤 수도 있고 노를 만드는 재료로도 쓴다.

청원(請願) 일이 이루어지도록 청하고 원함. 국민이 법률에 정한 절차에 따라 손해의 구제, 법률·명령·규칙의 개정 및 개폐, 공무원의 파면 따위의 일을 국회·관공서·지방 의회 등에 청구하는 일.

체머리 머리가 저절로 계속해서 흔들리는 병적 현상, 또는 그런 현상을 보이는 머리.

초라니　하회 별신굿 탈놀이에 등장하는 인물의 하나. 양반의 하인으로 가볍고 방정맞은 성격을 지닌다. 나자(儺者)의 하나. 기괴한 계집 형상의 탈을 쓰고 붉은 저고리에 푸른 치마를 입고 긴 대의 깃발을 흔든다.

초로(初老)　초로기(初老期). 노년기에 접어드는 초기. 45~50세의 시기를 말한다.

초안(草案)　첫 안. 초를 잡아 적음. 또는 그런 글발. 애벌로 안(案)을 잡음.

초장(初場)　시작 무렵의 장(場).

초췌하다(憔悴―)　병, 근심, 고생 따위로 얼굴이나 몸이 여위고 파리하다.

최종길(崔鍾吉)　1937년 중앙정보부에서 간첩 혐의로 조사를 받던 중 의문사한 서울대 법대 교수. 당시 중앙정보부는 사인이 자살이라고 발표했으나, 최근 의문사 진상규명위원회에서 타살 가능성을 언급했다.

추레하다　겉모양이 깨끗하지 못하고 생기가 없다. 태도 따위가 너절하고 고상하지 못하다.

축음기(蓄音機)　레코드에서 녹음한 음을 재생하는 장치. 판의 회전에 따라 바늘이 레코드에 새겨진 음구(音溝)를 지나감으로써 일어나는 진동을 기계적으로 증폭하여 금속의 진동판에 전하여 재생하는데, 후에 바늘의 진동을 전기 신호로 변환하는 방식이 되었다. 1877년에 미국의 에디슨이 발명하였다.

축출하다(逐出―)　쫓아내거나 몰아내다.

출타(出他)　집에 있지 아니하고 다른 곳에 나감. 외출(外出).

충동질　어떤 일을 하도록 남을 부추기는 짓.

치안(治安)　나라를 편안하게 다스림. 또는 그런 상태. 국가 사회의 안녕과 실서를 유지·보전함.

치안대(治安隊)　치안을 목적으로 조직·편성한 부대.

침전(沈澱)　액체 속에 있는 물질이 밑바닥에 가라앉음. 또는 기분 따위가 가라앉음.

케케묵다 일, 지식 따위가 아주 오래되어 시대에 뒤떨어지다.

콜타르(coaltar) 석탄을 높은 온도에서 건류할 때 생기는 기름 모양의 검은 액체. 부식을 막는 도료로 쓰이며, 염료·의약품·폭약 등 유기 화학 공업의 원료가 된다.

퀴논(Qui Nhon) 베트남의 한 도시.

큰물 비가 많이 와서 강이나 개천에 갑자기 크게 불은 물.

타곳(他-) 다른 곳. 타지. 외지. 외곳.

타계(他界) 인간계를 떠나서 다른 세계로 간다는 뜻으로, 사람의 죽음 특히 귀인(貴人)의 죽음을 이르는 말.

타성적(惰性的) 오래되어 굳어진 버릇과 같은. 오랫동안 변화나 새로움을 꾀하지 않아 나태하게 굳어진 습성과 같은.

타파(打破) 부정적인 규정, 관습, 제도 따위를 깨뜨려 버림.

탄금대 충청북도 충주시 북서부 대문산(大門山)에 있는 명승지. 우륵이 제자들을 가르치며 가야금을 타던 곳이다. 임진왜란의 전적지(戰跡地)이며, 신입이 전사한 곳으로도 유명하다.

태부족(太不足) 상당히 모자람. '많이 모자람', '턱없이 모자람' 으로 순화.

태평양전쟁(太平洋戰爭) 1941년부터 1945년까지 일본과 연합국 사이에 벌어진 전쟁. 제2차 세계 대전의 일부로서, 일본의 진주만 기습으로 시작되어 일본의 무조건 항복으로 끝났다. 전쟁 당시 일제는 조선인들을 상대로 인력과 물자를 강제 징발하여 조선인들은 심한 핍박을 받았다.

토호(土豪) 한 지방에서 오랫동안 살면서 양반을 떠세할 만큼 세력이 있는 사람. 지방에 웅거하여 세력을 떨치던 호족. '지방 세력가', '토박이'로 순화.

톨스토이(Lev Nikolaevich Tolstoi) 1828~1910. 도스토예프스키와 함께 19세기 러시아 문학을 대표하는 세계적 문호인 동시에 문명 비평가·사상가. 『전쟁과 평화』·『안나 카레니나』·『부활』 등이 대표 작품이다. 그의 사상은 현대의 타락한 그리스도교를 배제하고 사해동포 관념에 투철한 원시 그리스도교에 복귀하여 근로·채식·금주·금연을 표방하는 간소한 생활을 영위하고, 악에 대한 무저항주의와 자기 완성을 신조로 하여 사랑의 정신으로 전세계의 복지에 기여하려는 것이었다.

통혁당사건(統革黨事件)　1968년에 발표된 대규모 간첩단 사건. 통일혁명당사건(統一革命黨事件)이라고도 한다.

투고(投稿)　의뢰를 받지 아니한 사람이 신문이나 잡지 따위에 실어 달라고 원고를 써서 보냄. 또는 그 원고.

투기성(投機性)　시세 변동에 따른 큰 차익을 노리고 매매를 하는 성질.

투망(投網)　그물의 하나. 원추형 모양으로 윗부분에 몇 발의 벼리가 있고 아래에는 추가 달려 있어, 물에 던지면 좍 퍼지면서 가라앉아 바닥에 닿은 후 그것을 당겨 올려 고기를 잡는다.

투박하다　말이나 행동 따위가 거칠고 세련되지 못하다.

퉁수　퉁소. 가는 대로 만든 목관 악기. 세로로 내려 불고 앞에 다섯 개의 구멍, 뒤에 한 개의 구멍이 있다. 본디 아악기인 소(簫)를 개량한 것으로, 아래위로 통하는 소(簫)라는 데서 나온 이름이다. 향악(鄕樂)의 독주 악기로 널리 쓴다.

틀국숫집　틀에 넣어 뺀 국수를 파는 집.

ㄱ ㄴ ㄷ ㄹ ㅁ ㅂ ㅅ ㅇ ㅈ ㅊ ㅋ ㅌ **ㅍ** ㅎ

파수(派收)　장날에서 다음 장날까지의 동안. 곧 닷새 정도의 동안.

파장(罷場)　시장(市場)이 끝남. 또는 그런 때. 여러 사람이 모여 벌이던 판이 거의 끝남. 또는 그 무렵.

파지(破紙)　글을 잘못 써서 못 쓰게 된 종이.

판상(辦償)　빚을 갚음. 판제, 변상.

패가망신(敗家亡身)　집안의 재산을 다 써 없애고 몸을 망침.

패배주의(敗北主義)　어떤 일에 실패하거나 경쟁에서 질 것이라고 미리 생각하는 것.

패주(敗走)　싸움에 져서 달아남.

팽나무 느릅나뭇과의 낙엽 활엽 교목. 목재는 건축, 기구재로 쓰고 정자나무로 재배한다. 산록이나 골짜기, 개울가에서 자라는데 한국, 일본, 중국 등지에 분포한다.

편편약골(片片弱骨) 편편약질. 온 몸이 다 약함. 또 그런 사람.

폭동(暴動) 내란에까지 이르지 아니하였으나 집단적 폭력 행위를 일으켜 사회의 안녕과 질서를 어지럽게 하는 일.

푸닥거리 무당이 하는 굿의 하나. 간단하게 음식을 차려 놓고 부정이나 살 따위를 푼다.

풀칠 겨우 끼니를 이어 가는 일.

풍토(風土) 어떤 지역의 기후와 토지의 상태. 어떤 일의 바탕이 되는 제도나 조건을 비유적으로 이르는 말.

프락치(fraktsiya) 러시아어. 특수한 사명을 띠고 어떤 조직체나 분야에 들어가서 본래의 신분을 속이고 몰래 활동하는 사람. 끄나풀, 첩자.

피사리 농작물에 섞여 자란 피를 뽑아내는 일.

피아르(PR) public relations. 홍보(섭외) 활동, 선전 계몽.

피폐하다(疲弊一) 지치고 쇠약해지다. 황폐하다.

ㄱ ㄴ ㄷ ㄹ ㅁ ㅂ ㅅ ㅇ ㅈ ㅊ ㅋ ㅌ ㅍ **ㅎ**

하늘바라기 천둥지기. 빗물에 의해서만 벼를 심어 재배할 수 있는 논.

하우스보이 미군부대에서 미군들의 온갖 심부름과 잡일을 하던 소년.

하이네(Heinrich Heine) 1797∼1856. 독일의 시인. 낭만파의 서정시인이며, '청년 독일파'의 지도자로 독일 제국주의에 대항하였다. 풍부한 인간성을 옹호하는 풍자시와, 예민한 감성·근대적인 풍격을 지닌 비평문과 기행문 따위의 산문을 남겼다. 작품에 「하르츠 기행」(Harz紀行), 시집 『노래의 책』, 『독일, 겨울 이야기』 따위가 있다.

하청(下請) 수급인(受給人)이 맡은 일의 전부나 일부를 다시 제삼자가 하수급인으로서 맡는 것. '밑 도급', '아래 도급'으로 순화.

한물가다 채소, 과일, 어물 따위의 한창 나오는 때가 지나다. 한창때가 지나 기세
가 꺾이다.

한자 망국론(漢字亡國論) 한자가 망하지 않으면 나라가 망한다는 주장. 원래는 중
국의 대학자 루쉰(魯迅)이 1934년경에 주장한 것으로, 사대부들이 자기네들의
기득권 유지를 위해 한자를 너무 어렵게 만들어 놓아 결국 중국에서 문자를 읽을
수 있는 사람은 전체 인구의 20%에 불과하다고 하며, "한자가 망하지 아니하면
중국이 망한다. 한자를 위해서 우리를 희생시킬 것인가, 아니면 우리를 위해서
한자를 희생시킬 것인가. 나는 우리를 위해서 반드시 한자를 희생시킬 수밖에 없
다고 단언한다"고 한 것.

한학자(漢學者) 한문 및 한자에 조예가 깊은 사람.

행랑방(行廊房) 대문간에 붙어 있는 방.

허다하다(許多一) 수효가 매우 많다.

허드렛일 중요하지 아니하고 허름한 일.

현상 모집(懸賞募集) 현금이나 물품 등의 상을 내걸고 어떤 일을 널리 뽑아 모음.

호가 나다 호(號)는 세상에 널리 드러난 이름. 이름이 세상에 알려짐. 주로 '호가
나다'의 꼴로 씀.

호기(豪氣) 씩씩하고 호방한 기상. 또는 거만스럽게 잘난체하는 기운.

호상(好喪) 오래 살고 복록을 많이 누리다가 죽은 사람의 상사(喪事).

호의(好意) 친절한 마음씨. 또는 좋게 생각해 주는 마음.

호적(號笛) 신호로 부는 피리. 사이렌.

호형호제(呼兄呼弟) 형이라고 부르고 아우라고 부른다는 뜻으로 '친형제처럼 가깝
게 지냄'을 이르는 말. 왈형왈제.

화두(話頭) 이야기의 첫머리. 불교 선원에서, 참선 수행을 위한 실마리를 이르는 말.

환장 어떤 것에 지나치게 몰두하여 정신을 못 차리는 지경이 됨을 속되게 이르는 말.

환호작약하다(歡呼雀躍一) 기뻐서 크게 소리를 치며 날뛰다.

황량하다(荒涼一) 황폐하여 거칠고 쓸쓸하다.

황명걸(黃明杰) 1935~ . 평양 출신의 시인. 주요 시집으로 『한국의 아이』가 있다.

황아장수 황아장사. 집집을 찾아다니며 대님, 허리띠, 주머니 끈 등의 끈목, 담배
쌈지, 바늘, 실 따위의 자질구레한 일용 잡화를 파는 사람.

회유(懷柔) 어루만지고 잘 달래어 시키는 말을 듣도록 함.

회의(懷疑) 의심을 품음. 또는 마음속에 품고 있는 의심. 충분한 근거가 없기 때문에 판단을 보류하거나 중지하고 있는 상태. 상식적으로 분명한 일이지만, 전통적인 권위를 긍정하지 않고 부정적인 태도로 의심하여 보는 일. 이러한 태도는 철학적 정신의 근본이 된다.

후생 사업(厚生事業) 사람들의 생활을 넉넉하고 윤택하게 하기 위한 사업.

훈방(訓放) '훈계 방면'을 줄여 이르는 말. 일상생활에서 가벼운 죄를 범한 사람을 훈계하여 놓아줌.

흔전만전 돈이나 물건 따위를 조금도 아끼지 않고 함부로 쓰는 모양.

얼굴만 봐도 흥겨운 못난 놈들의 노래꾼

신경림 시의 숙명 혹은 문학적 지향성

"못난 놈들은 서로 얼굴만 봐도 흥겹다."

신경림의 시 「파장」의 첫머리는 이렇게 시작합니다. 이 질박한 시 한 구절 속에 그의 시가 지닌 특징적인 면모가 고스란히 드러나 있습니다. '못난 놈'들에 대한 각별한 관심, 이것이 신경림 시의 특징이며, 이를 달리 말하면 민중적 서정이라고 할 수 있지요. 그는 시가 본질적으로 버려진 사람들, 천대받는 것들, 비천하고 못난 목숨들에 대한 따뜻한 사랑과 깊은 정이라고 생각합니다.

이러한 생각들은 그의 시 곳곳에서 확인할 수 있습니다만, 그의 다섯 번째 시집 『길』(창작과비평사, 1990)의 후기를 보면, "시의 값은 오히려 본질적으로 작고 하찮은 것, 못나고 힘없는 것, 보잘것없는 것들을 돌보고 감싸 안고, 거기에 그치지 않고 스스로 낮고 외로운 자리에 함께 서고, 나아가서 그것들 속의 하나가 되는 데 있는 것이 아닐까"라고 직접 밝히고 있습니다. 또 여섯 번째 시집 『쓰러진 자의 꿈』(창작과비평사, 1993)의 끝에서도, "쓰러지는 자들, 짓밟히는 것들의 상처와 아픔을 어루만지고 흩어지는 것들, 깨어지는 것들을 다독거리는 일, 이 또한 내 시의 숙명인지도 모르겠다"고 되풀이하여 말하고 있지요.

그는 1956년(21세)에 「낮달」(1955. 12)·「갈대」(1956. 2)·「석상」(1956. 4) 등의 작품으로 『문학예술』지에 이한직의 추천이 완료되어 등단한 이래 50년 가까운 동안 여덟 권의 시집을 내놓았습니다. 1973년에 『농무』(월간문학사)를 자비 출판한 뒤 이듬해 다시 창작과비평사에서 재판을 냈으며, 그 이후로 『새재』(1979)·『달넘세』(1985)·『가난한 사랑 노래』(1988)·『길』(1990)·『쓰러진 자의 꿈』(1993)·『어머니와 할머니의 실루엣』(1998)·『뿔』(2002)을 출간했습니다.

이것만이 전부가 아닙니다. 장시집 『남한강』(1987)이 있고, 『씻김굿』(나남, 1987)·『어름날』(미래사, 1991) 등 시선집이 일곱 권이며, 『한밤중에 눈을 뜨면』(나남, 1985)·『진실의 말 자유의 말』(문학세계사, 1988)·『시인을 찾아서1·2』(우리교육, 1998/2002) 등 산문집이 공저를 포함하여 아홉 권이나 됩니다. 평론집도 『문학과 민중』(민음사, 1977)·『우리 시의 이해』(한길사, 1986) 등 네 권이 있으며, 그 외 편저와 번역서, 기행문집, 전래 동요집 등등을 합치면 무려 50권에 이릅니다.

다시 말해 그는 본시 천부적인 시인이되 단지 시인에 그치지 않고 평론과 수필, 민요 채집과 이런저런 잡문에 걸쳐 두루 빼어난 재능을 보인 우리 시대의 '큰 시인'이라 할 수 있습니다. 특히 그는 가락(특히 민요)에 대한 줄기찬 탐구와 가난하고 나약한 사람들의 삶의 형편에 대한 진지한 통찰을 통해 이미 우리 시 문학사에서 독보적인 위치를 굳힌 대가大家입니다.

문학 수업과 등단

신경림은 1935년 4월 6일 충청북도 충주군(지금은 충주시) 노은면 연하리 상입장 470번지에서 태어났으니, 한국식 나이로 치면 이제 칠순이 다 되었습니다. 말 그대로 원로 시인의 반열에 든 것이지요. 그는 4남 2녀의 맏이로서, 본명은 응식應植입니다. 흔히들 필명인 경림을 본명으로 알고 있으나, 등단 무렵 본명 응식을 붓으로 쓸 때 모양이 나지 않는다고 생각하여 그와 모양이 비슷하면서도 보기에도 좋은 한자를 골라 경림庚林이라는 필명을 정했다고 합니다.

그의 수필에 되풀이하여 나오는 이야기입니다만, 그의 집안은 농사를 지었으나 농사 한 가지에만 매달린 순 농투성이 집안은 아니었습니다. 아버지가 면 서기와 농협 서기를 지내기도 했고, 숙부는 사금 채취와 금 제련에 손을 대기도 하여 제법 돈을 만졌으며 그 덕에 할머니가 읍내에서 국숫집을 운영하기도 했습니다. 이는 신경림 시가 다만 농민적 정서에 머물지 않고 장돌뱅이나 유랑 예인流浪藝人의 기질까지 띠고 있는 것과도 관련이 있어 보입니다.

이런 요소들은 또한 소년 신경림에게 정서적·예술적 영향을 강하게 끼쳤다고 생각되는 당숙의 기질과 재능으로부터 비롯된 바도 있을 것입니다. 그의 당숙은 일자무식이었으나 연극과 소리, 피리 불기에 남다른 재능을 지녀 읍내 악단의 단장을 맡기도 했고, 젊어서는 가출하여 임진강 뱃사공까지 했던, 노름꾼에 건달·한량 기가 다분한 사람이었습니다. 그는 그런 당숙이 들려주는 온갖 세상의 이야기에 곧잘 빠져들곤 했답니다.

또 하나 노은초등학교 4학년 시절(1946년) 목계에 소풍 갔던 경험은 그에게 잊을 수 없는 풍경으로 각인되었습니다. 남한강 가의 목계 나루에 선 그 활기차고 흥성대던 장터의 풍경으로부터 받은 깊은 인상은 그의 문학에서 매우 중요한 원형을 이루는 것이라 할 수 있습니다. 목계 장터의 풍경이 그에게 얼마나 큰 감동을 주었는지는 그가 세 번이나 「목계장터」란 제목으로 시를 쓴 사실에서 알 수 있습니다. 하물며 목계牧溪를 자신의 호號로 삼았겠습니까.

13세 되던 해인 1948년에 충주사범 병설 중학교에 우수한 성적으로 입학하여, 1~2학년 때 이미 이광수·김동인·이기영·현덕·김내성 등을 읽기 시작했습니다. 그리고 충주고등학교에 입학하여 그의 인생에서 중요한 스승 중의 한 분인 유촌 선생을 만나고, 이어 선생의 아드님이자 지금은 유명한 영문학자·비평가인 1년 선배 유종호와의 만남이 이루어지고 그 후로 지금까지 오랜 세월 동안 각별한 우정을 나누는 사이가 되었습니다.

고교 시절 내내 학교 공부보다 문학 독서에 열중했는데, 고3 때는 헌책방에서 일어판 도스토예프스키 전집 10권을 읽었다고 합니다. 또 정지용·임화·김기림·이용악·백석·오장환 등의 시집을 밤새워 읽었으며, 특히 백석과 이용악의 시는 거의 외우고 다닐 정도였다고 하지요. 뛰어난 문인은 그저 이루어지는 것이 아닙니다. 풍부한 독서와 다양한 경험의 바탕 없이는 그 어느 것도 결코 쉬이 얻어지지 않습니다.

1955년 서울에 올라온 그는 동국대 영문과에 입학하여, 서울대 영문과를 다니던 유종호와 함께 하숙하며 어렵고 가난한 서울 생활을 시작했습니다. 그런 가운데 앞서 말했듯이 이한직의 추천으로 문단에 데뷔하게 됩니다. 특히 두 번째 추천작인 「갈대」는 그의 대표작이 됩니다. "언제부턴가 갈대는 속으로/조용히 울고 있었다"로 시작하여 "산다는 것은 속으로 이렇게/조용히 울고 있는 것이란 것을/그는 몰랐다"로 끝나는 이 시는 이후 그의 시 세계를 특징짓는 한 이정표가 됩니다.

『창작과비평』과의 만남과 민족·민중 문학의 새 지평

그러나 문단 데뷔 이듬해인 1957년에 이런저런 이유로 낙향하게 됩니다. 고향에 내려간 그는 농사도 짓고 광산이나 공사장에서 노동도 하고, 임시 교사나 학원 강사 노릇도 하고, 방물장수·아편 거간꾼이나 약초꾼들을 따라 방랑하기도 했습니다. 그러는 과정에서 수많은 사람들을 만나 그들 삶의 이야기를 듣고는, 그들이 부르고 싶은 노래와 말하고 싶은 얘기를 대신해 주어야 한다는 생각을 갖게 됩니다. 이에 한동안 문학과 멀어졌던 마음이 점차 풀리고 정신적 방황도 어느 정도 수습하여 다시 시의 세계로 돌아올 준비를 합니다.

그사이에 1965년 그는 결혼을 하여 호구지책으로 충주 읍내 사설 학원에서 영어를 가르치던 중 우연히 김관식 시인을 만나게 되고, 그 자리에서 김관식은 그의 시를 줄줄 외워대며 그에게 시를 쓰지 않으면 안 된다고 하면서 서울로 올라갈 것을 종용했지요. 그리하여 신경림은 김관식을 따라 상경하여 홍은동 산동네 생활을 시작했습니다. 그리고 10년 가까이 침묵한 끝에 『한국

일보』에 「겨울밤」을, 『서울신문』에 「귀로」를 발표하며 마침내 작품 활동을 재개합니다.

다시 안양 비산동 산동네로 거처를 옮긴 그는 서울의 입시 학원에서 강사로 일하는 것으로 생계를 꾸렸습니다. 지난 시절 방황과 절필 기간 동안의 여러 경험과 산동네에서의 삶이 토대가 되어, 이웃 혹은 서민과의 일체감을 이루는 그의 시적 지향이 형성되게 됩니다. 그가 다시 문단에 본격적으로 재등장하는 계기는 1970년 유종호의 소개로 계간지 『창작과비평』에 「눈길」, 「그날」, 「파장」, 「벽지」, 「산일번지」 등을 발표하면서부터입니다.

신경림과 『창작과비평』의 이 만남은 우리 시의 지형도에 새로운 기운을 불어넣은 문학사적인 사건이라 하겠습니다. 1950~60년대에 이르는 전통적인 서정주의와 모더니즘적 경향이라는 우리 현대 시의 양대 흐름을 헤치고 1970년대에 새롭게 열린 시의 물줄기, 즉 민족적이고 민중적인 시의 지평이 분단 이후 우리 문학사에 다시금 출현하게 된 것입니다. 물론 그것은 신경림만의 성취는 아닙니다. 1960년대 말 김수영과 신동엽이 보여 준 민족 문학의 가능성뿐만 아니라 신예 시인 김지하·이성부·조태일 등의 등장과 그 궤를 같이하는 것이었습니다. 창작과비평사에서 제정한 '만해문학상'의 제1회 수상자가 된 것은 그러한 성취의 뚜렷한 징표라 할 수 있지요. 1973년에 자비로 출판했던 시집 『농무』를 이듬해에 창작과비평사에서 다시 냈고, 그것이 마침내 빛나는 결실을 맺었던 것입니다.

그러나 이 시기에 그는 개인적으로 매우 불행한 사건들을 연속적으로 맞게 됩니다. 어렵고 힘든 세월을 함께했던 아내가 어린 자식 삼남매를 남겨 두고 그만 위암으로 세상을 떠났고(1972년), 그 다음 해 겨울엔 할머니가, 또다시 두 해가 채 안 돼 아버지가 돌아가셨던 것입니다.

사회·정치적으로도 이 시기는 암울했던 때입니다. 삼선개헌으로 장기 집권의 발판을 마련했던 박정희 군사 독재 정권은 1972년 10월유신을 선포하면서 영구 집권을 꿈꿨습니다. 이때부터 권력의 무소불위는 한층 강화되어 갔으며, 1974년에는 무시무시한 긴급조치를 발동하여 민주화를 요구하는 기층 세력들을 더욱 탄압했습니다. 이에 맞서 자유와 정의를 갈구하는 문인들이 나서 자유실천문인협의회를 결성하기에 이릅니다. 신경림도 고은, 백낙청, 이문구, 박태순, 염무웅 등과 더불어 이에 참여하여 그 초대 간사 직을 맡기도 했습니다.

민요 기행을 통해 더 넓고 깊어지는 시의 경지

이 때문인지 오랜 빈궁의 생활 끝에 어렵게 얻어 다니던 출판사의 편집장 자리마저 기관의 사주에 의한 유형 무형의 압력으로 1975년에 그만두게 됩니다. 이때 받은 퇴직금으로 길음동에 집을 장만하긴 했지만, 다시 실업자의 신세가 되어 버린 것입니다. 그의 민요 기행은 이 무렵부터 시작되었습니다. 주로 고향 충주와 경북 지역을 다니며 민요를 채집했고, 그것들은 그의 시에 좋은 자양분이 되었습니다.

1979년과 1980년에 걸쳐 한국 사회는 정치적으로 또 한 차례 엄청난 변화를 겪습니다. 1980년 5·18 광주 민주화 항쟁을 피로 물들이며 정권을 탈취한 군사 정권의 억압은 다시 가혹해져 갔습니다. 그해 7월 신경림은 김대중 내란 음모 사건에 연루되어 고은·구중서·조태일·송기원 등과 함께 서대문 구치소에 수감되었습니다. 결국 두 달 만에 공소 기각으로 구중서·조태일과 더불어 풀려났지만, 정치적 탄압은 그로 하여금 더 적극적으로 민요 운동에 관여케 하였습니다. 1984년 시인 정희성, 문화패 유인렬 등과 함께 민요연구회를 결성하여 초대 회장을 지냈고, 이로써 그의 민요 기행은 이제 지역의 편중을 벗어나 전국적인 차원으로 확대되었습니다. 여기서 얻어진 결실이 제3 시집 『달넘세』(1985)이고, 『민요기행 1·2』(1985/89)·『강 따라 아리랑 찾아』(1992) 등입니다.

그러나 민요의 가락을 얻은 그의 시는 그다지 성공적이라 하기 어렵습니다. 민요의 형식적인 틀에 너무 얽매이다 보니 자신의 목소리를 잃어버린 것이었습니다. 민요의 형식이나 가락 자체를 좇은 『달넘세』의 경우 대체로 시가 답답해지고, 민요의 틀에서 해방되어 민요 정신을 올바로 추구한 『길』(1990)에서는 빼어난 성과를 보여주었던 것입니다.

민요에 대한 그의 관심은 장시 「새재」를 쓰기 위해 남한강 일대를 답사하면서 전채 들은 전승 민요에서 감동을 받은 데서 비롯되었습니다. 그는 민요에서 민족의 한과 설움, 견딤과 참음, 끈질긴 생명력을 발견하고서, 오늘날의 시가 민중의 사랑을 받으려면 민요의 계승이 필수적이라고 생각했습니다. 그는 우리 것에 대한 추구와 참다운 민중성의 회복을 위해 마당극·판소리·민요 등과 같은 전통적인 문학 양식의 현대적 변용을 강조했지요. 민요의 계승에서 정작 그가 중시하는 것은 민요의 형식이 아니라 그 속에 담겨진 민중의 삶과 정신이었던 것입니다.

1987년 6월항쟁을 통해 얻어낸 민주화 운동의 성과는 문학 조직의 면에서 민족문학작가회의의 창립을 가져왔습니다. 이는 1974년의 자유실천문인협의회를 확대 개편한 것으로, 신경림은 이에 적극 참여하여 민족문학연구소장, 민족문학작가회의 부회장을 거쳐 1992년 회장 직에 추대, 두 차례에 걸쳐 그 직책을 맡았습니다(1992~93/1998~99).

우리 사회의 민주화가 조금씩 진행되어 감에 따라, 1993년에는 오랫동안 그의 행동에 제약을 가했던 출국 금지가 풀려 처음으로 연변 및 백두산 등 중국 동북 지방을 여행했습니다. 그러나 그는 단순히 여행만 한 것은 아니었습니다. 1997년 여름에는 한 달 동안 동북 지방의 조선족 민요를 찾아다니는 새로운 민요 기행을 시도했던 것입니다.

늘 '길'을 가고 있는 신경림의 문학과 한국 시의 세계화

그는 현재 우리 시단에서 누구도 부정할 수 없는 확고한 위치를 가진, 이 시대 최고의 시인 가운데 한 사람입니다. 이제 그의 문학 세계는 국내만의 협소한 지역성을 벗어나 해외로 널리 퍼져 나아가 그야말로 한국 시의 세계화에 기여하고 있습니다. 1977년에 일역판 『농무』가 나온 이래, 1995년에는 프랑스 어로 번역된 시선집 『쓰러진 자의 꿈』이 갈리마르 출판사에서 출간되었습니다. 그리고 그해 12월, 파리에서 열린 '한국 문학의 해' 행사에 고은·박완서·조세희 등과 함께 참석했고, 1998년에는 콜롬비아에서 열린 세계 시인 대회에 참석하여 한국 시의 특성에 대해 강연하기도 했습니다. 또 1999년에는 『농무』의 영역판이 미국의 코넬대학의 코넬 이스트 아시아 시리즈로 간행

되는 한편, 독일 함부르크에서 열린 '한국 문학의 날' 행사에도 참석하여 한국 시의 저력을 과시했습니다. 최근에도 그는 프랑스나 미국 등 해외에서의 시 낭송이나 강연 활동을 통해, 전 세계를 향해 우리 문학을 널리 알리는 일을 부지런히 수행하고 있습니다.

신경림의 문학 세계를 한마디로 정리하자면 그것은 민중 지향성이라 할 수 있으며, 그것을 구체적으로 발현시켜 나간 현장은 '길'이라고 할 수 있습니다. 그의 문학은 언제나 '길 위에' 있으며, 여전히 그 '길'을 가고 있습니다. 신경림 문학의 기저를 이루는 경험, 즉 열 살 무렵에 소풍 갔던 목계는 남한강 가의 나루터로서, 그곳은 육지와 강을 잇는 '길'인 것입니다. 그 '길' (나루터)에서 그의 문학은 비롯했던 것입니다.

청년기의 방황도 길과 무관할 수 없는데, 그가 낙향하여 방물장수나 약초꾼을 따라다니며 만난 사람들의 신산한 삶 역시 길 위에서 만난 그의 문학적 숙명이라 하겠습니다. 시「목계장터」는 그 숙명이 부르는 절창입니다. "하늘은 날더러 구름이 되라 하고/땅은 날더러 바람이 되라 하네./(…)/산은 날더러 들꽃이 되라 하고/강은 날더러 잔돌이 되라 하네./(…)/석삼년에 한 이레쯤 천치로 변해/짐부리고 앉아 쉬는 떠돌이가 되라네./하늘은 날더러 바람이 되라 하고/산은 날더러 잔돌이 되라 하네."

그리고 중장년기에 걸쳐 그가 무엇보다 애착을 가지고 임했을 민요 기행은 바로 그 숙명적 '길'의 예술적 실천에 다름 아닙니다. 이제 노년에 접어든 그의 '길'은 해외를 향해 뻗어 있습니다. 그의 시 세계 전반에 걸쳐서뿐 아니라 이 책에 엮어 놓은 수필들 역시 그가 살아온 '길'(삶)과 그가 걸었던 '길'

(여행)에서 만났던 수많은 사람들의 눈물과 웃음과 한숨과 소망이 깃들어 있
는 곡절한 사연이 담긴 이야기들입니다.

신경림 약전